貞、男人

夏慕聰 著

國家圖書館出版品預行編目資料

貞男人 / 夏慕聰著.
- 初版. 一台北市：基本書坊出版，2012.10
320 面； 14.5*20 公分. --（G+ 系列；B015）
ISBN 978-986-6474-35-4（平裝）
857.7 101012654

G+系列 編號B015

貞男人

夏慕聰 著

責任編輯 嘻皮偉
視覺構成 攣生蜻蜓
封面攝影 丫莫蝸牛
封面人物 卡魯

企劃・製作 基本書坊

編輯總監 邵祺邁
首席智庫 游格雷
業務主任 蔡小龍
行銷企劃 小小海
系統工程 登山豪

通訊 11099台北郵局78-180號信箱
官網 gbookstaiwan.blogspot.com
E-mail PR@gbookstw.com
劃撥帳號：50142942 戶名：基本書坊

總經銷 紅螞蟻圖書有限公司
地址 114台北市內湖區舊宗路2段121巷28號4樓
電話 02-27953656
傳真 02-27954100

2012年10月26日 初版一刷
定價 新台幣350元

ISBN 978-986-6474-35-4

貞、男人

目次

《貞男人》序

創意的劇場，變形的主體 4

紀大偉／文學評論家

推薦序1

給貞男人 12

Key Mistress／皮繩愉虐邦

推薦序2

暢談BDSM自在的生活 16

梅子／皮繩愉虐邦

第一部 21

第二部 121

第三部 195

創意的劇場，變形的主體

《貞男人》序

紀大偉／文學評論家

阿聰是台灣ＢＤＳＭ界奇人，在2010年出版長篇小說《軍犬》之後，在2012年推出最新一部小說《貞男人》。在進一步討論阿聰作品之前，要先解釋一下ＢＤＳＭ這個關鍵詞。ＢＤＳＭ就是ＳＭ加上ＢＤ：ＳＭ就是國人比較熟知的「性虐待」（Ｓ，Sadism的縮寫）和「受虐待」（Ｍ，Masochism的縮寫）；ＢＤ就是「繩縛」（bondage，用繩子將身體加以五花大綁）。在不同國家、不同年代，ＢＤＳＭ這四個字母聚散無常間——長久以來ＳＭ獨自行走江湖，未必跟ＢＤ一道；然近來ＢＤ＋ＳＭ合爲一體已成趨勢，在國內活躍的ＳＭ表演團體「皮繩愉虐邦」就展現了繩子和身體交纏的魅力。

ＢＤＳＭ總是跟以下這些形容詞分不開：「變態」、「痛」、「前衛」、「會出人命」、「會被警察抓的」等等。我在這裡並無意爭辯這些詞的是非對錯，而想要指出：ＢＤＳＭ是一套重新思索並體驗「身體」的作爲；在發現、發明身體的創新用法時，ＢＤＳＭ的參與者也經歷了慾望與主體性的重新盤整。

ＢＤＳＭ的身體並無意重覆去執行身體的日常生活動作，而要發揮甚或發明身體各部位的多元潛力。男上女下的性體位在ＢＤＳＭ的世界太老套，甚至性器官的射精高潮也不是ＢＤＳＭ的重點。在小說家阿聰參與的「皮繩愉虐邦」表演中，被施虐的一方（或者該說被服侍的一方）被經過強化處理的麻繩五花大綁，繩索在人體表面交織成龜甲的圖案，受虐者像綑緊繩子的肉粽一樣懸在半空中。在這種繩縛的慾望實踐過程中，身體的快感帶顯然不在於性器官，而在於被繩索擺布、被繩縛師（算是施虐者）雙手調教、被觀衆凝視的被綑者皮膚間——或者重點也不只是在皮膚而已，而是在被綑綁得扭曲變形的「身體輪廓」。表演者和觀衆這兩邊都要重新認識身體、慾望，以及主體的形狀：身體的變形容易看出來，但我們也要問：這個模樣，讓ＢＤＳＭ參與者「爽」嗎？讓他們體驗到「不同的我」嗎？

主體這個課題，簡言之就是要探究「我是誰」。在許多性的實踐中，主體的問體是懸置不論的，彷彿「我想要性快感於是我就做了某種快樂的事」，這整串行爲中的「我」被當作安全不變的。但是在某些性行爲之中，主體卻是個問題：對於同性戀不熟悉的圈內／圈外人，常愛問一種憨憨的問題：「兩個同性的人在床上，誰是男方，誰是女方？」這個老掉牙的問題不只在問慾望，也在問主體：同性戀者是不是要在床上改變原本認知的「我」，把一個同性的我變成一個異性的我？以上這個問題近來轉變成另一個看起來比較不憨的問題：「兩個人在床上，誰是『攻』誰是『受』？」同樣，這個問題並不是只在問外顯的性行爲，而也在問沒有外顯的內心。

在ＢＤＳＭ的世界，主體的問題更加突顯。在這個主／奴相輔相成的國度中，跟持皮鞭「主人」對立的、被鞭打的「奴」可有主體性嗎？他的主體性是不是被剝奪了？他的「本我」爲甚麼可以忍受肉體的、言語的、精神的凌辱？奴是「心甘情願」地進入ＢＤＳＭ關係嗎？奴是不是像日本殖民時期的慰安婦一樣「被迫」上陣？奴有沒有追求性愛歡愉的自由？（情願與否，被迫與否，自由與否，都是主體性的問題。）《軍犬》的男主角意外進入「犬主調教犬奴」的世界，變成四足著地的狗，肛門還被插入棒狀物充作狗尾巴。《貞男人》的花花公子男主角則被戴上貞操帶，被剝奪自由勃起、隨意射精的自由。這兩本小說的男主角身體都被控制住了，以往我們在各種文本看到的男人型態都不再理所當然——如，米蘭昆德拉小說《生命中不能承受之輕》的男主角以自由之身著稱，他可以身段俐落周旋在各女子之間，他在床上的姿勢也是隨心所慾的，他懂得調整他和女體之間的距離以便在性愛過程中觀察女性欲仙欲死的表現。類似這種男主角的男人也散見於多種小說、電影、電視中，時至今日我們還是欽羨風流男子的來去自由：他們的自由是多層面的，含身體（身體四肢以及下體）、慾望、主體（何爲「我」）的層面。但這種太被視爲理所當然的自由男子在《軍犬》和《貞男人》之中遭受絕對的否決，而且妙的是，自由男子卻在這兩書之中置之於死地而後生：正因爲被剝奪了自由之身（連排放大小便的自由都被控管，勃起射精的自由更是奢望），所以這些奴化的男子必須從零開始，重新認識甚麼是他們的身體、慾望、主體。

這兩本小說顯示了幾個BDSM的要點。首先，BDSM的行爲內容是允許開放塡空的，並沒有固定的菜單。BDSM的參與者固然可以墨守成規，模仿國外色情錄影帶的內容，穿上皮革衣褲或軍服，揮舞皮鞭或鐵鏈，在玩伴身上滴蠟燭油。可是參與者卻也可以跳出衆人對於BDSM的既有想像，以創意爲BDSM塡入新的血肉。《貞男人》的主要道具是貞操帶；《軍犬》則幾乎用不到任何道具或戲服。多年前我曾經光顧過洛杉磯SM同志酒吧，店內提供一種讓我錯愕的服務：酒吧請來一批剃頭師傅，現場爲客人剪平頭或剃光頭。這種壯觀場面讓我聯想到台灣男生剛入伍當阿兵哥被集體押去剃光頭的景象。剃光頭這個行爲本身未必跟SM有關，但集體剃頭在酒吧裡的「儀式性」、「作秀一般」的場面卻輻射出高度軍事化的氣氛。軍隊所擁抱的服從、規訓、階級等等價値觀，早就被BDSM愛好者挪用爲他們的傳統之一。創新地挪用其他次文化的活動，然後轉化爲自己的傳統，是ＢＤＳＭ文化得以積累生成的策略。

其次，正如上一段我強調了「儀式性」和「作秀一般」這兩個詞，這兩本小說突顯了ＢＤＳＭ濃厚的表演性格。其他的慾望實踐不見得要秀給別人看，ＢＤＳＭ卻往往需要表演者也需要觀衆。在ＢＤＳＭ現場的旁觀者，張口結舌看著ＢＤＳＭ實踐者的行動，猜測他們是眞的受折磨還是假裝叫痛；在ＢＤＳＭ現場之外的衆人，可能痛斥ＢＤＳＭ行爲泯滅人性，也可能懷疑ＢＤＳＭ行爲太過荒誕而不可能發生；而在ＢＤＳＭ場上的參與者要「入戲」，才能夠擺脫自己平日的身分，扮演ＢＤＳＭ場內臨時披掛上身的角色。家庭主婦能翻身執鞭變成ＳＭ女王，企業老闆寧可跪在地上當奴隸。就算ＢＤＳＭ現場並沒有旁觀者，參與者仍要維持「戲癮上身」的「起乩」心情，如此膝蓋才跪得下去、皮鞭才揮得出手。

雖然性別研究早就指出「女性」這個性別是一種化裝舞會似的表演（「男性」亦然），雖然社會大衆早就愛說「同性戀」這種「生活風格」是在「模仿異性戀」的假鳳虛凰（如清朝士人玩相公，同性戀者「學異性戀結婚」等等說法），雖然同志研究也早就反擊指出異性戀也是模仿、表演（如 Judith Butler 所說），但是這些說法所指的表演是指譬喻層面的，而不是實際生活面的。我們說男子漢的男人也像在作戲，裝公主的美少女也是在表演，但我們並不是說他們身置劇場的舞臺上表演。然而ＢＤＳＭ參與者在譬喻和實際的層面都在劇場中：在各種性的實踐之中，除了扮裝，ＢＤＳＭ所需要的戲服最多（皮褲、全罩式面具等等）、道具最多（吊床、吊鉤、皮鞭等等）；所有的性表演（含實境舞臺秀和錄像帶）若要展現奇觀，就要向ＢＤＳＭ趨近，彷彿ＢＤＳＭ才有看頭；舞臺演員之間存有默契，甲方說出甚麼臺詞乙方就要接上甚麼動作，而ＢＤＳＭ參與者之間也重視默契：一方說出甚麼代表「太痛、受不了」的暗語，另一方就要懂得識趣換招。

最後，ＢＤＳＭ在阿聰筆下鬆動了同性戀和異性戀的邊界。一個玩ＢＤＳＭ的同志，究竟離同志圈近一點，還是比較臨近ＢＤＳＭ圈？在《軍犬》這部男同志ＢＤＳＭ小說中，兩名男主角之間的愛情，與其說是介於兩名男同志之間，還不如說是介於主與奴之間——主奴認同比男同志認同更強烈。到了《貞男人》這部以異性戀男女爲要角的小說中，守貞的男主角懷裡擁著貞女人可是心裡惦著男主人——這算是異性戀還是同性戀，還是根本超脫了這兩種戀？

阿聰這兩本小說鬆動了對於既有身分的頑固想法。「軍犬」，至少跟「軍人」

相對立。犬與人相比，似乎是人類才有人性、靈性。然而軍犬跟軍人相比卻不然：循規蹈矩的軍人恐怕已經對人性麻木，而軍犬卻永遠在思辨如何做人、如何做狗——軍犬對於人性的課題更有心得。「貞男人」一詞則暗示了幾種可供比較的類型：「眞男人」、「假男人」、「不貞男人」、「貞女人」、「眞女人」、「假女人」、「不貞女人」等等。這個書名正好挑戰並且超越了老掉牙的「眞／假」對立，提供了二元對立之外的更細緻、更需要省思、絕不理所當然的選擇。這兩書各挪用了兩組原本非常保守的觀念——軍事和守貞，將它們納入逆反世俗的ＢＤＳＭ國度。光從書名開始，阿聰就暗示了他的創意，而創意是ＢＤＳＭ劇場最值得嗨森的一回事。

推薦序1

給貞男人

Key Mistress 皮繩愉虐邦

跟阿聰認識很久了，從「暗黑堡壘」開始，知道他會寫文，人很斯文、文很好看，有文人的潔癖跟堅持。

第一部是《軍犬》，第二就是《貞男人》。邀我寫序，我小小的驚訝了一下，我是圈內的女王，這幾年其實不太收M了，只調男M因爲覺得女M是柔軟的，不太下得了手。貞操帶我倒是鎖過幾個M，那時還不是那樣盛行，因爲，一個原廠的頗貴，更不要說「布式盾」（見本書第246頁），這量身訂做的寶貝，當時還沒出現呢！

卡卡的演變讓我覺得很好玩，從一個純異性戀、毫無貞操的異男，而後體認到忠貞只爲主人，以及一生的伴侶開放。從純異到無性別的接受，該說人是有奴性的？還是他自我認知，自覺願意被制約？

阿貞的名字讓我覺得很妙。演變爲貞女王的過程，則讓同爲女性的我覺得很傷悲，因爲她的演變是偏斜的。在我認知中，這樣的演變過程，她不是很偏激到最後只剩男M可以當男友，就是還會回到那歇斯底里、不理性的女性角色中，因爲她想成爲女王是爲了卡卡而轉變，而非體認到自己的S性格；她的個性中充滿了不信任，每個奴都要鎖死，沒有出口，滿溢的性不能宣洩，沒有奴可以在她身邊永久待下去的。更何況，她並不尊重別人的奴，即使卡卡是她的前男友，但是既已分手，別人的奴就是別人的奴，不能隨意羞辱的。基本的禮貌也不懂。不想被排斥變成邊緣人，勢必需要懂得尊重。但是人物的側寫中我看不到阿貞尊重的個性，所以，依阿聰寫故事手法，我不知道能不能在後續中看到她的故事，她的演變我倒是有點惡趣味的期待。

阿超從個毫無節操的男人到尾還是個無節操的男人，很懂得怎麼走偏鋒，一整個就是男人的好哥兒們，就算鎖上cb（見本書第40頁）也是個不安分的傢伙，看來卡卡是該告訴小戴「布式盾」這個好東西了。

蘇曼，聽名字就覺得很「水」的一個女人，事實上也是，忠誠到讓我覺得是爲SM而生的感覺。她一開始的出場，是讓卡卡流口水的女人，但是存在感讓我覺得很低，驚艷是一瞬間的，之後她有著卡卡導師、朋友、夢中情人、奴，以及夫妻奴的角色，而她似乎都適應得很好，毫無角色轉換的疑慮，最後回馬一槍，她還要兼任母親，但是我也是個母親，我很好奇奴的孩子，該怎樣教育？是不是奴還要將生活中再切一塊出來正常的生活中呢？奴的生活是不適合教育孩子的，我總覺得主或奴的選擇該是長大後自己的選擇，而非生活中的影響。（嗯～我認眞的跳tone了）

夏董跟阿布其實就是主人的標準形象，倒沒什麼好說的，認眞的誘導訓練到交又訓練，主人該做的角色稱職到一絲不苟。

比較妙的是XX宗教團體強調貞潔到用貞操帶，倒是對現在的社會現象的諷刺，教團無法用教義來影響人心，動用到器具，對比教義，讓我啞然失笑。

阿聰由《軍犬》到《貞男人》，文筆越來越洗練，我其實比較期待他下一本的《鳳凰會》（畢竟我是女王，笑）。貞操控制其實是在調心理而非調身體，要心的臣服才會有身體的臣服，不然永遠都是一根欲求不滿的屌在那邊擺盪。卡卡跟阿超其實是很明確的對照組，經由心的臣服到身體的認知，進而了解到什麼是眞心誠意的跪在主人面前，即使是調教也是甘之如飴，被打屁股也是一種激勵。阿超是「鎖就鎖吧，你有鑰匙我也有啊，誰怕誰」，心不服，屌自然四處趴趴走。

阿貞跟小戴，我只覺得阿貞是帶上女王面具的女M，因爲她希望的是一個給她安全感、能征服她的男人，而不是像卡卡這樣讓她提心吊膽的男人，即使拿到鑰匙，她也不敢把他放開，生怕放開了鎖不回去。而小戴則是偷偷戴上，「我要才能拿掉，這是我的」，但是眞的是你的？我想每次要拿掉，還要有打算操翻累垮這個男人。小戴不是以要跟阿超分手來要求他戴上，不然就是累趴了再戴上，總之就是沒法光明正大的戴。

所以一開始原廠 cb 用的不是一般小鎖，而是號碼鎖，每次號碼都是不同的，被破壞過，號碼鎖也無法重複使用。非原廠的仿得很不錯，但是號碼鎖則是用一般小鎖替代，也就可以像阿超這樣再買一個，整組換新，鎖改掉。但是戴它也是有技巧的，不合的卡榫或是 cb，其實縮小的屌是可以溜出來逛大街再回籠子的，而且在籠子裡也是可以自慰跟射精，所以鎖就要鎖心，鎖個屌有個鳥用？

奴甘心被鎖，是對主人心悅的臣服，記得別鎖了就不放，是主人就會懂得什麼時候該收，什麼時候該放，有這樣的高度，奴就會更死心蹋地。沒這樣體認，就要做到讓奴有自己願意把 cb 套上他的屌的忠誠。爲什麼奴都是跪著的，因爲主要讓奴有仰之彌高的感覺，但是要是一個主讓奴不用跪著就可以有仰之彌高的認定，這個主也成功一大半了。

拉拉雜雜的寫了一堆，阿聰～你好棒～我等你的《鳳凰會》^_^~~

推薦序2

暢談BDSM自在的生活

梅子 皮繩愉虐邦

2009下半年我開始玩Plurk，從朋友的朋友關係鏈中找到了阿聰，那是一種小粉絲的心情啊。那年還沒有手機打卡，但已盛行即時發佈個人所在位置即興揪團，有天阿聰留言他在「SM Space空間咖啡」，我人在公司看到，心已立刻飛奔而去，我好想見見偶像啊！

兩個慢熱的人見面打招呼後就有點乾，還好一邊吃著晚餐一邊隨意聊，阿聰提到沒有合適的地方可以連載小說，我說何不再回到「皮繩愉虐邦」連載呢？

2010年《貞男人》就這樣誕生於「皮繩愉虐邦」，那時我也才剛開始接手「皮繩愉虐邦」網站經營。恰巧當時有個小廣告合作機會，「皮繩愉虐邦」有一點點小收入，我煞有其事的拆分了一部分當稿費給阿聰。那金額並不多，然而身爲一個創作者總是希望能得到肯定，無論是讀者回饋或金錢，那是我一個象徵性的、希望BDSM圈能蓬勃發展的心意。

這次故事訴說一個成功的企業家老闆——夏董，一個精準洞悉M情緒的S，若能被夏董看重收爲奴隸，在嚴格的規矩調教下，透過貞操調教學習自律、透過打屁股身體的痛學習不要犯錯，個個都能成爲優秀經理人……。夏董是屬於「SMer」的夢幻主人啊。然而男主角阿守卻是一個完全不懂SM、只見到正妹就色慾熏心的傢伙，他完全不懂這些語言在說什麼。ＳＭ圈外與圈內的不同視野、到底什麼是ＳＭ？跟著阿守的視野一路看下去，你會發現一些微妙的界線。若Ｓ只會一相情願的虐，不懂得拿捏收與放，那是無法得到Ｍ信服的，正如同老闆帶人需要帶心。

我喜歡SPANKING，當一個人自願接受訓誡，將自己平常包最緊的地方翹起，接受一下接著一下的疼痛，那是最原始的鼓勵。我也著迷於貞操調教，若有一個人自願放棄自己對生殖器的所有碰觸，不能做愛不能打手槍不能勃起，這比一只鑽石戒指更能套住永恆。

這裡的關鍵字是「自願」。

「爲什麼自己會願意臣服於這個人？」這些衝突這些迷惘，阿守唯有堅定面對才可以成爲貞男人。

《軍犬》網路連載時的盜轉令人生氣，卻也發揮出意想不到的傳染力。阿聰筆下的人物ｄｔ、李軍忠、阿布、日思、凰等人，鮮明的印在我們腦海裡，每個人的性向不同、喜好也不同，他們分別在屬於自己的專篇中大放光芒，又如同「霍格華茲」牆上掛畫人物間會互相串門子，在《貞男人》中你也會見到他們。他們是一群共同喜歡ＢＤＳＭ的好朋友，會互相分享調教心得，有自己人的別墅可以放心辦趴、有自己人的寵物店可以挑項圈……，我覺得好羡慕喔。

然而我知道這可以不是虛構世界。

現在我的眞實生活中，「皮繩愉虐邦」的工作夥伴又像朋友又像家人，彼此之間沒有衣櫃隔閡，網路上經營的新生活圈逐漸與眞實交疊，這是十年前剛開始摸索SM的我完全無法想像的事。記得有次「皮繩脫殼日」，一個新來的人問：「阿聰是S、小梅是M，那兩人的關係是主奴嗎？」阿聰笑著回答：「不，我們是朋友啊。」

如果你嚮往故事中可以暢談BDSM自在生活的世界，你可以買本阿聰的書時常翻閱，或者來看一次「皮繩愉虐邦」劇團表演、試著來參加一次「皮繩脫殼日」。

《貞男人》編輯體例說明

主編／嘻皮偉

本書題材新穎特殊，作者寫作技法也呈現一定程度之實驗性與創新性，為免讀者疑惑，特以本文說明。

一、本書部分對話採閩南語寫作。閩南語漢寫之難字／辭，均於該對頁左側附上注釋與羅馬拼音，便於讀者理解與發音。常用字辭、句型，為求閱讀流暢，直接譯寫後加上括號，置於該句對話之後。

二、本書閩南語之漢寫與校訂工作，主要參考：《臺語之古老與古典》（陳冠學著，前衛出版社。三版二刷）；《高階標準臺語字典》（陳冠學著，前衛出版社。增訂版一刷）；陳冠學台語講座（www.taigu.org）；教育部臺灣閩南語常用詞辭典（twblg.dict.edu.tw）等資料。亦在此向眾位著者、編者致謝。

三、為營造本書故事專屬情調，文中多有用字／辭，為作者特意創鑄（如「萬滴集疚」等）。避免誤認，書中首次出現時以粗黑體字標示。

四、書中「你」字按作者原意，不標顯性別（你／妳）。另，「[牜+尔]」為作者創新字，表動物性。

第一部

我是個性慾很強的男人，每天都想要燒幹❶，腦袋裏全都是性跟女人。花心風流在所難免，連女友隨身伺候的宵夜攤，我也瞄著路邊經過的辣妹。眼睛正沉醉冰淇淋時突然被身邊的人打醒，漏掉前後對話，只聽見自己姼丫❷蹦出那句話。

「男人才真的需要戴貞操帶！」

我看著麻吉，皺了眉頭。阿超的女友小戴竟然也附和起阿貞。

「食薰（抽菸）。」「好！」趁她們女生吱喳時，我拍了拍阿超肩膀一起離開。

「你姼丫知道我們要去玩樂的事嗎？」

「毋知（不曉得）。她們等下去做SPA時，我已經約好丫。」

我拍手稱讚阿超他幹得好。才送她們兩個去做SPA，我們後腳便走進賓館房間裏頭，跟約好的小姐大幹三小時。離開的時候，我跟阿超都已精疲力盡，回家倒頭就睡。

隔天起床，渾沌之間，從平口褲開口掏出老二撇尿，再躺回床上。沒多久，便聽到阿貞的咆哮：「你又尿得到處都是！」她走到床邊，用力推我表達她的憤怒。我想拉她的手，她卻甩開不讓我碰。愈不讓我碰，我愈想碰。抓住她，往床上一躺，又是一場幹。

過幾天再跟阿超他們見面的時候，阿超跟我說上次的事情差點被小戴發現。我拳著他的手臂小聲關切：「你爲怎仌與伊發現，加注意！（你怎麼會被她發現？小心點。）」

一聽到阿超晚點要陪小戴去算命，阿貞馬上興致高昂的說要一塊去，我見機說：「阿貞陪小戴去，我跟阿超去喝一杯。」

「不可以！阿超要陪我去。」小戴立刻拒絕了我的提案。

阿貞也勾著我的手臂，慫恿著要一塊去。我也只好勉強答應她的提議。在算命館裏頭，我們四個個別進去，原本想要跟阿貞一塊，但她覺得分開比較好，心裏比較沒有壓力。

輪到我的時候，還沒開口，師父便說：「你是個性慾很強的人㖞。」

「你怎麼知道！」

「而且還自恃異於常人，陽物有過人之處。」他的話讓我背後開始冒冷汗，雖然他說的都是事實。幾乎所有跟我上過的女人無一不稱讚我的屌大，不少女人在床上幹到一半就直說自己快壞掉了。「如果這點沒改，很容易出紕漏；日子久了，難成大事！」

離開前，師父囑咐了我一番，叮嚀我要注意性慾太強的事情。我沒想過這樣子有什麼不好，根本沒必要壓抑。

1 燒幹 sio-kàn：性交，正字為相姦。

2 姼丫 tshit-á：女朋友。

跟美女在某間旅館裏風流後，一睡就到晚上。手機開機，竟然有二十多通的未接來電。是公司往來的重要客戶——夏董，這才想起來晚餐約好見面談公事的行程。心想不妙，之前還主動要主管全權交給我處理，拍胸膛說不用擔心一定辦妥，慘了！不會眞如算命預言的那樣吧？回撥全轉語音信箱。

隔天才踏進辦公室，主管便以很難看的臉色，在我的座位等著。「阿守啊！你竟然放夏董的鴿子。這下可好了，他不打算跟我們公司合作下去，取消明年的代理權。」

我一聽便知道出大事了。

「今天你要跟我一塊去夏董的飯店，跟他賠不是。」

在飯店大廳，我和主管兩個人拚命九十度鞠躬道歉，不管怎麼解釋，夏董依然不接受，執意要取消。黑銀色頭髮和嚴肅口字鬍子的夏董，不苟言笑盯著我們，他們的產品是公司的年度第一名，經常壟斷銷售月冠軍，我們怎樣都說服不了他的決定。

主管和我面色慘淡的離開飯店。「阿守，你要有被辭頭路的心理準備。」

聽見自己的主管這樣說，心裏更是過意不去，自己辭職就算了，似乎還連累了主管。送他坐上計程車，我關上門，透過車窗跟主管道歉：「這是我惹出來的禍，我再去求夏董。」

折回飯店，夏董已經上樓。我站在他房門外按電鈴好一會兒時間，仍不見房內有任何動靜。以爲夏董已經外出，正準備離開時房門緩緩打開。

「夏董？」

「我腳不舒服。」夏董這麼說著。看見他站得不怎麼穩，手還撐住牆避免摔倒。

我連忙將他的手臂勾上肩。人高壯碩的夏董攙扶起來格外吃力。「我扶你到沙發那去。」

夏董一坐上沙發，便喘了一大口氣，臉色稍微好轉。精明的我知道這是難得的機會，無論如何都要藉機討好夏董。

「我學過些按摩，幫你捏一下。」即使沒學過也要假裝一下。我單腳跪在夏董旁邊，看著夏董皮鞋和西裝褲之間露出的那截棕色直條，夾帶淡咖啡色螺旋的白色襪子，準備伸手。

「這怎麼好意思！」

我抬頭看著他。「沒關係。讓我幫你捏一下。」

他再次道謝，卻沒有主動脫鞋的意思。

「我幫你把鞋子脫了。」他很順腳的將鞋子踩上我的掌心，讓我方便爲他脫鞋。

握起穿著襪子的腳，我開始爲夏董按摩。他的腳踏在我的西裝褲上，我抓緊表現機會，用心以雙手幫他按摩著腳踝各處。一會兒，他似乎不那麼疼痛，表情也有些放鬆，舒服得將背靠在沙發上，閉起眼睛享受著我的服務。

彷彿聽到他低沉的呻吟聲而抬頭時，他看著我說：「把襪子脫了。」

我順著夏董的意思脫掉他的襪子，悶著汗臭的腳安穩踏在我的手掌。突然要面對另一個男人的體味眞讓人有些不習慣；又想到剛剛他講話的時候，根本不是請我幫忙，而是毫不客氣的下命令，可是爲了工作我也只好忍耐。

「另外一隻腳也一塊捏一下。」

低頭的我忍著情緒，順從的脫去另一隻鞋、襪，同樣的按摩。夏董閉著眼睛享受，舒服的呻吟自他喉嚨深處冒起，從嘴巴吐出時，讓人渾身不舒服。當我視線稍微揚起，竟然看見夏董褲襠的異狀。他正用手撟著位置，無視於我的存在。

「夏董，我想你現在應該舒服了些，沒這麼痛了吧？」我暗示要結束按摩，提醒他如果眞的不舒服，應該要找醫生。

「的確。你的手還滿巧的。」

連句謝謝都沒說，也未免太財大氣粗了吧。

「我累了，我想休息一下。不送了。」手順勢搭在我肩上，示意要我攙扶他到床邊。

看他光著腳丫躺到床上，我便轉身走人。西裝外套單手掛在肩膀上，氣呼呼離開夏董的房間，我想要是不趕快離開，更過分的要求就會從他嘴巴裏說出來。

夏董並沒有因爲我的服侍，而繼續讓公司維持代理，終究還是抽走了代理權。公司因「業務過失」請我走路。雖然憤怒，但也只能摸摸鼻子，多燒幹、燒幹來發洩。閒暇在家賴著，阿貞雖然多有微詞，不過哄哄也就沒事；時間一多，外面吃野食的機會也多了，只要記得擦嘴，不讓她起疑就好。

在更多懷疑產生之前，搭著阿超「溫泉度假計畫」的順風車，我也決定帶阿貞一道前往。一路上她開心得貌似花朵。入房、更衣後，我們四人穿著浴衣分別走向男、女湯。

才分開行動，我便開口問阿超：「你怎麼會想帶小戴來溫泉旅館？」

「玩得凶，也要對家裏的好一點啊！別冇（懂嗎）？」

我看著阿超，露出好笑的表情。「有你的！」

脫掉浴衣跟四角平口褲後，才踏進溫泉池，我突然就在稀少的泡湯人群當中，看見了夏董和他的朋友正愉悅的聊天。刻意不與他視線交錯，卻仍被發現。夏董對著我笑，我也只好基於禮貌點頭回應。

手指頭皺得可以，便起來吹吹風。在門口等阿貞跟小戴時，又再次與夏董照面。他跟他的朋友主動過來打聲招呼，我也只好介紹身邊的阿超。

「阿布，我在德國的伙伴，他這禮拜回台灣度假。」

「聽說你被公司炒魷魚了……」夏董拍著我的肩膀，「我準備在台灣設立分公司。所以就不需要讓你前公司代理！真不好意思。」

這大概是我第一次聽到夏董放低姿態說話。另一方面心裏也鬆了一口氣，原來不是自己的問題，竊喜著性慾才不會像師父預言的那樣。

「有空的話來找我聊聊。」

誰要去找他聊啊！阿貞和小戴從女湯門口一走出來，讓我有得救的感動，真是太高興了！走在她們背後的女人開心的勾起夏董的友人阿布，這動作讓阿貞跟小戴兩個人對看了一眼。夏董陪阿布兩人離開後，我忍不住好奇的問：「你們認識那個女人啊？」

「她剛剛在女湯那邊，躺在躺椅上休息的時候，腰際有奇怪的東西。好像是用鐵片擋住整個陰部。」

「超大膽的，也不怕被人看到。」

當小戴這麼說的時候，阿超撟著褲襠。「靠！那是不是貞操帶啊？女人穿著貞操帶，光是想像那個畫面，我就勃起了！」

小戴用力的打在阿超手臂上：「你又不正經了！那是貞操帶嗎？」她看了看阿貞，我也疑惑的看著阿貞，畢竟誰都沒看過這種東西。

「好像是耶。」阿貞這麼說。

在餐廳巧遇夏董他們三人時，我跟阿超都忍不住對著那位貞操帶美女猛瞧。

「我感覺伊愈看愈秀（我覺得她愈看愈正耶）。」我忍不住跟阿超說起悄悄話。

貞操帶美女中途離席去化妝室，我們看著她走路姿態也無任何異狀。「下面有貞操帶走路不會怪怪的嗎？」

「你們兩個太誇張囉！」阿貞說話的時候還順便捏了我的大腿肉。

夜晚，和室房間只剩下一盞小燈，我穿條四角褲躺在床上，抱著阿貞。「你想穿貞操帶嘛？」我的毛毛腳跨越她的身體。

「拜託，是我想讓你穿。」「但我想看你穿！」

阿貞手突然從平口褲管伸進捏了我的老二。「是誰管不住自己的下半身的？」

我拍打她的屁股。「緊放手。」翻過她的身體，便壓了上去。

早晨沒什麼睡意，抽出被阿貞枕著的手臂，邊抓屁股邊從落地窗向外望，一眼就看見昨天的貞操帶美女正悠閒坐在游泳池畔的遮陽傘下。我趕緊套上牛仔褲和簡便衣服，踏著輕快步伐下樓。經過美女身邊時，停下腳步，還故作回想貌。「你是……你是……昨天跟在夏董旁邊的美女！」她聽到我口中的夏董時，臉頓時和善了起來。

「你好，我叫馬守刻。大家都叫我阿守。」

「蘇曼。」

握住美女的手，內心正在竊喜之際，她卻立刻收手，將注意力轉到別的方向。阿布在游泳池裏向蘇曼招手後，便爬上岸，蘇曼抓起浴袍趕緊爲阿布披上。下一秒游泳池水面竄出了夏董。

「你幫我拿浴袍給夏董。」

美女請求幫忙，當然義不容辭。當我正要將浴袍遞給夏董時，他跟阿布做出同樣的動作，以爲我會在他背後將浴袍攤開，好讓他穿上。蘇曼給我使了眼色，我只好好人做到底，在夏董背後服務他穿上。看著溼透的夏董，沒想到西裝底下的身材還眞是不賴。他綁好了浴袍，便在一旁的椅子坐下。

似乎察覺我的尷尬。「一塊用早餐吧！」夏董這麼說。

「這怎麼好意思。」

「夏董都開口了，阿守就留下來吧。」蘇曼也說話了，我怎麼好意思離開。拉來張椅子就坐在蘇曼跟夏董中央。蘇曼跟阿布的親密動作，讓我不禁開始好奇起他們的關係。

夏董察覺我的心思，自顧自的講起話來，「阿守，你要不要來當我的特助？」這句話成功讓我的視線從蘇曼轉移到他身上。

阿布放下手上的刀叉，他們兩個也看著夏董。「你不是已經跟我借將。我都答應讓蘇曼回台灣幫你了！」

「蘇曼是第一特助。她不可能一天二十四個小時奉命，這樣太操勞了。」

「你是懷疑我的訓練嗎？」阿布語調有些升高。

「阿布哥，誰敢懷疑你的能力！」夏董勾起了阿布肩膀。阿布收到夏董眼色，忽然了解什麼而放鬆下來。「等我有放心的特助，我就立刻把蘇曼還你，送回你身邊。」

阿布莫名伸手拍了拍我的肩膀：「加油！」

「阿守還沒答應要來當夏董的特助。」蘇曼說話的時候，我腦袋裏想著如果可以跟這樣一個美女成爲同事，上班的心情應該不錯。

我正想開口，阿貞他們從遠遠的地方喊著我的名字。

「原來你在這裏啊！」「我們要去餐廳，卻找不到你。」

離開時，夏董再次開了口：「特助的事情，你好好考慮一下。」

我向他點點頭，表示我會考慮，「我先離開了。」轉身的時候，夏董竟然拍了下我的屁股。

「想不到你還會識才惜才。」阿布說。

溫泉飯店假期後，我眞的去見了夏董。他的公司屬於製造業，是總部位在德國的家電公司——「德意電器」，以工業設計、堅固實用聞名。之前亞洲區業務全以授權代理方式處理，如今夏董決定要開設亞洲區分公司，對業界無疑是一枚震撼彈；而之所以將總部設在台灣，聽聞主要是私人因素。我上網搜尋了一下，大家最關心的售後服務，原廠維修直接在台處理，送修時間大爲縮減，使用者普遍對於德意電器進軍亞洲相當興奮。

蘇曼連絡我的時候，我興奮得幾乎是勃起著講電話，彷彿她本人就貼緊我身體在耳邊說話。在大樓大廳處，跟櫃檯說明來歷後沒多久，穿著套裝的蘇曼從電梯走出，才看到她的高跟鞋我的視線就被吸引。

「馬先生你來了！」蘇曼的客氣尊稱一時讓我還眞是不習慣。登記完資料、換取證件後，隨著蘇曼步入電梯。

「蘇曼，你太客氣了！在其他人面前也可以叫我阿守。」變成兩個人的空間，我這麼說著。

端正站立的蘇曼笑了笑。跟在她後面走著，讓人忍不住注意起她走路扭動的臀部，那個窄裙底下貞的有貞操帶這種東西嗎？她現在還穿著嗎？還是根本沒有貞操帶這種東西，只是阿貞跟小戴眼花。

「你來啦？」我一進去夏董的辦公室，便看到他坐在沙發上，指著旁邊。「坐！」

蘇曼端了咖啡進來，彎腰擺放，離開。

「你有自信可以做好一個特助的工作嗎？」夏董沒有說明特助工作的內容，只問我有無自信，這樣相當難回答。不過我還是覺得自己是沒問題的。

「蘇曼遲早會回去德國阿布身邊喔。我要找一個很快能夠接替蘇曼工作的特助。」聽到這邊我不禁有些落寞。

「我需要的是一個**24／7**（一周7天、一天24小時）全職的特助。」夏董講到這，蘇曼敲了門，進來提醒夏董下個行程。「我知道了，其他的事情，我交給蘇曼處理。你要不要來上班，跟蘇曼說一聲就好了。」

「馬先生，麻煩你這邊請。」蘇曼帶我到一個小房間，先讓我填寫面試資料，自己離開去招呼夏董的客戶後再回來。

門關上，只剩兩人空間，蘇曼露出了那天早上的和善表情，不再是剛剛精練秘書模樣。「阿守！」聽見她叫我的暱稱，有種開心的感覺在心頭。

「聽夏董說你之前在他下榻的飯店裏，幫他按摩腳。」蘇曼提起了那次非常尷尬的事件，「他對你印象很好，相信你會認眞工作，所以他希望你能夠在他身邊當特助。」

聽到這邊，我覺得夏董需要的根本是奴才。內心正因爲夏董跟蘇曼矛盾交戰時，我的手突然感覺到電流，是蘇曼將手貼在我手上。「阿守，你可以勝任的。」

她站了起來，「我帶你參觀一下你的座位吧？你的座位就在我對面。」

座位在夏董辦公室門口，兩張桌子相對擺著，像極了電影場景。桌子只有桌面跟活動櫃。試坐了一下椅子，才一坐下內心就吹起口哨，如果蘇曼坐在對面，她裙底的風光將一覽無遺。

蘇曼突然靠上我的桌子邊。「你回去考慮一下，給我個電話。」

踏出那棟巨大的建築物，我回頭仰望延伸到天空中的大樓，玻璃閃閃發光。我已經決定要去上班，成爲夏董的特助、蘇曼的同事。

上班第一天，我穿著合身的西裝，頂著新剪的頭髮、乾淨的下巴，踏進那座陽具般高聳的辦公大樓。跟櫃檯說明後，由人事部的同事帶領上樓報到，塡寫資料等等。辦妥一切手續，我來到自己的辦公桌前，蘇曼站在她座位旁邊，伸出手，笑得燦爛的說：「新同事，歡迎你第一天來上班！」

蘇曼帶我走了一圈公司內部，介紹環境後，整個早上，我就隨蘇曼一起站在夏董旁邊，跟著蘇曼學習，幾乎就貼著她的頭髮、貼著她的身體。雖然我一直試圖製造兩人私下相處，接近邀約的機會，可是她與夏董形影不離，夏董到哪，她就到哪，毫無介入的可能。

雖然已經和她在工作中慢慢培養了默契跟情誼，但離目標還有段距離。

「你今天怎麼特別開心？」一起洗澡時，阿貞這樣問我，我什麼也沒說，只是親吻她，然後上了床。

那天接近中午，我經過蘇曼身邊，她彎腰收拾桌上的茶杯，那姿勢正巧堵到我身體，讓我瞬間著火，慾念焚身。辦公室裏頭看得到卻吃不到，慾望累積在褲襠裏，相當難受。內褲外褲束縛的性慾，即將爆發。一離開夏董辦公室就躲到男廁，坐在馬桶上，我便急叩阿貞，問她要不要來個午餐約會。和阿貞的午餐約會，吃飯吃到床上。

一回到辦公大樓，櫃檯便急著告訴我蘇曼找我，連忙回到座位。

「阿守，你中午去了哪裏？夏董一直在找你。」蘇曼走到我身邊，貼上我臉頰咬耳朵。她的姿勢還有我們之間的距離，又是一次的誘惑。才洩過的精力，似乎又滿格了。「他氣炸了。」

她轉身背對著我，按下桌上電話的通話鍵：「夏董，阿守回來了。」

還沒看夠她的背面，還來不及起些邪念，她便轉身要我趕緊進去夏董的辦公室。

腳才踏進去，夏董便對我大發脾氣。門關上，他更大聲了。夏董像罵小孩般的罵著我，而且很明顯的佔著自己是上位者，鼻孔出氣頤指氣使的對下位者說話。氣什麼啊？拜託！難道我連中午休息的時間都沒有？夏董發脾氣時，我動都不敢動一下，整個背部溼透了。如果不是蘇曼進來報告事情，打斷了夏董的口沫橫飛，我大概整個人會如掉進游泳池般，衣服、褲子扭出大把水來。

夏董吩咐了些事情，蘇曼回說需要我的幫忙，拉了我離開夏董面前。跟著蘇曼去處理夏董交代的事情，她走在我面前，一邊叮嚀著特助身分必須讓老闆隨傳隨到，夏董找我的時候，她打了很多通電話來，可是都轉進語音信箱。拜託，誰燒幹的時候希望被電話打擾，而且還是工作的事。蘇曼多說幾句，我心裏開始不斷的間譙[3]還不是她害的。愈想愈氣。如果不是她惹火的身材在面前誘惑著我，何必中午開溜打炮、發洩呢！

無人的走道，只剩下男人和女人的聲息，想著想著，我突然生了熊心豹子膽，健步至旁，將蘇曼壓在牆上，身體緊貼她，讓她感覺我的堅挺，爲她無法克制的勃起。鼻貼鼻，側臉強吻了她，然後不斷的親吻。我的手伸向她絲襪包覆的大腿，到裙內的雙腿之間，攀過她的蕾絲內褲，直到她神祕地帶。忽然我的手摸到了奇怪的觸感，我疑惑的看著她，她看著我，想起了阿貞跟小戴那天「穿貞操帶女人」一說。

蘇曼怒視我，猛然賞了我一巴掌，快速跑開，留下呆在原地的我。原來貞操帶是真的，我看著自己的手掌，回憶著剛剛摸到的觸感、溫度。

在洗手間用力的將水潑向自己的臉，試圖冷靜，襯衫的領口因此有些溼透。鏡子前整理好服裝儀容還有情緒，才忐忑的回到座位。蘇曼不在位子上，我偷偷的往夏董辦公室裏瞧，看見了蘇曼的背影還有夏董說話的神情。當理智恢復，我知道剛剛做了一件糟糕的事，足以毀掉我的蠢事。夏董透過了直式百葉窗空隙看見了我，他按下通話鍵，找我進去辦公室。

戰戰兢兢的踏進夏董跟蘇曼的視線，轉身關門像隻埋頭鴕鳥，身邊聲音寂靜得只剩下我的皮鞋聲。

「我聽了蘇曼說你剛剛對她做的事情。」我完全不敢看蘇曼一眼，立刻九十度鞠躬。來不及舉起腰抬頭開口道歉，夏董又說：「這是嚴重的辦公室性騷擾。不！是辦公室性侵。我沒有辦法接受這樣的員工。你給我離開。」

夏董指著門外。我看著他的手指頭，蒼白了臉。緊握手掌冒著汗，忍不住手心抓啊抓的。

3 間譙 kàn-kiāu：男人罵人叫「誶」ts'ēh，重一點叫「譙」kiāu。「誶」字在官話和普通話現在變為ts'áu。

「我一定會告到你脫褲子，你等著去牢裏蹲吧！」

忽然間我慌了，呼吸變得痛苦，看著站在一旁的蘇曼，內心十分愧疚與抱歉。雙腿一軟便跪了下去。膝蓋接觸地毯時，碰的好大一聲，雙手硬撐起整副軟弱的身體。

「夏董，我想阿守不是故意的。」聽到蘇曼爲我說話，我有些不敢相信。被我這樣對待的蘇曼，竟然還願意替我求情。我的眼眶泛著淚光，臉頰感覺到濕熱。

夏董走到她面前，雙手握著蘇曼臂膀。像個長輩般對著她說：「蘇曼，你是阿布最心愛的玩具。如果你出了事情，我實在沒有辦法跟阿布交代啊！」

「夏董，你就原諒阿守吧！讓阿守留下來吧。他學習力很強，而且很多事情已經上手了。」

「放一個色狼在你身邊工作，我不放心。」

「夏董，如果阿守願意在上班時間，戴 cb 呢？」蘇曼說了一個我聽不懂的名詞。什麼是「cb」？

「不！還是太危險了。」夏董嚴厲的回應。

蘇曼走到我身邊蹲下，「阿守，我相信你不是故意的。」聽見蘇曼對我說出這句，我的眼睛更紅了。

「阿守，答應夏董，你上班時間會戴上 cb，而且保證這種事情不會再發生了。」

聽見蘇曼這樣說，我知道只要答應夏董戴上「cb」，這件事情就可以大事化小，小事化無，也管不得「cb」到底是什麼東西了。「夏董，我答應你。我會在上班時間戴上cb。」

夏董看著我，嚴肅面無表情的臉上，忽然露出了猜不透的面容：「蘇曼，去跟阿司訂一組cb。」

這一天剩餘的上班時間非常恍神，總有種不好的預感。「cb」到底是什麼？一邊處理著其他主管呈給夏董的簽文，我抬頭盯著電話中的蘇曼。想開口，卻哽住。好吧，不管了，不要想太多。既然蘇曼肯原諒我，「cb」管它是什麼，着卵胞掠緊硬做（就卵胞抓緊硬做）。蘇曼目前還沒將夏董下班後隨時待命的工作，交接給我，所以公司晚上七點下班時間一到，她就提醒我可以打卡離開下班去。我站在她座位前，無論如何一定要向她鄭重的道歉。

當天晚上找了阿超出來喝悶酒，回家後，與阿貞上床發洩苦悶一直到筋疲力盡。入睡時，阿貞枕在我胸膛上問我是不是發生了什麼事情，但我卻什麼也講不出口。

在櫃檯簽收了來自阿司的快遞後，我抓起小紙箱還有些夏董的信件上樓。將小紙箱交給蘇曼後，她先送進夏董辦公室，然後出來交代我先處理完手頭上的事情，準備進去。我心裏相當不安，不曉得夏董口中的「cb」到底是什麼。

走近夏董的辦公桌，他手邊有個比剛剛小紙箱還要小的白色紙盒，上面燙著銀色字跡。

「cb 來了。」

「夏董，cb 是？」

「男性貞操器。」夏董打開了紙盒，取出了一個透明的東西。他的眼睛在那東西和我下體之間比劃。

「男……性……貞操器……」我實在沒辦法相信自己耳朵聽到的話。那是什麼鬼東西？貞操帶不是女人在用的嗎？不是軍隊出征，怕家裏的女人偷人才設計的，怎麼會用在男人身上？

夏董離開座位，手上拿著透明物跟紙盒走到我面前。拎在手上的東西像極了男人的老二。

「你昨天答應過會在上班時間戴上 cb。」他一靠近，我便後退。我的確答應了這件事情，可是答應前，我並不知道 cb 是什麼東西……

「把西裝褲脫了。」夏董下命令。

我又站離了他幾步。「你不可以叫我脫褲子。」我舉起手，伸著食指說。

夏董忽然往門口走去，向外伸頭，「蘇曼，進來一下。」

我看見蘇曼，她疑惑的看著我，「阿守，有什麼問題嗎？」

「你知道夏董口中說的 cb 是什麼對吧？」

她點點頭。「你答應的。」

夏董從他口袋中掏出手機，播放昨天的對話，是我的聲音，是我答應夏董，上班時間會戴上cb。

「說話不算話?你現在要反悔嗎?」蘇曼質疑我。

「你還算是個男人的話，就爲你說過的話負責任。或者你要爲你做過的事負責任……」我清楚的聽見夏董語帶威脅。

「夏董……」

夏董放下手上的東西，雙手擺在蘇曼肩膀上。「我知道你跟著蘇曼工作，情不自禁。」是的，夏董把性感尤物放在陷阱裏，我怎麼可能克制得了跳下去的慾望。

他突然笑了笑。「這樣吧，我叫蘇曼幫你脫褲子。」

蘇曼緩緩走到我面前，我聽見自己的心臟跳得很快。她突然在面前蹲下，我從上方往下看見她的乳溝。在我色心露出的時候，她已經解開我西裝外套釦子，伸手往皮帶頭解去。

「等等。」我說等等的時候已經清楚的知道，我有反應了。看見她擦了指甲油的手指解開我的褲頭，拉下拉鍊。西裝褲應聲而落。我的下半身只剩條平口褲，而且是已經搭了帳篷的平口褲。她抬頭看著我笑了。當她再度伸手，我往後退退沒幾步，便被腳邊的西裝褲絆倒。

夏堇的皮鞋出現在視線裏。他伸手彈了帳篷頂。「你的身體還滿誠實的。把內褲脫了。」

我看著爬向我的蘇曼。不可否認，我處在一個奇異的狀態裏——眼前有誘惑我的蘇曼，還有站在命令位置的夏堇，而我是勃起的。蘇曼的雙手伸向我的腰間，只要我把屁股抬高，內褲就會輕易被脫下。

「戴上 cb 以前，我讓蘇曼幫你打個手槍吧！」我無法相信夏堇此刻說出的話，而我看到蘇曼的神情，就是一副夏堇說什麼，她都照做的態度。

蘇曼表情愈眞，我就愈相信。於是我的屁股往上抬，讓那條平口褲跟著西裝褲一起被拉下。當蘇曼手握住我的老二，我的眼睛還無法相信這一切，即便已經性幻想過幾百次。她的手上下套弄得我相當舒服，該快該慢，適切速度控制了我的興奮。

夏堇走到她的背後。「你在上班時間戴 cb 嗎？我再一次問你！」

我看著夏堇沉默沒有說話，夏堇的手按著蘇曼肩膀，她便停了下來。我的老二竟然開始感覺失落，我的老二背叛了老大。我喘著氣回答：「快點！繼續……我想要……」

夏堇的臉說著他不滿意我的回答。

「我願意……」我一回答，夏堇的手再碰蘇曼的肩膀，她的手便開始又有了動作。「……我願意……上班時間戴上 cb……」蘇曼一手上下掌控著勃起的傢伙。

「求我把你鎖住。」夏董的話讓我愣住。我一遲疑，夏董又按了蘇曼的肩，她的手再度停止動作。在她手掌中的老二又忽然失去刺激。夏董手按了蘇曼，她才繼續。繼續或停止，蘇曼完全依照夏董的意思掌控了我的下半身。「求我。」

「拜託。夏董。」

「說要怎麼樣？」當我的喘息聲愈來愈大，我知道我快射了，夏董跟蘇曼都知道這件事情，而我竟然在另個男人面前表現出私密的行為。蘇曼的手像是等著我的答案而緩慢下來。

「……讓我……射……」喘息著說完，她的速度再次加快。夏董又要我求他。「……夏董……求求你……」瀕臨射精的高潮臨界點。「夏董……求求……你……鎖住我……讓我戴cb……求求你……」我在卑微請求中，噴射了出來，襯衫上一道痕跡直射到喉結。

全身冒汗，射精後的空洞期，我感受到另外一雙手，男人的手掌，正在我雙腿之間翻動。有一個硬環卡住我整副下體。

「感覺很容易卡環喔！」我的陰囊上有雙手正在秤重打量斤兩。聽見金屬卡榫聲，我回過神，雙眼看見了透明壓克力老二形狀的罩子，牢牢的將我整副男性生殖器官包住。

戴好貞操器站起來的時候，感覺有股力量將卵胞往下拉扯。套上內褲、西裝褲，拉拉鍊，整個襠部變得超憋，原本貼身的西裝褲隨時要爆裂開，坐立難安。下午跟夏董外出，等蘇曼會合的時間，在夏董車內我趁機撟著難受褲襠的舉動被他發現。

「你的褲襠空間不夠……」夏董說的話聽在耳朵裏盡成了風涼話。

「還不是裏頭的鬼 cb 害的。」話一回，夏董笑得豪邁。

「我帶你去訂做幾條合適的西裝褲吧。」夏董指示司機將車開往信義計畫區。司機停妥後，我先下車幫夏董開門，跟著進了電梯，走進一家高級男裝店。這家店位在百貨公司的精品樓層，夏董一走進店內，便有人員立刻來招呼。等著什麼人時，夏董逕行坐在店內的沙發區，而我緊張得想上廁所。

站在男廁小便斗前，拉下拉鍊從西裝褲裏掏出老二，「誶！戴 cb 焉怎噗尿 4 啊！（戴 cb 怎麼撒尿啊！）」我大冒冷汗，沒想到這麼麻煩。而且一有人走進男廁，我便心跳加速，開始緊張。緊貼小便斗，怕被人看見褲子裏、老二上的異狀。正當膀胱放鬆尿液流過尿道，射出接觸空氣時，我突然感覺到自己扶著戴 cb 老二的手傳來一股溼溼溫溫的觸感。cb 裏頭的老二變成浴室的蓮蓬頭向四周灑水，尿上了我的手，還有褲襠。

「哭爸 5！」O型腿走到洗手檯前的我不斷咒罵著。弓著身體，才好將拉鍊拉起。經過旁邊的人，全都看見了。我揮起了拳頭作勢：「誶！沒看過人尿褲子啊！」

「誶！」戴著 cb 小便，竟然尿了一褲子。我站在洗手檯前面，尷尬的用清水擦拭褲襠。

踏進男裝店，便被請到夏董待的貴賓室。遮不住的痕跡，一進入夏董便笑了：「你站著尿尿啊！怎麼不坐著小便？」

「又不是諸母❻，無卵鳥。（又不是女人，沒有老二。）」話一說完，夏董笑得更大聲，我完全不懂笑點而有些納悶。

一旁一看就知道是死同性戀的男人也跟著笑著，他招來助手，接了皮尺。

「阿迪，他戴了 cb，麻煩你幫他做幾件合適的褲子。」我聽見夏董在他人面前提起 cb。這位服裝師知道我褲子裏的東西，我一臉無奈……

當他蹲在我面前量著腿長時，我看見他對著我的褲襠笑，像是嘲笑著我這麼大個人了還尿褲子。量褲襠部時，他的手還故意觸碰我的下體。即使隔著一層壓克力殼，我仍然可以感覺到眼前這個男人輕佻的手。「你瞧你，幹嘛站著尿尿呢？尿得一褲子都是。」他站起來後，隨即取了張溼紙巾擦著雙手。

「既然戴了 cb，就乖乖坐著尿尿啊！」他忽然笑得很娘，「就跟你口中的諸母一樣吧。」

❹ 潠 soān：令水作連線射出。潠尿當撒尿。

❺ 哭爸 khàu-pē：台俗尋常只能說哮（吼）。哭只限用於哀死人，一般以此字加強語氣。

❻ 諸母 tsa-bó：女人。現代俗寫漢字為查某。

坐著的夏董翹了腿，露出他的花襪子，「我還沒教他！」

「夏董，你眞是太壞了。」

「我很壞嗎？」當夏董看著我的時候，我眞覺得五味雜陳。「阿迪，先拿一件即可穿的褲子給阿守吧。」

阿迪挑了件給我後，原本轉身要走進更衣室，卻被夏董叫住。我回頭看著坐在沙發上的夏董。「不用進去了，在這邊直接換一換，好走了。」

阿迪吹起了口哨，「對呴，MAN 貨何必用更衣室。在外面換褲子才夠男人！」

在外面換就在外面換，有在怕的嗎？

西裝褲一脫下，夏董口中發出嘖嘖聲：「我勸你還是別再穿平口褲！」

「穿平口褲才舒服，大家不是都穿這種內褲嗎？」

夏董嗤之以鼻，「戴了 cb，還穿平口褲根本就是在練帝王陰吊功。你不會覺得好像有人掐著你的卵胞，用力往下拉嗎？」在夏董提醒以前，我還沒有特別察覺，經他一說，我便感覺平口褲裏有股力量抓著我整個卵胞用力拉扯。「即使 cb 這麼小的東西，也是有重量的。」

嘴角開始因爲不舒服而抽動。

「內褲也換掉吧。」

我的眉頭開始皺起來。

「阿迪，拿幾件三角的給阿守吧。撐托力好一點的。」助理拿了三盒內褲交給阿迪，夏董從沙發站起拆開其中一盒，手攤在一件黑色內褲的褲襠處，測試著支撐力。夏董用下巴指使。「你身上那件脫掉吧。」交給我手上的內褲後，便坐回沙發，又翹起了腳。

他和阿迪四隻眼睛注視著我。

「夏董你去哪裏找來的 MAN 貨！」阿迪笑得妖艷。

阿迪是在嘲諷我剛剛說過的話吧。脫就脫，沒什麼了不起。在夏董與阿迪的視線下，光著下體套上三角內褲，正準備套上西裝褲拉上拉鍊時，夏董竟然走到我面前，手一把就伸進去我身上的內褲裏頭調整襠部位置。看著阿迪隨著他離開貴賓室，我才忽然想到剛剛夏董對我卵胞伸手？

還不到七點下班，蘇曼提醒我，離開辦公室前，要找夏董拿 cb 的鑰匙。她說話的時候，讓我尷尬不已。進去夏董辦公室前，我停了下，看著她。

「怎麼了？」她抬頭看著我。

我搖搖頭，欲言又止，便進去找夏董。打斷夏董在沙發上的休息，他揉揉眉間，「你來拿鑰匙？」夏董用他的下巴指向桌上的那把小鑰匙。

我拿了，正要轉身離開。

「在這邊把 cb 脫掉！」

我轉頭，不可置信的看著他。

「有問題嗎？」

一轉身，就把西裝褲褲頭解開，唰的掉到皮鞋上，三角褲拉到膝蓋，便拿著鑰匙解開這個讓人一整天渾身不自在的 cb。罩住老二的透明罩解下來後，空氣中多了些阿摩尼亞味道。這是我第一次自己解下 cb，這個折磨人的透明東西，即使罩子解下，整副男人的驕傲被束縛了一天，仍不斷湧起陣陣痠意。

我疼痛呻吟時，夏董站在我面前。「這邊不會解了嗎？」他伸手解開那圈屌環的卡拴。抽出後，他拉屌環離開我的身體，屌環卡在兩顆蛋蛋中間，讓我痛得叫了出來。

「又卡住了。」夏董還故意拉了幾下，聽我多叫了幾聲。

「不要再拉了。」我手貼在夏董身上。

「卡卡的。」夏董笑得無禮。他捧著我的蛋蛋，緩緩的將屌環抽出。當 cb 組完全離開我的卵胞，我終於鬆了口氣，得救了。「明天上班前，先進來辦公室我找，把 cb 戴上。」

我揉著卵胞點頭。

走出辦公室，蘇曼不在位子上。步出大樓，邊走邊拉著西裝褲，身上連內褲都是夏董爲了要我戴 cb 特別買的，當 cb 不戴在身上，襠部似乎就多了些空間，摩擦讓人難受。在路邊調整胯下，老二軟趴趴一樣難受。

撥電話給阿超，強迫他一定要跟我出來喝一杯。我們坐在往常的酒吧，一坐上高腳椅，便跟酒保要最烈的。唉了幾聲，阿超便搭上我的肩膀：「老大有孰事載焉怎佇茲哀！（老大有什麼事情好哀聲嘆氣的！）」

覺得很煩，推掉他的搭肩。

「你無是晷日（整天）都跟貞操帶美女工作在一塊嗎？焉怎有奅着冇？[7]（怎樣有吃到嗎？）」

我看見了阿超撟褲襠的動作，一整個火躁了起來，「都已經是貞操帶美女了，怎麼可能吃得到。」

他推了我。「把她的貞操帶脫掉啊！」

7 奅 phānn：結交異性朋友。

我緩緩放下手中的杯子，看著口出妙語的阿超。「脫掉貞操帶啊！」

「你最好不要動歪腦筋到她身上。」忽然之間我感覺有人抓著我整副卵胞。

「老大，拜託，你都已經跟她一塊工作了。讓我肖想一下會死喔！」

每當腦袋動起歪腦筋，我就感覺到胯下有重量拉著我的卵胞，哀疼已經超越了歪念頭。

「老大，要是你吃不下貞操帶美女，要不要讓位？」他拍我的胸，「不要站著茅坑不拉屎。」

不爽的推了阿超一把，丟下鈔票，便匆匆離開酒吧。

晚上站在蓮蓬頭底下洗澡，低頭搓得特別用力。以往只要摸摸，兄弟就可以槓起，今天搓了老半天，也只到充血，爲以後可能不舉而煩惱不已。

心思全集中在胯下幾斤肉時，阿貞走進浴室，將浴簾拉開。「你換下來的西裝褲跟內褲都有股很重的尿臊味。」

「今天比較忙，連上廁所都被催。」

「這麼忙啊，你這件內褲是什麼時候買的？西裝褲也是？」阿貞兩根手指頭捏著褲子問道。

我背著她解釋：「今天。跟夏堇去男裝店，順便買的。」當然是不可能跟她說內褲跟西裝褲是因爲 cb 買的。

穿著寬鬆平口褲才有種自在輕鬆的感覺。躺在床上，阿貞開口問：「你怎麼悶悶不樂的？」

「沒事。」我回答的時候，阿貞的手正游移在我身上，可是我一點都不想要。「我累了。」

不可否認換了款內褲跟西裝褲後，行動，走路或者坐著都變得相當舒適，真的不再感覺有人掐著我的卵胞。出門前著裝，脫掉四角褲，準備穿上托住 cb 的三角內褲時，我的兩腳怎麼都不想踏進去。套上內褲後，眼角一酸，只想飆髒話。上班前的著器，怎麼也無法將屌環放置在正確的位置，雙手抖個不停。

「害怕嗎？」夏董已經站在我面前，把卡在環兩側的蛋推進去，快速的將拴放入，鎖上，「趕快把褲子穿起來，好開始上班了。」

他拍著我的屁股時的神情，不知道是嘲笑還是鼓勵。

有了貞操器後，我發現蘇曼身體對我很親近。尤其每天戴上貞操器沮喪走出夏董辦公室時，她總會靠在我身邊，貼我貼得很近，可以聽到她的鼻息。她相當放心的接近我，之前遇到這種情況，我的老二早就翹得半天高了；現在，我的老二只能稍稍的在透明容器中充血，胯下一緊，便提醒了我，再充血一點就要開始疼痛。因此每當有感覺時，我便會離蘇曼稍微遠些一，或者離開現場。聽見她的笑聲，我都會無地自容。

「……你會瞧不起我嗎……」

她笑著搖搖頭，「敢作敢當，才是眞男人！」她比起大拇指，我抓著褲襠，害羞的笑了。

櫃檯說樓下有我的訪客，看到阿超出現在公司，我有些訝異。

「老大，你爲怎加緊張？噗尿滴着褲？（老大，你這麼緊張幹嘛？你尿褲子喔。）」阿超往我胯下一抓，我整個屁股往後縮。「哭！還硬著！這麼久沒捋8喔？還是跟美女一起工作，整天都硬梆梆！」

「你來找我幹嘛？」

不打算帶阿超上樓，倒是蘇曼下樓來。

「嗨！美女。」阿超竟然自己跑去跟蘇曼打起招呼。他一屁股靠在蘇曼旁邊的柱子邊，耍帥的跟蘇曼閒扯。

「阿守，夏董有事情找你，先上去找夏董。」

我應了聲，厚臉皮的阿超說想上去，而蘇曼竟然答應了他。

電梯裏頭，阿超似乎存心想讓我丟臉。「老大，你尿褲子的痕跡也太明顯了吧！」

阿超講話時，蘇曼用握拳的手遮在嘴前噗嗤笑出。電梯鏡子裏都是我的無地自容。

他斜眼看我，充滿著嘲笑：「這麼大了，還尿褲子。胷虧喔！」

「辞！」我舉起手臂，又放下。

很快的進出夏董的辦公室，一出來便看見阿超跟蘇曼聊得愉快，臉還貼近她。「美女有興趣一塊吃個中飯嗎？」

還好蘇曼搖搖頭，「沒辦法，不能兩個特助同時都外出用餐。」

「那我們只好拋棄阿守囉。」聽到阿超見色忘友的發言，簡直讓人想從他後面腦勺敲下去。

「謝謝你的好意。」蘇曼推辭阿超的提議。她看了看手錶，「阿守，你跟朋友先去吃吧。我等你回來換班。」

阿超失望的跟我離開。午餐超難吃，因爲阿超開口閉口都是蘇曼，張嘴閉嘴盡是性語。

正忙碌的下午三四點，夏董從辦公室門口探頭對蘇曼交代事情，還指示她先回去，不用等他，司機會接送他。夏董一關門，我馬上從電腦螢幕前抬頭，用口型跟蘇曼無聲說話：「夏董要你先回去，是指？」

「先回家啊。」聽到蘇曼這麼說，我直覺的反應：「你們兩個住在一塊？」

沒想到蘇曼連想都不想、毫不顧慮的回覆：「我住在夏董家。畢竟我現在是夏董的第一特助。等我把工作都交接給你後，我想你住在夏董家才能勝任。」

聽到蘇曼這麼說，我暗忖：「誰要住在夏董家，蘇曼要是不幹了，我也不想幹了。」

「你今天七點以後有事情嗎？」

當蘇曼這麼跟我說時，我心裏第一個念頭是她想跟我約會嗎？「沒事，怎麼？」

「我想應該開始讓你接手夏董下班後的時間。如果有空的話，我想帶你去夏董家，看看走走。」聽見蘇曼這麼說，我有些不明白。「我們的工作是貼身特助，得隨傳隨到。」

她說話的時候，那雙穿著絲襪的腿翹得好長好閃亮。好美，美到我都忘了思考蘇曼的話。

離開辦公大樓，我跟著蘇曼搭計程車往夏董住所前去。中山北路直行，轉上行義路，便到了夏董的住宅。

「原來夏董住這附近啊，難怪上次會在溫泉碰到夏董。」下車後，我看著大門深鎖的別墅。

蘇曼收下收據後，拍著我的肩膀，「對啊，因爲夏董喜歡泡湯，所以回來台灣時，特別交代要找靠這邊附近的，我花了好些時間才找到這棟。」

蘇曼按了電鈴，裏頭便馬上有人應答開門。走進鐵門，庭院右手邊竟然有座游泳池，讓我驚訝。

一名穿著西裝，梳著整齊髮型，年約四十的男子走向蘇曼。

「房先生，我來幫你介紹一下。這位是馬守刻。將來他會接替我的位子，成爲夏董的第一特助。叫他阿守就可以了。」轉過身她說：「阿守，這位是房先生。這棟房子的大小雜事，都歸他管。以後有需要可以找他。」

「你好。」我對著房先生點點頭。

「你好。蘇曼，我先去忙了。」

房先生離開後，蘇曼便帶著我走進屋裏。「在這棟房子裏頭，除非有必要，不然房先生跟他底下的人是不會出現在我們面前。房先生住一樓裏面那間。不過一樓夏董只使用大廳。」

我看著偌大的客廳持續吃驚。

跟著蘇曼走向二樓。樓梯口邊，是她的房間。「我對面房間現在是空的，你來的時候可以住這間。」

住在蘇曼對面房間？我爲什麼要來住夏董這邊？來這邊的話，就住在蘇曼對面耶。一切發展令人困惑。

「回到這棟房子的第一件事情，就是先把自己的事情打點好。然後脫光衣服找夏董報到。」

「脫光衣服？」我訝異著重複了一次，確認。

「對。」蘇曼回答得理所當然。

「你在夏董面前脫光？」我又確認了一次。不敢相信。

「是的！」因爲蘇曼回答得乾脆，我忍不住的再問：「你跟夏董到底是什麼關係？」

「主人與奴隸。正確來說我的主人是阿布先生，不過主人將我借給了夏董，所以夏董現在是我的主人。」蘇曼邊說邊解開自己身上襯衫的鈕釦，露出了襯衫底下的黑色胸罩。我看著蘇曼的酥胸，都忘了思考剛剛她口中的主人與奴隸，感覺胯下開始有些騷動。蘇曼解下她的裙子，只剩黑色內褲和露出腰間的貞操帶，當她雙手撐在內褲腰間，準備拉下，我的胯下已經快要炸開，卻被阻擋在 cb 內。我抓著下體，企圖轉移注意力。

完全無法冷靜，卵鳥想要衝破牢獄，恢復自由。我聽見蘇曼嗤嗤的笑著。一轉身，便看到蘇曼身上只剩貞操帶，挺著她的雙乳。

「唉！痛。」我的髒話隨口而出，蘇曼笑得開心極了。

她拉起我的手，「脫光之後，就去跟夏董請安。」

她帶我經過一個走廊。而我想仔細看著她的身體，卻又不敢直視，怕胯下的老二又因爲cb感到痛苦。穿過走廊看見起居室，和一樓大廳相似，不過只有一張沙發椅。

「請安後，便可以幫夏董脫鞋。」

「脫鞋？連鞋都要人脫？」

「嗯嗯。我會帶你做一次。」她帶著我在屋內行走，「夏董脫下來的內衣褲、襪子，我們要親手洗，這些不送給房先生處理。房先生只負責外衣、西裝部分。」

明明赤裸的蘇曼就在身邊，卻不敢直視。如果是以前的我，早就撲上去了。

蘇曼帶著我走到浴室。

「該不會……」我還沒說完，她已經給我肯定的答案。

離開浴室，回到起居室，我已經注意到後面的擺放的床。我心裏想著該不會服侍夏董服侍到床上去了吧……

「我快喘不過氣來了。我出去外面抽根菸。」我彷彿來到一個平行世界。

站在路邊抽完一根菸，看見計程車開來，想也不想便招手跳上，逃離夏董住宅。

回到家，一點都不開心。計程車上滿腦子都是裸體的蘇曼，還有夏董跟她上床的畫面。尿急，站在馬桶前拉下拉鍊，伸手摸到壓克力讓我想起 cb 還在身上。一氣之下，也不管這麼多。看著透明殼子裏頭的龜頭噴出尿液，黃澄了殼，尿水順著開口流下。我看著尿液胡亂噴灑在馬桶四周，還有些沾在褲子上，心裏湧起一絲絲的爽快！

「馬、守、刻！」在客廳翹著腳看電視的時候，阿貞狂吼我的名字，氣呼呼的出來擋住了我的視線。「跟你說過多少次，尿準一點！你尿到整個廁所都是尿臊味，你爲什麼不順便洗一下廁所！」

「別生氣嘛。」原本想跟以前一樣去拍拍她肩膀，稍微安撫一下就沒事的，可是她拍掉了我的手。

「你下次再亂尿，你試看未（試看看）恁祖媽我敢不敢剪掉你那根，讓你坐著上廁所。」當阿貞講出這句語帶威脅的話，不曉得是刺傷了我的男性自尊還是怎麼了，我忽然也跟著大聲。沒多久我們便吵了起來。

一如我們往常吵架，把憤怒宣洩以後，便是火熱熱的燒幹一場。以往吵得精疲力盡後，壓上她的身體，彼此的能量就會再度補足。當我把她壓在沙發上，不斷狂吻時，突然感覺到老二被什麼給抓住了，硬得很痛苦。我才想起來，幹！cb還在我身上。隨著充血程度，愈感覺疼痛。阿貞的身體成了我痛苦的來源，我中斷所有動作，坐了起來。

阿貞突然跳上我的大腿，手伸向我的胯下。「你好硬喔。」

我把她移到旁邊座位，趕緊離開。「我忝丫。我先去洗身軀。（我累了。我先去洗澡了。）」

阿貞摸到的是cb的外殼，不是我堅硬的老二。在蓮蓬頭底下，手搓洗頭髮，而眼睛卻一直盯著胯下罩著我兄弟的該死傢伙。正當我抹起沐浴乳時，浴簾忽然被拉開，我下意識的將屁股對外。

「你今天有點奇怪喔。」

「哪有？把簾子拉上啦，我想趕快洗一洗好睡覺了。」阿貞離開後，我鬆了一口氣，還好轉身動作快，不然就被阿貞發現胯下的異狀。我抓著卵胞，沒想到竟然因爲緊張而勃起。這時候的疼痛眞是活受罪。拉著鎖頭，想找尋有沒有可能把cb拆掉的方式。除非拿什麼剪掉鎖頭連接栓的部分，不然拆不下來。而且要讓尖銳的大剪刀對準自己的老二上方，這實在太可怕了，讓十個男人去做，會有十一個不願意。

沒有鑰匙根本拿不下來，我放棄了，現在亂搞只是增加皮肉痛而已。擦乾身體，穿上平口褲，踩在浴室門外踏墊時，忽然想念起穿三角褲，被撐托住卵胞的舒適感覺。我可以感覺到cb正一點一點的往下滑，把我的卵胞整副往下抓。我站在衣櫃前，猶豫著要不要穿上最後一件夏董買來的內褲。

我輸了，還是拆開最後那件內褲乖乖的套上。

拉上內褲時，阿貞突然走近房間，嚇得我趕緊拉上，跳上床，將棉被蓋住下半身。「你今天真的好奇怪喔。」

「你不要想太多啦。」我回答。阿貞的手伸向我腰際，勾了上來，游移在我的肚子上。當她的手開始下滑，我便開始緊張。

她的手指頭滑到褲頭時，「你怎麼不穿平常睡覺穿的？」

我翻了個身，「我先睡了。」

她不高興用力推了我一把。

睡得正沉的時候，我引以爲傲、最硬最長的老二像是戴上金箍圈的孫悟空，正在緊箍咒底下受罰。cb 禁錮老二的尺寸，在狹小的空間裏頭努力想撐破壓克力壁。我輾轉難眠，左翻右翻，愈來愈疼痛。我痛得直接從深睡層衝上甦醒層，從床上坐起，隔 cb 抓著卵胞，希望趕快讓勃起消下去。但只能感覺到老二在狹小的空間裏拚命的呻吟。

身邊的阿貞，睡眼惺忪的勾著我的腰，「你怎麼了？」

我撥開她的手，往浴室跑。在明亮的浴室裏，我看見在 cb 容器裏頭勃起的老二痛苦而白目的衝撞透明壁。它自顧自的衝動，痛的卻是老大我啊！

隔天帶著黑眼圈上班。蘇曼對於我昨日的逃跑，並沒有多說什麼。她知道我褲襠裏頭仍戴著cb，一見面就如穿戴cb後踏出夏董辦公室的親暱接觸與談話。

她的雙手壓著我的黑眼圈，笑說：「好可憐喔。」

我對她苦笑著。

「你怎麼了？沒睡好啊？」夏董經過我的座位時問道。

我向他點點頭。

「因為戴著cb，不好睡？」我看著他，還沒回答，夏董就已知道答案般的繼續說：「你的身體還沒馴化，等習慣了，戴著cb也可以睡得好。」

想過要大聲嚷嚷還擊，也想過低聲下氣跟夏董求饒，讓我能暫時拆下cb，沒想到……

「既然已經是上班時間了，就繼續戴著吧。」一聽到夏董這麼說，我的眉頭都皺了起來，老二直發痠。

一整天的無精打采讓夏董忍不住拍著我的肩膀，要我振作精神。「你要是真的累的話，去旁邊沙發瞇一下吧！我還不是那麼嚴苛的老闆。」

夏董這樣說時，我忍不住望著蘇曼。她點點頭，拉著我的手，像我是她的好姊妹。我坐在沙發上，蘇曼便站在我後方，按摩起我的肩膀來。不到一分鐘，我便失去意識，進入沉睡。這一睡，像是不管發生什麼事情都不在乎般，硬要睡到身體電池充滿爲止。當我再度感覺到胯下疼痛，我的疲憊阻擋了疼痛，縱然感覺到不舒服，依然睡著。

「阿守怎麼發出這種奇怪的聲音？」我彷彿聽見蘇曼的說話聲。

「男人的身體戴貞操帶，都得接受這種疼痛。」聽到了夏董簡潔有力的回答，更是不想睜開眼睛。「下個月，阿布要你回德國一趟，這之前你得跟阿守交接好。」

「我知道。」

「這傢伙沒你在，大概就不想幹了吧。」

「夏董，我回去阿布先生身邊後，就得靠你的魅力征服阿守了。」蘇曼一說完，聽見了夏董笑得豪邁。

我發出了些聲音，打斷了兩人的對話。

「阿守，你醒了？」

我對蘇曼點點頭，揉著太陽穴。「你醒啦。去廁所洗把臉，我們回家吧。」

「回家？」我正疑惑，蘇曼勾著我的手臂。「對啊！你總是要接替我的工作啊。」

聽著蘇曼的話，我的臉色**大便**。

心不甘情不願，充滿矛盾的再次踏進夏董的房子。

蘇曼拉著我的手到二樓。「先去把衣服脫了，我們一會在這邊見。」她說完便走進她的房間，而我站在「屬於我的」房間門口。在衣櫃前將領帶解下，脫掉襯衫，鏡子前面打起赤膊。解開皮帶時，赤裸的蘇曼站在我背後。從鏡子裏頭看見蘇曼的裸體，雖然興奮，但令我訝異的是自己竟然沒有感覺胯下有任何疼痛。雖然沒有正面面對蘇曼，可是要在美女面前脫褲，總是有些不自在。脫到只剩條黑色內褲在身上時，蘇曼已經站在我背後，雙手環抱住我的腰。

「蘇曼。」我感覺到她的雙手伸進我的內褲腰間，手掌滑過我的皮膚。我聞到阿摩尼亞的味道，感覺到我的陰毛接觸了空氣。我的屁股貼在她的貞操帶上。「蘇曼，你這樣我那邊會痛。」

我的內褲已經掉到了腳邊。右腳然後左腳，身上除了 cb 以外，沒有其他的遮蔽。

在衣櫃鏡子裏頭，看見我和蘇曼的裸體，可是我竟然沒有任何疼痛，老二相當安靜的在 cb 殼裏。蘇曼拉著我走過走道，她在夏董的位子前，跪了下去。看見蘇曼如蜜桃般的屁股正翹在我面前，如果是昨天的我，老二早已翹起，現在已經在 cb 裏頭痛苦，可是老二卻沒有任何反應，明明我的內心如此興奮。

「阿守，你在那邊發什麼呆？」翹著腳的夏董看著我問。

跪下低頭的蘇曼對我說：「阿守快在夏董面前跪下。」

我的身體愣著，無法做任何的反應。我要跟蘇曼一樣嗎？我爲什麼要跟蘇曼一樣跪在夏董面前？這只不過是個工作而已，爲什麼讓我或者蘇曼變成如此卑微的身分。

「小曼，你多久沒做愛了？」我訝異著夏董竟然問著身爲女性的蘇曼如此尖銳的話題。

「半年。」

「也就是我從德國出發來台灣的時候，你就開始沒有被滋潤了？」蘇曼的臉通紅了起來，夏董繼續提問。「你喜歡阿守嗎？」

「如果讓阿守上你，你想要嗎？」夏董突然問起了更深入的話題。他從椅子上站起，停在蘇曼旁邊。他看著我，一巴掌拍在蘇曼的桃臀上。「想不想讓阿守好好的幹一幹你！讓你爽一下，解一解？」

「想。」我聽見蘇曼小聲又害羞的回答。

夏董站得筆直，走向我。站在我身邊。「阿守，你怎麼想？」

夏董一掌握緊我胯下的 cb，「想不想上小曼？還是你已經想很久了？」

夏董在我耳邊說話，誘惑著我。可是我知道我的老二沒有反應。我很清楚的知道並不是老二不想要，不是因爲它困在 cb 中，而是它正等著腦袋下令。這是我人生中第一次面臨的情況，再也不是老二指揮老大，我第一次眞正的感覺當個老大，可以指揮控制老二。

夏董與我正面貼著，他的雙手貼在我肩膀，然後沿著背，滑到雙臀上。他的左右手抓著兩塊臀肉，開始揉著我的屁股像是揉女人胸部般，是一種挑釁，「怎麼不敢說實話？」

「我想要！」

「求我。」夏董說的時候，雙手放下我的臀肉，挑逗般的捏了我的兩顆乳頭，走回他的位子，坐下翹起腳來。「求我讓你上她。」

「夏董請你讓我上她。」

「上誰？」夏董驕傲的皮鞋尖那瞬間在空中點了下。

「蘇曼。」我忽然間怯懦了些。

夏董沒有說話，反而讓我更緊張。「小曼，幫我脫鞋。」

夏董翹著的腳放在蘇曼手上。赤裸的她如先前說的請安以後，幫夏董脫鞋。夏董的腳剩下花襪，接著便光了腳。蘇曼的手準備伸向另隻腳時，夏董立刻晃開，「這隻讓阿守來脫。」

蘇曼乖乖跪在夏董脫了鞋子、襪子的腳邊，抬頭看著我的臉，到底什麼意思我都不清楚了。

「小曼，你就看著阿守他有多想上你，他有多喜歡你！」

此刻無聲的可怕超越了理智。我緩緩移動僵硬的大腿，走向夏董和蘇曼。我已經不曉得現在的自己處於衝動過頭，或者是理智要我做這件事情。回過神時，我已經照著蘇曼剛剛的動作，在夏董面前跪下，翹起了自己的屁股，額頭磕在地板上。

我感覺到夏董彎了腰，拍拍我的屁股。忽然拿起他的皮鞋往我的屁股上用力的拍打，我咬緊牙。他放下皮鞋時，我覺得我的臀肉紅了且印上他的皮鞋底紋。夏董停下動作，而我跪著，翹高的屁股動都不敢動一下。

他穿著的皮鞋在我的臉頰旁。「阿守，脫鞋。」

當我抬頭，看著夏董，手持著夏董的鞋時，我想起了那日在飯店幫夏董脫鞋的情景。我有些不可置信，有些恍然大悟。當日還穿著西裝的我，現在竟然是脫得精光，胯下還懸掛cb，雙膝跪著來替夏董脫鞋。

脫下皮鞋後，穿著花襪的腳有意無意的劃過我的鼻尖，像是刻意要我聞到異味。我抓住夏董的腳，將花襪拉下。

「看來阿守很想上你。」夏董摸著蘇曼的頭髮，「但一般的野男人怎麼可以上阿布先生心愛的玩具呢？」

夏菫銳利眼光看著我時，我竟不寒而慄。「小曼，你說誰有資格幹你！」

「主人。」

「除了主人之外的男人呢？」

「對方是主人的男奴，並且得到主人的允許。」

「主人的男奴。」夏菫抓著蘇曼的下巴。「阿守，你聽到了嗎？如果你不是我的男奴，你就沒有資格。」

我聽到夏菫的話，耳朵發紅發燙，他明明說著我聽得懂的話，可是卻像陌生世界的語言。什麼主人、什麼男奴？

夏菫站了起來，赤著腳走在地毯上，「你胯下ｃｂ，是我親手幫你戴的。你有權利選擇要不要成爲我的奴隸。我只給你三秒鐘考慮的時間。」

夏菫喊：「三。」我的內心撼動。「二。」我的腦袋完全無法思考要或不要，夏菫說的話催眠般讓人沒有思考餘地。「一！」當夏菫倒數到最後一秒，我的心臟都跳了出來。

「主……人……」連我都不敢相信自己對著夏菫說出口的話。

夏菫抬起腿來，一腳將我的頭踩在地上。「作爲一個奴隸，你現在是零分；身爲主人的我，會好好訓練你，讓你成爲及格的奴隸。」

看著蘇曼雙膝跪在夏董面前，恭敬的舉起雙手，接過鑰匙。她向夏董叩了頭後，便往自己房間去，留下夏董跟我。夏董拎著一把小小、刻著 master 花紋的鑰匙，「這是你身上 cb 的鑰匙。」

它在我面前搖著。

「眞是一把小小的鑰匙啊！」他傾斜身體，托著下巴，「你知道怎麼做了！」

我望著夏董的臉，聽著心臟撲通撲通的跳著。我跪好，然後伸出雙手，舉高，過了額頭。當鑰匙落在我掌心時，學著蘇曼的動作，壓著發抖的身體，緩緩的將頭磕在地板上。

夏董的腳再度的踩在我頭上。夏董彎了腰，手沿著我的腰椎摸向尾椎，拍著我的臀肉。「屁股翹高一點。我要我的**貞男人**翹著屁股，像是懇求主人幹一幹他。把屁股翹高，讓平常躲在屁股肉的屁眼接觸空氣。」

聽見夏董說的話，我忽然感覺屁眼一陣颼涼。像是有人對著我的肛門吹氣。「下去脫了 cb，把身體洗一洗，老二給我洗乾淨一點，再回來。」

再回來時，蘇曼已經跪在夏董身邊，還泡了壺茶給他。夏董拍了拍蘇曼，她便躺在他腳邊。

「阿守！」夏董又用他的下巴在命令我。躺著的蘇曼緩緩的張開她白皙的大腿。在我面前呈現M腿型，慢慢的露出她光滑沒有毛的女陰。已經解下ｃｂ的老二竟然沒有任何反應，我徹底的沉浸在她雙腿之間迷人的唇片。我無聲的走近夏董，他要我將手上的ｃｂ放在茶壺邊。

「躺下。」

相對無毛光滑的蘇曼，我則像是個全身長滿毛髮的野蠻人。蘇曼挪動身體往我靠。她翻了側面，和我相對。當她的手貼上我，我的兄弟竟然還很安分的貼在大腿內側。她緩緩與我貼緊。當我的兄弟在她雙腿之間時，它才有些些反應。老二一會兒才微微充血，這眞是失常的反應，讓我在蘇曼面前出糗、尷尬不已。從前它不會這樣對我的。我們四隻腳開始交纏。我的臉貼近她的臉頰，親吻她。不曉得爲什麼，我的心臟愈跳愈快，這麼快速的跳動，像是第一次上床，從未開機過的處男。我已經從處男變成**畜男**很久了，沒想到心臟還可以跳得跟處男一樣激烈。

我的皮膚觸覺突然變得很敏感，蘇曼雙手撫摸的感覺，每一吋肌肉都如此強烈感應。這之前，只有老二被摸的時候，專屬老二的感覺，這次竟然充滿全身，感覺我的身體變成一根巨大的老二。每個撫摸、每個親吻，都如此清晰而強勁。第一次不需要進入女人身體，便可以感受到高潮愉悅。當我的老二硬得貼上腹部時，我戴上套子，掰開她的雙腿，準備要進入蘇曼身體。我忽然瞥見夏董的眼睛，像是看兩隻動物在交配的眼神。低頭再看蘇曼時，我的老二已經軟了？已經軟了！怎麼會這樣？再怎麼想集中精神，要兄弟振作，都無法再硬起，挽救頹勢。

蘇曼在我耳邊說著：「沒關係的。」

我跟她，少了硬梆梆的老二豎在之間，剩下的只是又親又抱又翻。直到我們聽見了夏董的打呼聲。

「夏董累了。」蘇曼說。

她停止了跟我做愛，從我身邊爬起來。我坐起盤著腿，右手食指抽插著圈成圓的左手掌，「你不想要了？」

蘇曼張著微笑的嘴：「能這樣，我已經很滿足了。抱歉，我不能讓夏董坐在這張椅子上睡著。夏董還沒洗澡……你可以幫我嗎？」

蘇曼都開口了，我能說不嗎？我幫蘇曼服侍著夏董沐浴。這時候身為男人的我不多出點力氣，怎麼行？蘇曼一個女人怎麼可能扛得動夏董。她放完洗澡水後，我慢慢扶著夏董進入浴缸。她跪著，擦著夏董的身體。快洗到夏董的下體時，我有了異樣的感覺，超越看男人裸體的不舒服感——我竟然心生嫉妒，不想讓蘇曼洗夏董的老二。一手搶過泡棉，撇著頭伸手搓洗。我的滑稽動作，讓蘇曼噗嗤的笑了。

「小曼，你今天動作眞是粗魯。」夏董突然發出的聲音，讓蘇曼趕緊搶回泡棉，自己動手。

看著蘇曼照護夏董的行爲，眞希望夏董那根老二是我的。

沖洗完，濕漉漉的夏董搭著我的肩膀，緩緩走到床邊。他突然睜開眼：「阿守，是你啊！」

「是啊……夏……」旁邊的蘇曼拍著我屁股使眼色。「是啊，主人！」

送夏董上床後，她送我到門口搭計程車，還主動親了我的臉頰，讓我訝異，內心雀躍不已。她說掰掰時，我眞恨不得黑夜趕緊過去，白天工作時間趕快到來。

回家的路上，竟然覺得褲襠裏有些空虛，我也不曉得爲什麼。

隔天清晨起床，手臂觸碰到身邊睡著的阿貞。被窩裏另一個人的溫暖體溫，讓人忍不住靠近，大腿毫不猶豫跨過她的身體。早晨硬得發燙的老二往她雙腿間鑽。壓上她的身體，她雙手抓緊我的手臂時，我知道她被我的老二叫醒了。一杆到底後，恥毛摩擦，開始撞擊，身體發出趴躂趴躂的聲音，我難得爽快的叫出聲來。阿貞訝異的看著叫床的我。「我着爽！（我很爽！）」我雙手撐著她的大腿。

「……蘇……」我看著阿貞愉悅的呻吟，可是腦袋裏頭全是昨晚赤裸蘇曼的身影，連喊出的名字都快叫錯。

「……蘇……曼……舒服。」高潮的射精瞬間，脫口而出蘇曼完整的名字。

射精完，什麼也不想繼續，翻身躺平在床上，睡在自己枕頭上，喘著氣時，我好想看見蘇曼喔。阿貞的臉突然出現在我正上方時，嚇了我一大跳。

「你剛剛叫什麼？」她盯著我瞧。

「我剛剛說舒服。好舒服喔。」不管她相不相信，我便溜進浴室裏頭沖澡。

出門前，阿貞坐在床邊，看著我從三角褲、西裝褲、襯衫到領帶一件件的穿著。

「你怎麼了？一直看著我。你不用出門嗎？」

「我覺得你怪怪的。」聽著我突然心虛了起來。「你最近的行爲很反常！先是換了以前不穿的三角褲，然後今天早上的做愛。」

在阿貞繼續講下去以前，我趕緊親了親、抱了抱她，安撫起疑的她之後趕快出門。

出門、離開阿貞的視線以後，我才鬆了口氣。前往公司路上，我一直想趕快戴上ｃｂ，好好好靠在蘇曼身邊。這樣的我，不斷感覺褲襠裏空的那一塊。

夏董出現，蘇曼跟在他背後。我的視線落在她身上時，突然聽到夏董說話，「阿守，不好意思，我昨晚太累了。」坐在位子上的我，抬頭看著夏董，他的臉恰巧背光，看不清楚他的目光，但可以看見他嘴角的笑容。

「先進來我辦公室。」我知道夏董這句話背後的意思：到他的辦公室裏頭戴ｃｂ。

「是。」我回答的時候還望著蘇曼一眼。她笑著。當我背對蘇曼時，我覺得自己的某一部分背叛了自己。

一踏進辦公室，便看見地毯上的 cb。我彎腰要撿起時，夏董制止了我。「解開你的皮帶。把內褲脫到膝蓋下。」

在夏董面前，我一個穿著西裝的男人照著他的話，將內外褲脫至膝蓋處，露出了下體。

「跪著，把 cb 戴上去。」

我睜大著眼睛，可是我沒有反抗，雙膝就跪了下去。膝下的褲子變成枷鎖般，限制了我的行動。

夏董蹲在我面前，他的皮鞋鞋跟離地板還有些距離，他突然將地上的 cb 拾起，往後走了數步。「爬過來！」

我挪著束縛的雙膝，一步步的爬了過去。夏董站在我背後，像是欣賞著什麼美景般，顯露著奇異表情。

當我拿著 cb 零件的屌環往自己胯下套，環又再次卡在兩顆蛋中間，背後的夏董手伸向我的胯下，將卡在環外的蛋推了進去。「動作這麼不熟，每次都卡在這。我決定你的奴隸名就叫做卡卡。」

我愣了，什麼奴隸名。

「以後我叫卡卡的時候，就是在叫你。」說完，夏堇拍在我屁股上的那一掌，讓我五味雜陳。

「如果你還有疑惑也沒關係，我會慢慢讓你進入狀況的。」

夏堇在我將 cb 著裝完時說著：「蘇曼說今天晚上開始讓你做一休一，之後再慢慢變成你值一週她一週。漸漸把工作交到你手上。沒問題吧？」夏堇的手拍在拉褲子的我肩上。

「看蘇曼對你這麼有信心，我今晚讓她休息去燙頭髮，你一個人可以嗎？」夏堇坐在他的董事長椅子上，翹起腳來。

昨晚蘇曼已經事先告知過我晚間做一休一的事，經夏堇提醒，才想到早上出門時根本忘了告訴阿貞。走出辦公室，又開始覺得有人在拉扯我的陰毛，連帶走路也怪了起來。在茶水間打電話跟阿貞報備晚上不回家，阿貞立刻生悶氣，還掛我電話。我抓著眉間，對於阿貞的舉動，雖然能夠理解，但心裏再不愉快，都不會比現在褲襠裏有人拉扯我的陰毛來得嚴重。

夏堇忽然出現在我的旁邊。「cb 夾到毛啦？」

我睜大了眼睛，恍然大悟。

「要不要拿把剪刀去廁所，把毛剪一剪？」

哪個男人會剪自己的陰毛啊！

在我的奴隸房間裏頭將自己脫光，只剩 cb 在身上。夏董坐在那張象徵權力的椅子上，翹著腳，手扶下巴，如老鷹般銳利的眼睛盯著赤裸的我走向他。被一個男人盯著身體看，讓我雙手在走路時不知道該怎麼放。在夏董腳邊，跪下去時，我將自己額頭貼在地上。少了蘇曼在，脫光的自己跪在穿著整齊的夏董前，總有份奇怪的感覺。

「屁股翹高點！再高點！等一下我在你後面，看不到你的屁眼，你就知道厲害。」

聽見夏董的皮鞋聲走動，他蹲下，摸著我的屁股，他的手扯著箍著我卵胞的那圈透明屌環，他一拉，我就痛一下，「沒這麼痛吧！」

他開始揉著屌環周圍的肉，當他的手指頭有意無意摸到我的屁眼時，我覺得自己被侵犯了。有些憤怒，想反抗，身體動了一動。「你現在覺得我不該動你的屁眼是吧！將來你會來求我的。」

誰會去求人挖自己屁眼啊！

夏董用力打了我屁股後，回到座位，語氣有些不悅的說：「脫鞋！」

我伸手過去，他的腳像是故意為難，不願舉起。我用力抬起他的腳，費了點功夫才脫掉他的皮鞋。兩隻皮鞋脫掉後，我已經汗流浹背。

「流汗啦？」

我伸手擦了汗。

夏董伸了腳，把他的臭腳放在我鼻子前，「脫襪子！」

他的腳故意不讓我抓住，襪子三不五時的經過我的鼻子，久而久了我也不覺得臭了，只想趕快抓到他的腳，脫掉襪子。

光著腳的夏董要我替他按摩。他的腳放在我的大腿上，不斷的向我雙腿間的部位靠近。「你是不是不爽？」

夏董明知故問。我想起蘇曼離開前特別交代不要激怒了夏董，不然她會不好過。

我搖頭，「沒有。」

「阿守，你眞是不會說謊。」

準備好洗澡水，還要跪著請夏董來，眞是規矩多得不得了。夏董低頭看著我，「怎麼？不曉得要幹嘛？」

我抬頭不知所措。

「誰洗澡穿著衣服？」

昨天幫忙蘇曼服侍夏董沐浴，以爲他累得睡著才幫他脫衣服，怎麼連醒著時也要人幫他更衣。夏董自己脫光了衣服，剩下身上的西裝褲，他頂著老二。「你要發呆多久？我上衣都脫光了。」

誶！我長這麼大，第一次幫另個男人脫褲子，搞得自己好像個女人，覺得自己窩囊極了。夏董坐在小板凳上，等著我替他抹身體。昨天已經做過的事情，今天做來就是不順手。夏董貼著浴缸，張著大腿，要我幫他刷洗下體時，更讓我覺得卑賤。

「你也是這樣洗你的老二的嗎？」夏董臉突然靠了過來，盯著我看，「我想你應該沒有認眞的洗過老二吧！」

誰說的！我每次開幹前，都會洗乾淨。夏董一把搶過泡棉，自己搓洗起自己的老二。對啊，自己的老二應該自己洗。

他拿起小木桶舀水沖洗身上泡沫。跪在他旁邊的我，自然是被水濺溼了身體。

他走到馬桶上坐下時，指示我過去，「爬過來。」他要我跪在他雙腿之間，他雙手抓住我的頭。我以爲他要我替他吹老二而有反抗。他壓著我下巴抵到馬桶上。我一掙扎就被他用腳踹了下體。

他呼了我一巴掌。「動什麼動？你以爲我要你吹啊！你現在還沒有資格吹主人的老二。」

「那你……」我還沒說完，夏董的巴掌便賞過來。

「你什麼你，你有聽過小曼在家裏稱呼我『你』嗎？還不知道自己奴隸的身分？你不知道要叫我什麼嗎？」

「主人……」

縱然我說對了，夏董的手仍在我臉頰拍打著。「對嘛。你知道嘛。卡卡！」這時候聽到夏董給的奴隸名「卡卡」格外羞愧。

他的手又繼續拍著，「沒聽到啊！卡卡！」

「是。主人。」

我低下頭，看見夏董正在小便。黃澄澄的尿液在我鼻前十公分的地方噴出，濃烈刺鼻的阿摩尼亞味直竄我腦門。

「你現在還沒有坐著尿尿是吧？」夏董抬起我的頭。「從現在開始，你給我坐著尿尿。你要是讓我知道你站在馬桶前面尿，我就當作你不尊重馬桶跟女人，我就罰你跪在馬桶面前。馬桶是坐著尿不是站著的。」

「我的奴隸不可以這麼無禮。還有我不想要一個整天尿褲子的特助。戴了ｃｂ，在公司就給我乖乖坐在馬桶上尿尿。」夏董的話，讓我頓時無法回答。「沒聽見啊！」

「是……主人……」

夏董從馬桶站起，從我頭上過去，他的老二跟卵胞不偏不倚的從我臉上過去。他雙腿之間的傢伙打得我紅了臉。這跟AV女優被男優用勃起的老二甩巴掌，沒什麼不同。夏董的下體遭我的臉撞擊，似乎一點也不會痛。

他自己走進浴缸，自在哼起歌來。「你就面對馬桶跪著，好好想一想。」跪在馬桶前的我，雖然已經聞不到什麼味道，但看到裏頭黃澄澄的尿液，像是自己對著一泡尿跪拜般，格外諷刺自己怎麼會走到這步。

蘇曼燙了頭髮回來，赤裸的她來到浴室看到了這般情況，驚呼：「夏董！」

「小曼，你回來啦！」浴缸中的夏董指著旁邊折疊整齊的浴巾。

蘇曼拿起浴巾，站在浴缸旁，等著夏董站起。他沒說話，接受蘇曼幫他擦乾身體。「阿守，還不趕快過來幫忙擦夏董身體。」見我沒回，她又喊了一次，我應了聲，連忙站起。我感覺到膝蓋部位一陣痠麻，拿著浴巾站在夏董背後擦背。

「小曼，你擦背面。以後讓卡卡來擦我的前面。」

交換了位子。

「小曼已經擦了上半身，下面讓你擦。」我拿著浴巾伸向夏董雙腿之間，他又不滿意了。「你是不會跪著擦嗎？」

一跪下，夏董充血的老二便在眼前。擦拭下，硬得更大。

「主人的老二也不敢正眼瞧嗎？」夏董轉正我的頭。

夏董光著身體坐在他的寶座，像是宣判的法官。「小曼。卡卡還不能獨自服侍主人。你高估他了。」夏董說完，我看見蘇曼一副要哭出來的表情。

夏董冷酷的說：「怠慢主人的命令。」

「五十下。」我看見蘇曼顫抖得握拳回答，疑惑著五十下什麼。

「就五十下吧！再細數下去，隨隨便便都超過一百下。」他說完，我看見蘇曼從牆壁上取下一把皮革板子，交給了夏董。他拍拍大腿，蘇曼就趴了上去。穿著貞操帶的屁股面向我，夏董拿起板子開始用力打在蘇曼的屁股上。

「一、二、三、四、五……」蘇曼一沒喊出聲，夏董的手便停下。「……六……」

「卡卡你知道我爲什麼要打小曼的屁股嗎？」他瞪著我，「因爲你怠慢我的命令！既然小曼覺得你可以獨自服侍我了，我就處罰在她身上。」

「七、八、九……」第十下落下，我看見蘇曼眼裏的淚水滴落在夏董腳邊。她的白皙屁股紅通通的，像顆鮮嫩的蘋果。「……十……」

夏董的手高高揮起時，我不忍心看到板子再打她的屁股，聽見她的哭泣聲了。

「住手！」

夏董看著我，「你怎麼了？」

「不要再打蘇曼了！」

「她還有四十下！」夏董既冷靜又冷酷的說。

「打我好了。」我抓了抓自己的屁股，「我屁股肉比較多，比較耐打。蘇曼已經受不了了。你不要再打她了，你打我吧！」

他放下蘇曼，拍著空了的大腿，「好。趴上來。」

夏董摸了摸蘇曼的屁股，「去角落面壁。」她離開夏董大腿時，看了我一眼，我看見她的眼眶泛著淚光。夏董拍了拍他的大腿。「趴上來。」

我看著夏董的大腿，背後冒著汗。這樣的懲罰姿勢竟然用在成人身上。我一走近夏董身邊，他的手勾著我的腰，順勢便把我往大腿上壓，一回神，我已經被他壓制在大腿上，手往我屁股裏鑽。

「你！」挺起腰桿回頭，夏董一巴掌就從我後腦勺拍下。

「我要把你的屁股打得跟小猴子一樣紅。讓你今晚睡覺只能側著睡。」我這麼一個大男人趴在夏董腿上也像個小男孩。夏董第一下下去時，我整個人彈成U字。「報數！沒有報數的那次不算。」夏董的力道，打在蘇曼身上也這麼大嗎？

「還不趕快數嗎？你以爲主人打你不需要出力啊！」另一下已經打在我的屁股上。

「十一、十二、十三、十四、十五……」一直數到二十九之後，我忽然不知道數到多少了，感覺屁股就快要熔化了，有幾次，我幾乎處於高潮射精瞬間，腦袋一片空白，像是飛到「南天門」之外。多挨了三下，夏董見我沒數出聲，停了動作。他的手開始游走在我紅得發火的屁股上。

「你應該要看一下你現在的屁股，像顆紅不隆通的蘋果。比小曼的還要鮮艷。」夏董的手撫摸過每塊被打的臀肉，往雙臀間探去時，我痛得沒力氣像剛剛一般反抗。雖然是來自一個男人的撫摸，但他不安分的手摸過的每個地方竟都讓人有種被安慰的感覺。

「卡卡，你還頂得住嗎？」

「……可……以……」一說完，夏董的手立刻繼續。「三十。」

再數了五下。我整個人都攤了。眼眶裏已經泛了眼淚。「不要再打了……」

「你說什麼？」

「……不要再打了！」

夏董停下動作。「你說什麼？」夏董見我沒回答，又補了下。

「主人，不要再打了！」我痛得扭曲著身體，滑落到他雙腿之間。

「如果不把你的屁股打開花，你就不知道怠慢主人命令是多麼嚴重的事情！趴上來！」我看著他的臉和大腿，身體顫抖得無法克制。我知道屁股無法承受後面的十五下，我已經受不了了，我不能再趴回去。

「還不趕快趴回來。」在他面前的我，視線正對著他的老二，我的臉忽然被甩了巴掌。他拉著手足無措的我回到他大腿上。心理還沒準備接受剩下的十五下，屁股已經遭到擊拍。我的眼淚嘩啦啦的落在他腳上。「不數數嗎？」

「三十……六……」我突然哭了出來。這一哭連我自己都驚訝著。面壁的蘇曼也訝異得頻頻轉頭。

「小曼，不要以為我沒注意到你回頭了！還不轉回去！卡卡，你不要讓我再提醒你數數。」

「三十七。」我開始抽泣著。在一個男人的大腿上，被打得哭了出來，像個欠揍的小孩一樣，這是我完全沒想過的。第四十下時，我已經感覺不到我還有屁股這兩團肉了。

「你現在知道怠慢主人的命令是多麼嚴重的事情了嗎？」夏董要我跪在他雙腿間。顫抖著肩膀、屁股的我不斷抽搐哭泣。我點著頭回答夏董的話。「告訴主人，以後你會乖。會乖乖聽主人的話。」

「主人……我答應你……」邊哭邊說的時候，他的手忽然伸向我的下巴，像個帝王。

「重說一次。」

「主人，我……」還沒說完，他已經掐著我的嘴。

「卡卡。再說一次。」

「主人。」我還沒說出「我」，他的手再度用力。

「卡卡。」

「……」我像是被夏董明示般的，「卡卡……答應你。」

「再說一次。」

「主人，卡卡答應你。」

「答應什麼？」

「卡卡答應你會乖乖聽話。」

語畢，夏董抱緊我，手撫摸著我的背部。「還有十下。」

原本以爲結束的我，一聽夏董說完，聲音都啞了。夏董抱緊我，讓我靠在他肩膀上，他的雙手撫摸過我的臀肉。第四十一下就下來了！「四十一。」我哭著報數。到四十五下，我的屁股不斷的在夏董的手掌間抖動著。

「卡卡，你該看看現在這顆不乖奴隸的屁股。小曼，去找房先生把鏡子推出來。」

兩面鏡子推出來後，我看見了反射，我的屁股已經紅得泛紫，夏董的手摸著那些瘀青部位，

我哭著唉了好幾聲。

「卡卡，你還有五下！」他說話時，我已經不知道爲什麼雙手環抱夏董，身體貼緊他。他

的手摸著我的屁股。「還有五下。你應該是第一個被處罰的奴隸還抱著主人的。」

他的撫摸是我屁股經過這麼多下懲罰以後，唯有的安慰。

「喜歡主人的撫摸嗎？」我啜泣著點頭。

「還有五下。打完後，變乖的奴隸才可以接受主人的安慰。」

「主人，可以繼續了……四十六。」

剩下的五下怎麼度過，我不記得了。我只知道，鏡子裏頭的卡卡屁股接受著主人柔情的安

慰。主人的雙手揉著卡卡的屁股，讓卡卡好舒服，好似得到全世界最棒的安慰。卡卡像個小孩

被高舉著雙腿，躺在夏董身上。

一直到我尷尬的醒來，有別於卡卡的意識後，夏董才將我放下。「小曼，帶卡卡下去，處

理一下你們兩個的屁股。」

摸著屁股離開時，我回頭看夏董的大腿，想著剛剛發生的事情，還有彷彿高潮射精的瞬間。兩眼和夏董相對時，他故意拍著大腿的笑容充滿著挑逗意味。

趴在房間的床上，蘇曼正冰敷我的屁股。她倒是一點都不擔心自己的屁股。「你不先冰敷自己？」

「沒關係的。我還可以。你的屁股比較嚴重。」我趴在一個枕頭上，好翹起屁股，不會壓到前面的 cb。在一個美女面前，這樣的姿勢真是尷尬。「你到底違抗了多少夏董的命令？」

蘇曼這個問題，要我怎麼回答呢？閉上眼睛，想著想著就睡著了。蘇曼在我睡著之後，還去服侍夏董入睡，她眞的太專業了。

半夜翻身，屁股觸碰到床面而痛醒過來。我只能側睡。一翻身，正躺著，屁股會痛。趴著，前面部位會不舒服。蜷曲在床上的自己像個小嬰兒般。經過一晚的折騰，睡眠中的充血和早晨的勃起，老二在 cb 中的疼痛，好像也不算什麼。

六點前，蘇曼拍著我的肩膀叫我起床，「你去請夏董起床，我先去弄早餐。」

我側著身體，用雙腿夾住 cb 老二，等蘇曼離開，但她一直沒有離開的意思。

「阿守，你有聽到嗎？」

我應了聲，但我不敢挪動身體。

「你怎麼了嗎？」

我不想讓蘇曼看到我在 cb 裏頭擠得變形的老二。「我聽到了。你可以先離開嗎？」她離開又突然的轉身，看見我連忙用雙手遮住下體，蘇曼忽然就懂了，遮著嘴笑。眞是太尷尬了。

走到夏董床邊，學她椅邊跪下，額頭靠在地板上，大聲喊著：「請主人起床！」不觸碰搖他，會醒嗎？

夏董一聲：「我知道了！」

嚇了我一跳。他的腳出現在我視線時，我連動都不敢動一下，深怕又惹得夏董不悅，處罰了蘇曼。

跟著夏董到浴室，跪在他腳邊，等著他刷牙洗臉完。夏董坐在馬桶上時，他招我過去，指了指雙腿間的馬桶蓋，我便把頭放上去。我參與了夏董的晨間大便小便。他如入無人之地，我在他雙腿之間像是一件物品般，不是人。馬桶清洗烘乾夏董的屁股後，他跨越我的頭，而我只能看著馬桶裏頭的糞便隨著水流消失。

「我先去晨泳了。半個小時後到泳池邊。」

夏堇去游泳時，我下樓找蘇曼，她正做著早餐。一個僅圍著圍裙的全裸女子，從背後望去，在腰間呈T字的貞操帶更是爲意淫加分。愈接近她，胯下愈感覺緊縮，我因爲疼痛發出難熬聲時，聽見蘇曼正在偷笑，忍不住從背後抱緊她。

「起了色心，怎麼不怕疼痛？」

頭靠在她肩膀上，「人爲色亡！」

她轉身在我耳邊吹氣，「你痛死好了！」

她一吹，我雙手撐著腰，弓起背來，胯下快炸開來般，難過得快昏過去。她在我身邊開心的笑著，繼續煎蛋。她烤了土司、煮了咖啡，讓我幫忙擺盤，然後要我拿乾毛巾去泳池。

蘇曼在我動作之前，特別囑咐些該留意的細節。在泳池邊跪著等夏堇游上岸，便是其中一條。我的確不懂幹嘛三不五時要我跪著，是欠人五子哭墓嗎？

夏堇雙手一撐上池邊，我便趕緊站起，雙手張大浴巾，蓋在離水的夏堇身上，我忽然想起溫泉假期的那個早上，這是同樣的場景，只是現在我胯下多了cb，而夏堇身上什麼也沒有穿。

「卡卡，你的廚藝好嗎？」夏堇一說，讓我回神。

「……嗯……不算好……」我尷尬的說。

「這樣啊。」他將浴巾圍在腰間，「沒時間讓你去學了。準備早餐這件事情，你要是沒辦法自己做，就出去買吧！阿布希望提前把小曼要回去，所以沒時間讓你們一人一週的輪著適應了。」

「……喔……」

隨著夏堇進屋內，他用早餐的時間要我們先去著裝，等他用完餐，再換我們。夏堇上樓著裝時，我低聲問著蘇曼：「他穿衣服的時候，不需要我們啊！」

她搖頭，「其實是應該要奴服侍，不過考慮到時間還有他不想讓我們餓著上班，他就會自己處理。」我應了聲。

身邊的蘇曼貼著我，「你想去服侍夏堇穿衣服，可以說喔！」

「哪有。」我低著頭。

手機開機後，好幾通未接來電，還有幾通留言。原以爲是阿貞生氣的留言，沒想到竟然是阿超。他只說了有事情找我，要我趕緊回電話給他。不過用腦袋想也知道是什麼事情，爲了避免胯下疼痛，只好等今天下班取下 cb 再說。

走進廁所，習慣性的走向小便斗，拉下拉鍊，觸碰 cb 外殼時，想起昨晚夏堇說的話。

要我面對馬桶，要坐著尿尿。不過我現在是小便斗，沒辦法用坐的，鑽語病應該沒關係吧。

正準備放尿時，便聽見夏董的聲音從後面竄出。「還站著上廁所啊！」

夏董拍了我的屁股後，站在我旁邊，拉下拉鍊尿尿。因爲夏董站旁邊，我反而尿不出來，亮著 cb 殼老二在空氣中，直到夏董洗完手，我都尿不出來。他站在洗手檯邊，看著我尿尿站姿。

「戴著 cb 站著上廁所不是會尿得到處都是？」夏董故意似的吹起口哨催尿，膀胱兄弟超不爭氣，竟然在口哨聲中投降。尿液一半啪嗒如瀑布，一半順著 cb 殼噴灑在我的手和褲子。

「我昨天不是說了我不想要一個整天尿褲子的特助。如果你可以不弄溼褲子站著尿，我是沒有什麼意見。但是你每天都尿褲子，還不願意坐著，這就讓我非常不滿意。跟在我旁邊的特助，穿著尿漬的褲子成何體統。帶不出去啊！」

手上都是尿的我，此刻更是無地自容。

「要你坐著尿是要你的命嗎？」我洗完手，夏董在我耳邊說：「還是你因爲屁股被我打得坐不了馬桶？」

他說完，笑著離開。我卻像受了天大的氣般，踹起牆壁。

解下cb的下班時間，我沒有在辦公室多停留，快速的離開大樓。一步出，正準備打電話給阿超相招去找樂子，便看見他迎面而來。我嚇了一跳。「你哪會佇茲？（你怎麼會在這？）」他勾起我肩膀。「來找老大你ㄚ！順道瞰一下你秀同事！（順便看一下你的漂亮同事！）」

「我已經離開辦公室了，現在要藉故讓你去看蘇曼，無可能。」

「你眞是無情，你每次都這樣，瞰到愜意ㄟ着搶去，家己食毋莫無與我試看未！（看到喜歡的就搶去，自己吃不到也不讓我試試看！）」

「你。」我作勢揮起手肘。

「你一整天都沒回我電話，讓我很頭大耶。」

「有什麼事？我正準備回你電話就看到你了。」

「上次那個雙龍妹約今天晚上，要不要來！我已經跟小戴請假囉。」

「好啊！我要幹前面！」

「响。上次已經讓你先前面了。」阿超抱怨著。我不喜歡走後門，上次雙龍妹約的時候，我就直接說我要幹前面，雖然阿超跟我協議下次要讓他前面，可是從夏董那兒累積的怨氣，不讓我好好操妹ㄚ的正門，實在難消氣。

打炮賓館裏頭，先讓雙龍妹進浴室盥洗，房間留下我跟阿超。他還在跟我捋著要幹前面的協議。我不理睬，一屁股坐在床上時，屁股的疼痛提醒了我一些事情。雙龍妹盤起頭髮圍著浴巾出來後，阿超猴急的脫光衣褲：「倆作伙入去沖一下，好緊來開幹。（我們一塊進去沖一下，好省些時間早點開戰。）」

想起屁股上那些夏董打的傷痕，我就彆扭了起來。阿超光著屁股站在浴室門口對我招著手：「緊也（快點！）」

我慢吞吞的脫了上衣後，他又說：「阿貞給你上了貞操帶嗎？」

阿超講中了一些事情，我的臉色大變。「眞也抑假也！（眞的還是假的！）」

我脫下褲子，我聽見雙龍妹在背後噗嗤的笑了出來。阿超像發現有趣的事情般，跑到雙龍妹身邊，便看見了我的猴子屁股。他嘖嘖了幾聲，伸著手指頭觸碰我的屁股。

「你尻脽一條一條，遐是啥？找人要ＳＭ（你屁股上面一條一條，那是什麼啊？找人玩ＳＭ啊！）」

他戳了戳，我連忙揮手拍掉。「老大，你是Ｍ啊！」

「什麼Ｍ啊？」我問。

阿超面露著奸詐，「你哪裏找的女王？竟然瞞著我。你也眞勢[9]（你也滿厲害的嘛。）」

我們兩個大男人如當兵時擠大澡堂一樣，阿超快速洗了戰鬥澡，多洗了幾下老二跟胯下，便迫不及待抓著毛巾出去。我出去時，他們兩個已經在床上滾了好多圈，舔得彼此身上都是口水。她張開雙腿，緩緩坐入阿超的老二。

她張著恥毛怒張的下體，突然讓我覺得好髒，想念起蘇曼的光滑潔淨。

三具肉身交疊的床上，我忽然覺得自己髒了，就算剛剛洗乾淨了身體，還是感覺到某些骯髒。硬的老二戴上套子，**硬深深**的幹去。進入雙龍妹後，我忽然有種不安的感覺，堅硬的進去，愈深入卻愈酥軟。好像少了個深沉的男性聲音的許可，沒得到允許般，帶著良心的譴責。等到我貼著她時，感覺到她體內阿超堅挺的老二，觸碰到阿超多毛的雙腿時，我就軟了。

雙龍妹很快就察覺到我軟了，玩３Ｐ經驗豐富的阿超自然也很快察覺她體內少了根堅硬老二。「阿守，你這麼快就軟了喔！你是爲怎？（你怎麼了？）」

離開雙龍妹的身體，拔掉套子後，我逕行走進浴室，留下他們兩個繼續床上奮戰。蓮蓬頭底下，我怎麼洗身體，怎麼覺得髒，愈洗愈骯髒。順著牆壁滑下，無助的坐在水雨下，無視臀部的疼痛，我低著頭，看著一動也不動的老二，問著它：你怎麼了。

步出浴室，想先離開。看見阿超壓在雙龍妹身上，屁股一上一下的抽送，我默默的穿起衣

9 勢gâu：有能力。

褲，靜悄悄的離開。

原本打算在小吃店吃碗麵再回家的，卻不湊巧的遇到了小戴。眞是太不幸了。

「阿守你怎麼在這裏？阿超呢？你們今晚不是MEN'S TALK？」我隨口掰了個理由混過去。

踏進家門，阿貞臉臭得不發一語坐在客廳。從她背後而過，藉口一身汗去沖澡，脫光衣服才發覺自己在短短幾小時內，洗了好幾次身體。在鏡子裏頭看見屁股上的瘀青，順手便把門鎖了。「你幹嘛把門鎖了？我要上廁所啦！」我們使用浴室習慣不鎖門，阿貞自然覺得奇怪的敲著門罵。

拉了條浴巾，便去開門。浴巾擦著背和屁股，正面對著阿貞，好擋住屁股上的傷痕。

「你眞的很奇怪耶。」她拉下三角內褲，坐在馬桶上小便。

我圍起浴巾，吹了頭髮。趁她不注意的時候，溜到房間衣櫃前，快速拿了件平口褲穿上。她回頭的瞬間，我剛好拉上。跳上床躺平，屁股一接觸到彈簧床面，雖然床柔軟，但還是感覺到疼痛，一皺眉頭，她便察覺。

「你怎麼了？」

故作鎮定，側了身，避免壓到疼痛面。她以爲我故意大驚小怪惡整她，離開前用力打在我屁股上。這一打痛得我唉出聲，扭曲身體，眼淚都差點擠了出來。

她伸手要拉開我的內褲，我抓緊褲頭，不讓她脫。「放手。」

「你幹嘛要脫我褲子？」

「你放手！」不讓她脫褲子的結果就是兩人大吵一架。

一如往常吵架後的炒飯。壓在阿貞身上，脫下她的內褲，看見她下體捲曲的陰毛時，我又想起了蘇曼。一根根陰毛有如成長後的汙穢證據，不斷的在內心深處提醒著我。硬梆梆的進入她身體以後，她的雙手一放在我屁股上催促我用力，手指壓到的部位，瞬間成爲折磨。臀肉的疼痛，一吋吋大於前面老二的爽快。

腦袋裏有個男性聲音嗡嗡作響，我抓著阿貞的肩膀，忽然感覺到胯下酥軟，我已經滑出她的身體。尷尬無語的相對。連裝傻僞裝的機會都沒有。我坐在床邊，雙手撐著頭，看著頹軟的兄弟，我想我完了，是不是有男性生理毛病，是不是該去看醫生了。阿貞的手拍了我的肩膀，忽然一股怒火上來，揮開她的手，逕行走去浴室。我彷彿聽到她問著我屁股怎麼了。

鎖上浴室門，她拚命的敲著，我也不理會。「你到底發生什麼事情了?你的屁股爲什麼會有大片瘀青？」

阿貞的問題，答案都相當清楚，可是我都無法回答。

「你說話啊！」

「你爲什麼不說話？」

我靠著門。「阿貞你不要問了。我沒有辦法回答你！」

我能說我的屁股是被「主人」打的嗎？那又如何交代「主人」從哪裏來？因爲上班時間戴上了貞操器？因爲我性侵了女同事，被迫戴上貞操器？沒有一件事情可以告訴阿貞的。所以我選擇不說。

「你到底是不是個男人啊！有什麼話不能說的。」阿貞對門拳打腳踢起來。

我的內心一片慌亂。

跟阿貞起了衝突，我也就沒打電話報備今晚上班的事情。阿貞的口角與昨晚兩次的力不從心，再再困擾著我。心神不寧的模樣自然是被夏董提醒了好幾次。在辦公室裏頭偶而和蘇曼相望時，我不斷想起她雙腿間的冰清玉潔。如果面對她，還會陽痿嗎？我的內心不斷問著。

跟著赤裸的蘇曼走向夏董，在她背後，看著她的臀肉，我可以感覺到下體的騷動。隨她跪下磕頭向夏董請安，脫鞋襪。發愣直到夏董用他的腳丫拍著我的臉頰，我才意識到自己出神。

「卡卡，你一整天魂不守舍的，是在想什麼？」

我脫口而出：「我想跟小曼做愛。」

一說完夏董便用手掐著我的雙頰。「再說一次。」

「我……」夏董再次用力，我便知道我不該用「我」。「……想跟小曼做愛。」

「你做了什麼值得我獎勵你的事情了嗎？」打著赤腳的夏董走到我背後，取出什麼。「我是B/d系[10]的主人。我也不是不會獎勵奴隸，但是你做了什麼值得我獎勵你的？」

夏董拿著道具頂住我的下巴，是那日打得我屁股通紅的拍板。「你昨天跟今天還是站著小便吧！還尿溼了褲子！」

「我……」我一開口，夏董的板子便著實響亮的打在我的臀肉。

「怠慢主人的命令是幾下？」

「……五十……下……」

「夏董，阿守的……不……卡卡的屁股……」一旁因爲我誠實露骨的話而驚訝的蘇曼急忙開口。

[10] B/d系：BDSM一詞包含Bondage & Discipline（B&D）綁縛與調教、Dominance & submission（D&s）控制與被控制、Sadism & Masochism（S&M）施虐與受虐。Bondage & Discipline此系目前較少人會自稱是有從屬關係的B/d系。

「小曼，我知道。」夏董的褲襠在我面前。「卡卡，我沒有教訓你，你是不會乖的。躺下。抱膝。」

夏董忽然翻了我的屁股，讓我靠在他的腿上，於是我折起身體，屁股肉擺在夏董面前，而我看得到夏董的每個表情還有動作。他揮第一下，我看著拍板往我屁股下去，啪的一大聲，我咬牙承受。「報數。」

「一。」夏董連續拍擊，我看著他揮下，而後痛在我的屁股。數到五，我的眼角已經含淚。再一下，我就要承受不住。

「六……」我的眼淚飆出。

「卡卡，我是不會因爲你流眼淚，就停手的。」

「七……八……九……十……」卡卡哽咽報數，卡卡開始想要痛哭流涕。看見夏董用力揮下拍板，卡卡放聲哭泣。

他的拍板忽然溫柔的觸碰我紅通的屁股。「跪好。」

不曉得爲什麼夏董停在第十一下，我不敢多問，跪在面前。「我也不是殘酷無情的主人。你的紅屁股撐不住剩下的四十下了，我讓你用連續佩戴 cb 七天代替，你覺得呢？」

「這……」我一猶豫，拍板立刻頂起我的下巴。

「我這樣問可不是在徵求你的同意。」
「阿守……」蘇曼一開口就被夏菫狠狠地瞪了。「卡卡，快答應夏菫。」
「不想戴七天也可以。那就把剩下的四十下……」
夏菫一講到剩下的四十下，我的屁股肉便一陣顫抖，抖到全身都在發冷顫。此刻的我，已經沒辦法想到跟阿貞的冷戰了，爲了自己屁股好，我含淚答應了夏菫連續七天的佩戴。
夏菫不期然將鑰匙給了蘇曼，「小曼，去把貞操帶脫掉。」
她訝異的接過。夏菫側著身體靠在他的寶座上，翹起他的腳。在蘇曼離去後，他手一指，要我跪在他腳邊。「卡卡，不要高興得太早，我還沒答應讓你跟小曼做愛。你爲什麼突然想跟小曼做愛？」
我說完昨天發生的種種後，夏菫右手掐著我的卵胞，「卡卡，如果是**24/7**的貞操奴發生這種不聽話的事，早就被我閹了。」
夏菫不知道從哪變出了把打薄剪。我的臉色立刻蒼白，以爲夏菫要……
「去把陰毛修一修。回來我檢查。如果我還是嫌太長，小曼的貞操帶就穿回去。」
拿著剪刀還有cb鑰匙到自己奴隸房間的浴室，剪刀在脫下cb的老二上方，沒有貞操器的老二像是失去防護般，軟弱無比。拿著剪刀要往自己胯下伸去，害怕卻又不能顫抖，剪刀這麼厲，一不小心剪到命根子，可不是開玩笑的。抓起撮陰毛，這一刀怎麼也剪不下去。

心一橫，忍痛剪了一刀，看著陰毛飄散掉落在地板上，身為男性的尊嚴也隨之消逝。哪個男人會剪自己的陰毛呢？清洗完身體去找夏董報到。蘇曼跪坐在夏董腳邊，我緩緩走近夏董身邊。他一手抓著我老二上方的陰毛。

「太長了，我接受的陰毛長度只在一公分以下。再剪短一點。」

「這……」

「小曼，把貞操帶穿回去。卡卡並沒有下定決心。」夏董這麼說時，我看了一眼小曼，不敢想她怎麼看我。

「等等，我剪我剪……」

還沒講完，夏董手便搯上我的臉頰。「再說一次。」

「我……」夏董又用力，我便知道。「卡卡剪，卡卡剪。」

照著夏董的命令，跪在他面前，張開雙腿，手持著剪刀再往自己的陰毛剪幾刀。剪刀鐵片已經貼上了自己的皮膚，清洗掉黏在身體的短毛後，下體只感覺淒涼。

夏董的食指往下點，我便知道要跪下。

「我需要有人舔腳。卡卡彎下腰去。」

我眼睛睜得特大。「舔腳」？這實在太作賤自己了。剪陰毛以後，現在又要舔腳？夏堇看我愣著，他的巴掌便呼了過來，雖然輕，但警示的意味濃厚。

他向蘇曼伸長腳。「小曼。」

我看到蘇曼張著她的嘴，便含住夏堇的腳拇趾。上上下下進進出出她紅色小唇的腳拇趾，像是可口的男性老二，下一秒她伸著舌頭來回腳趾頭之間，我知道我身體的某一塊已經炸開了。夏堇的另隻腳輕踢著我胯下勃起的老二。他的腳拇趾沿著我的身體往上滑，滑過我的腰、我的肚臍，滑到我的乳頭，故意的繞了幾圈，到我的嘴邊。

夏堇放下了他在蘇曼嘴中的腳，蘇曼爬向我，她的嘴往我靠，便吸吮上了我嘴邊夏堇的腳趾頭。她的雙手搭上我的肩膀，可是她仍專心的吸著。她的手貼上我的後腦勺時，我的嘴已經靠上夏堇的腳趾頭。我的嘴巴背叛了我，它努力的親吻著另個男人的腳，好攀爬上心愛女人的嘴。我張著嘴含著腳拇趾，好讓兩唇貼緊。

夏堇的腳什麼時候抽離我跟蘇曼之間，我沒有印象了。親吻讓我彷彿飄在雲端，我已經壓上蘇曼，雙腿交疊。我們在夏堇面前做愛。掰開蘇曼的雙腿，她的無毛純淨的小唇展現在我眼前，美得讓人覺得誰上了她都是玷污她。已經修短的陰毛跟她相比，仍不夠潔淨，應該要像她雙腿間一樣。

注視著我跟蘇曼做愛的夏董，他的雙眼依然像看著兩隻動物交配般冷漠。我內心浮起「既然夏董不迴避，那就讓他看看我有多麼英勇多厲害」，我將硬得發燙、發熱、發紅的老二擠進女陰，蘇曼雙手抓緊我的雙臂時，我才從報復夏董的情緒中回神。我幹的人，正是讓我心甘情願到夏董身邊、受了這麼多折磨的蘇曼。

我的內心充滿了罪過。

停下所有動作，低頭正想問她還好嗎，她已先對我點頭，猜中我所有心思。她的雙手擺在我的臀部催促，我順著她的手，緩緩慢慢進出她的身體，聽著她仰頭呻吟。

隨著她的聲音，擺動臀部；隨著她的手勢進出老二。聽著聽著，再一秒，我就要射精。

正攀爬上高潮點時，忽然一隻腳踩上了我的屁股，取代了蘇曼的雙手。「男奴要射精以前要問主人准不准。」夏董抓著我的頭髮，在我耳邊說。

他一說便讓我錯過了高潮點。「……主人……可以……射嗎？」嘴巴不受控制，我開口問了生平第一次的射精許可，而且是問一個男性，幹。

「小曼還沒十次高潮吧！」夏董說中了蘇曼的生理，她比剛剛燒幹時的臉更紅了。天啊！夏董爲什麼會知道我要射了，還有小曼到幾次高潮？

「小曼把手放下。」

蘇曼的手一放下，夏菫竟然拿著鞭子鞭起我的背。

「譁！」原本要射精的注意力從雙腿之間轉移到了我的背。我抽插著小曼，夏菫抽打著我的背。漸漸的我的動作變成鞭子抽在背上的頻率。蘇曼的吟叫聲不知不覺跟隨抽在我背上鞭子的速度。蘇曼的愉悅聲是又一次的高潮嗎？我根本不知道從何數起。我努力的動著，好幾次就要射了，可是一下子注意力又回到背上。

「主人，卡卡要射了！」我嘶吼著。也不想再管夏菫准不准，因爲卡卡忍不住了。

「那就射吧！」夏菫最後一下用力抽在卡卡的屁股上，爽亮的肉彈聲如卡卡在她身體裏的火山噴發，一爆不可收拾。卡卡抓緊蘇曼，不停的抖著屁股。

看著蘇曼在辦公室裏頭精明的模樣，我無法想像明天之後她休假不上班的空城。昨晚盥洗完，聽見夏菫跟蘇曼的對話。夏菫給小曼七天的假期，好在回德國以前，在台灣到處走走，還給了她貞操帶的鑰匙，要她在旅途中解開三次，可以自慰或發展旅途中的豔遇。我訝異夏菫的吩咐，他不是要蘇曼穿著貞操帶嗎？怎麼這麼大方，讓她跟陌生男人嘿咻？想到這邊就覺得有些憤憤不平，蘇曼可以跟別的男人燒幹，卻不是跟我。蘇曼原本還因爲擔心我的關係推辭夏菫的意思，但夏菫竟然說：「不要緊的，我會親自教育卡卡的。」

內急走進洗手間，正往小便斗靠，屁股感覺一股騷熱，手剛擺上拉鍊，夏董便進來了。他看著我笑了笑，「屁股被打得還不痛啊！」

「夏董。」

他鎖上了門。洗手間變成了兩個人的私密空間。他勾起我的肩膀，「卡卡來，我告訴你，你的小號姿勢。」他推開了馬桶間的門，手攤指著。我看著白得發亮的馬桶，臉色難看。

「沒這麼難過吧！」他拍拍我的肩膀。

我踏著顫抖的步伐走向馬桶，夏董沒離開的意思，解開西裝褲褲頭時，不曉得為什麼，我紅了眼睛。搖晃著胯下的 cb，屁股總坐不下去。

夏董的手忽然壓下我的肩膀。「這不就坐下去了。」

我哀著眉頭，感覺兩團屁股肉正疼痛著，眼淚就飆出來。

夏董脫下西裝外套，掛在外頭，逕行走到隔壁間脫下西裝褲、內褲，然後坐在馬桶上。沒多久便聽見小便聲滴落在馬桶裏頭的迴響。「你不覺得坐著尿尿，讓平常撐著上半身的雙腿暫時可以休息一下，不好嗎？我倒很喜歡坐著，休息一下。坐著尿有這麼難嗎？非要站著才尿得出來？」

「我尿不出來。」

聽見沖水聲後，夏堇站在我面前整理儀容，將襯衫塞進褲子裏。「尿不出來嗎？」他背著我，看著鏡子，吹起了口哨。

「夏堇不要再吹了！」

「你還在忍耐嗎？」洗完手的夏堇手擺在烘手機裏，「幹嘛忍耐啊！憋尿對身體不好喔。」站在我面前的夏堇，仍吹著口哨，伸手提起我的下巴。

「拜託，不要再吹了。」我的大腿忽然夾緊，因爲開始感覺膀胱肌肉再也控制不了。

「拋棄你的羞恥心吧！在主人面前尿吧！」我聽見尿尿噴在馬桶內側的聲音愈來愈大，膀胱背叛了我。夏堇手握著我的頭向下壓，「看看 cb 裏頭湧溢的尿水吧！」

我看著 cb 殼中的龜頭噴出黃色液體，水花般的溢上了殼，有些順著壁，從 cb 尿道口滴下，慢慢將底下馬桶裏的水染色，我的尊嚴也慢慢的消逝。

夏堇抽了一張衛生紙給我。「把 cb 開口剩下的尿液擦一擦！」

我屈著雙腿站起，持衛生紙擦 cb。

「小曼明天開始就休假囉，該交接的事情，注意一下。」夏堇突然的回頭，讓我的動作怔在空中，就像那次我突然闖進小貞小解完擦拭下體的浴室。

戴著 cb 移動的下班時間，讓人渾身不自在。同在一個空間裏頭，面對阿貞更顯得彆扭。以前覺得眞男人就該打赤膊穿條內褲在家裏行走，現在背後、屁股都是傷痕，穿著內衣內褲，又嫌奇怪，穿的拘謹，阿貞又有疑惑。穿三角內褲，托住下體，擔心 cb 形狀明顯，一如往常穿平口內褲，又擔心 cb 外露。以前三不五時，想幹就幹，彼此上下其手對方的身體，現在全要避開，無法靠得太緊，免得阿貞無由伸手。

她從沙發後面經過拍我肩膀，立刻讓我發顫。「你怎麼了啊？下班了還穿這麼多？等會還要外出嗎？」

「沒有啦。」

她坐到我身邊，一坐下便向我的大腿內側伸手。

「我去上廁所。」面對馬桶，發呆了會兒才將馬桶坐墊拉下，如果不在平常就坐著上廁所，是永遠不可能習慣的。坐下正準備放鬆之際，阿貞竟突然闖入，我嚇得夾緊雙腿，尿尿滴滴答答的下來。

阿貞洗了手，拿片棉墊，忽然親了我。「你最近都把廁所維持得很乾淨。」

聽到她的話，心裏很不是滋味，覺得她另有所指。因爲戴了 cb，不得不跟女人一樣坐著小便。穿褲子時，察覺阿貞故意進出了一趟。

我一從廁所走出來，她便說：「你要解釋一下你屁股上的瘀青嗎？」

「瘀青？哪有？」我開始裝傻。

「你還狡辯！」

「你看錯了啦！」

「那你把褲子脫下來。」

「沒事脫什麼褲子。」

「不敢脫吧！又不是沒看過，你不是最愛脫褲子了？」我很清楚的知道阿貞在激我！不能上當，不能上當，我內心不斷的提醒自己。趁著阿貞接電話，溜進了浴室，鎖起門來。

「你幹嘛把門鎖起來？」阿貞敲著門，我趕緊把蓮蓬頭打開。脫光了自己，踩進浴缸裏頭，拉上浴簾，洗起澡來，當作沒聽見。正享受著片刻清閒，浴簾外忽然出現人影，下一秒，阿貞已經拉開。我下意識的將屁股對她。而她憤怒的關掉水。

「你屁股跟背上那些痕跡是怎麼回事？」

「……我……」還沒回答，她的手機又響了起來。

「你先去接電話吧！」我立刻將浴簾拉起。趁她似乎講著重要電話時，趕緊沖水離開浴室。

她收走了我脫下的衣褲，站在門口，神情嚴肅的跟對方說話。我趁機抽了條浴巾圍住下半身，踏出浴室，她邊講還邊擋住我的去路。

「你專心講電話。」我跟她比著手勢。我經過她身邊時，她抓住浴巾一扯，臨機應變的我瞬間抓住一角，但仍無可避免的露出屁股。

「小戴，我等會兒去找你。」她說完，便掛上電話。「小戴要跟阿超分手了！」

「什麼！」當我訝異的回頭時，我發現我做了蠢事，立刻再轉身。

「阿守……」阿貞用著驚訝的語調說。

「你不是要去找小戴，快去啊！」

阿貞走到我身邊，我不斷的發抖，想要找可以掩飾或者再把浴巾抓得更多。「阿守，我剛剛……」

我用力拉浴巾。

「你老二那邊是什麼東西？」

「有……什……什麼……東西？」我緊張得說不出話來。

下一秒，我已經知道不妙了，她隔著浴巾抓著我的 cb 老二，「這是什麼？」

「你……你……不要再抓了，我……我……硬了！」

「是這樣嘛？」她用力一捏，我聽到ｃｂ清脆的聲音。我努力的逃脫，往反方向竄去，連浴巾也棄守了。可是我清楚的聽見ｃｂ上頭的鎖頭正敲著ｃｂ殼，咖搭咖搭的響著。

「你下面有什麼？」阿貞用著我從來沒有聽過的語調說話。

「沒有。」我還在說謊。

「你不用騙我。」

我背對著她。聽著她聲音，我整個人冒著汗，額頭流下的汗滑過胸膛直達ｃｂ。我抖著雙腳，難道我要讓阿貞知道我胯下這副難堪的模樣。

我想思考，我想要逃避，可是已經沒辦法逃避了，阿貞崩潰尖叫，抓著我雙手，顫抖的雙腳不聽我使喚，她一翻，我就轉了身。

我閉上眼睛撇過頭，不敢去看她的眼睛、她的反應。

「那是什麼……那是什麼……那是什麼？」她怒吼著。

「……男……性……貞……操……器……」

「你爲什麼會戴上這種東西？爲什麼？」她拉著上面的鎖頭，「m……st……er……」

「老闆要我戴的。」我把問題和責任都推給了夏董。

「你老闆爲什麼要你戴這種東西?」阿貞銳利的問題,讓我難以招架,不知從何解釋。難道我要從頭說起……

她的手機又響了。阿貞瞪著我,接起了手機。小戴似乎在電話的那頭驚天動地的哭泣著。「阿守!你最好給我合理的交代,爲什麼你老闆會要你戴這種『東西』?」她翻著衣物,收拾行李,「我要去陪小戴。我沒辦法思考,我現在不想看到你!你們男人實在太賤了!」

阿貞一夜沒回來,手機一直是關機狀態。清晨鎖門後,我知道下次再踏進門將是一個禮拜後的事。蘇曼休假,我便得24小時跟在夏董旁邊,成爲「特助」。上班穿著整齊西裝,下班赤裸一絲不掛。

第一天白天,手機忘了調成震動,立刻被夏董斥責,「你有什麼事情,可以比我重要?手機可以不調成震動。晚上自己拿拍板來。」

那個晚上我賤得無與倫比。赤裸,恭敬的拿著主人的拍板,走到夏董面前跪下。尊敬的將拍板舉高。「請主人教訓卡卡不檢點的屁股!」

「看來小曼有給你小抄。」雖然這個錯誤只被打了五下,但每一下都痛徹心扉。她擔心我沒有太多時間自己體會,寫了一張滿滿的注意事項給我,讓我好度過她不在的時間。原以爲蘇曼的小抄根本派不上用場。第一天，我就知道自己錯了。許多細節的地方，如果不注意，屁股會變成怎樣，我不敢想。詳加閱讀小抄，蘇曼特別交代不可以再犯「怠慢主人的命令」。蘇曼說夏董是B／d系的主人，只要多加留意他的規則，伺候起來也輕鬆容易。

第二天晚上，夏董沐浴後，他點了桌燈處理起事情，便要我下去。這是難得的「個人」時間。我洗了個舒服的澡。雖然老二發痠，但還撐得住。撥電話給阿貞，她沒接。我寫了簡訊給她，說明現在手機設在震動模式，有事情可以傳簡訊給我，我會找時間回撥的。入睡以後，胯下這團肉不斷的痠，像是擠榨的檸檬般，痠得讓人無法入睡，翻來覆去。抓著整副cb，我心裏不斷重複個念頭：我不想再戴這個鬼東西了，我不想再戴什麼貞操器了！

第三天清晨，我睜開眼睛就看見夏董已經站在床邊。「你睡遲了，你沒來請安，我以爲你發生了什麼事情。」

還來不及回話，夏董的巴掌已經呼在我臉上。「看到主人站在你床邊，還賴在床上，還不趕快跪下請安。」

我抓著痠疼的老二，緩緩的跪下，正要彎腰翹屁股時，夏董忽然蹲在我面前。「手放開。」他抓著我整副cb，左翻右翻的檢查。「到我那去。先把cb解下。」

夏董早上運動跟早餐時間，他特准我不需要戴cb。解下來休息的早上，讓我舒服了許多。一過中午，夏董便要我再掛回去。

這幾天和夏董時時刻刻的相處，很快摸熟一些他的習慣，我也服侍得得心應手。哪時該到哪兒，我都清楚了解。在夏董身邊幾乎沒有空下來的時間跟私人空間，幾天下來，也習慣了。

蘇曼好像才休假回來，轉眼之間，卻已經在前往桃園機場，送她回德國的路上。因爲夏董，車上我並沒有辦法跟蘇曼特別說什麼，只能聽著夏董跟她說話。「Auf Wiedersehen.（再見）」一直到該進去安檢前，和蘇曼擁別的夏董才留了時間給我。聽著背後夏董皮鞋腳步聲遠離，我不知道該怎麼面對即將離去的蘇曼。一切來得太快，去得太快。

「你一定要這麼快回德國嗎……」

「我的主人希望我提早回去，夏董也同意了！」

「沒有你在，我不想待在夏董身邊。」

「你是夏董看上的男人。我相信你將來一定會有一番出息的。夏董調教過許多相當有成就的貞操奴隸。我大學的兩個學長，就是夏董調教出來的優秀律師跟議員。你一定要盡力留在夏董身邊。」

「蘇曼……」

「你要是抱著可有可無的心態，夏董他會察覺的。在夏董放棄你以前，千萬不要放棄！」

蘇曼握緊我的雙手。

「小曼好進去了。阿守，該走了。」夏堇遠遠的打斷我和蘇曼的告別。

日頭赤焰豔，我卻跪在遮陽傘倒影外的陽光下。赤裸的我，身上除了雙腿間的 cb 外，身無蔽物。胯下的每一吋毛細孔都擴張冒汗，感覺 cb 不斷的向下滑，等會兒就要從我的卵胞上掉下。一滴汗水滑進看著前方游泳池的眼睛。原本穿在夏堇身上的泳褲，被他嫌棄丟在泳池與我膝蓋間的草地上。那是我從夏堇放泳褲的櫃子裏頭挑選出來，比較不那麼鮮豔的藍黑色三角泳褲。爲什麼男性的泳褲不是長及膝蓋的款式而是小三角？這是女性比基尼泳褲嗎？而且他的泳褲全是這款的。夏堇看著我雙手奉上的泳褲，嘆了口氣穿上，一來到泳池便立刻脫掉，甩在我臉上，赤裸跳下水池，在池內來回游著蝶式。

正被曬得有些頭暈，我注意到傘下桌面擺著夏堇的手機跟鑰匙。胯下 cb 的鑰匙就在當中，趁著他背對我游向對岸，可以趕緊找出正確的那把小鑰匙，打開 cb，遠離這一切。卻接著又立刻想到，爲什麼不直接跟夏堇要鑰匙呢？反正蘇曼已經不在了，我不需要再戴什麼男性貞操器了，沒有任何一位女性會有被我侵犯的疑慮。

我試圖挪動膝蓋時，聽見了夏堇遠遠的喊著：「阿守，你動什麼？」

四眼相望後，他潛入池中，往這岸游來，我緊張得無法思考。蘇曼抄給我的小抄裏頭，有講到如果跪著時亂動，會怎樣嗎？該怎麼跟夏董應對？我腦袋一片空白，我全身上下都是汗水，跟此刻從泳池裏出來濕漉漉的夏董沒什麼兩樣。

他走到我面前。「還怔什麼？」

我順著他的視線，明白他的意思。我站起去拿白毛巾，可是雙腿膝蓋麻得很，走一步，便歪斜倒去，夏董雙手及時撐住了我。和另外一個赤裸男性有身體上的接觸，除了當兵，跟同梯或者比較要好的學弟像阿超外，幾乎沒有。

「腿麻啦？欠磨鍊。」夏董要我側躺在草地上，像條狗一樣。夏董不時用腳踩著我，甚至用腳掌在我的肚皮揉啊揉的，似乎真當我是條狗般。幹！

「如果老二那邊不舒服，就把腿稍微打開。」

「這樣子真像是公狗曬卵！」

夏董立刻察覺我臉上的不悅。「被當成狗就不爽嗎？小曼的主人阿布，可是有名的狗主。小曼來我這前，她才剛通過『母狗』的測驗呢。你比不上小曼嗎？」

聽到小曼被形容成母狗，心裏是五味雜陳。有些興奮，有些憤怒。

夏董站在我上方擦起身體。不時滴落的水滴，讓我無處可躲。我從來沒有從另名男性胯下往上看。那沉甸甸的卵袋，還有微微充血的老二。是的，我發現了夏董緩緩充血的老二，除了羞辱外沒有別的。從包皮龜頭流下的那滴，準確的滴在我嘴唇上。如果等會夏董敢叫我觸碰他老二，要我做些服務，我一定要立刻揍扁他，搶走鑰匙。這一刻忽然我想到，現在就可以和平理性的跟他要鑰匙，然後離開這個惡夢啊。

我正想起身，房先生拿了件黑色浴衣來讓夏董披上。他站在背後咬起了耳朵，不曉得說什麼。踩在我身上的腳，拍著我的卵胞，要我跪好。房先生離開以後，沒多久，我的背後出現了夏董意外的訪客。

「阿守！」

我聽見了阿貞在背後叫著我的名字。我想回頭，但怎麼轉身？她已經看見了我光著屁股，跪在自己老闆面前。我不能回頭，不能讓她再看見我胯下懸晃的 cb。

那日她在我們聊天中的那句「男人才眞的需要戴貞操帶！」在我心裏愧擊。在我心裏不斷的問著怎麼會演變到今天的局面？怎麼會？

夏董抓了我的脖子，要我跪好，看著地面，他來跟阿貞應答。我低頭看著鎖在 cb 裏頭的老二，像是鎖住了我身爲男性的驕傲。

「你是阿守的老闆？」我聽到阿貞嚴厲的質問夏菫。

「是的。你好。你是阿守的女友。」夏菫聲音中還是保持著友善。

「你爲什麼要叫阿守戴那什麼東西？……」阿貞沒有將「貞操帶」說出口。

「什麼東西？你知道那是什麼東西？」

「就是……貞……操……帶！」阿貞已經氣急敗壞。

夏菫的襠部忽然出現在我眼前，他看著她蹲在我面前，伸了手，便拍擊拍打我的卵胞，「正確來說是貞、操、器。男性貞操器。」

他的手滑過我的腰，「沒有腰帶，怎麼可以叫貞操『帶』？如果你的意思是把貞操『帶』在身上，嗯，我可以認同你的說詞。」

夏菫果然是夏菫。

「兩位要喝點什麼？房先生幫忙準備一下。」

兩位？阿貞跟房先生？不對！阿貞跟另外一個人？誰？是誰？正想轉頭，夏菫的巴掌便賞了過來。「跪好。」

「阿守爲什麼要戴那個？」阿貞憤怒的問。

「爲什麼啊？阿守，你要不要自己說？」夏菫要我說……

「……卡卡……」我吞著口水，「……卡……」

我說不下去。

「阿守，你不要緊張。趕快說！恁祖媽給你靠！」阿貞如往常般潑辣。

「卡……卡……」

夏董一手抓著我的臉頰，「怎麼，不敢說『我』啊？敢作不敢當？你一直都是這樣！」

「卡卡……我……」在夏董放開我的頭後，我吞了吞口水說：「我把手伸進了蘇曼……夏董秘書的內褲裏……」

「蘇曼？……你那天早上喊的名字嗎？」阿貞訝異著。

夏董阻止了阿貞向我衝來。

我再也說不出口。

「我來替阿守說完後面發生的事情。阿守意圖性侵我的女秘書後，我原本打算要他滾蛋，等著進監獄的。但是我的秘書，蘇曼，替他求情。一個被性侵的女性替侵犯她的男性求饒？蘇曼拜託我饒了阿守，代價就是戴上貞操器。」

阿貞說不出任何話，沉默的低頭。「阿守，你……眞是太讓我失望了……」懊悔的汗水混著眼淚**萬滴集疚**在胯下 cb。

「原來老大你向美女伸手落得如此下場。你眞是讓我失望啊！」忽然蹦出的男性聲音，讓我雙眼瞪得極大，我轉頭，看見了阿超站在阿貞後面。是阿超，爲什麼是他？爲什麼不是小戴陪阿貞來？不，與其讓兩個女生看到我狼狽的模樣還不如讓阿超看到算了。

「雙龍妹……」阿超提起了雙龍妹，我擠著臉、擠著嘴，要他不要提雙龍妹。「阿貞已經知道雙龍妹的事情了。」

阿超哼了聲。「雙龍妹那次你硬不起來，該不會是轉性了吧！老大我還以爲你是找女人玩SM勒，原來你不吃鮑魚，改嗽卵鳥了！你這樣讓阿貞寂寞難耐啊。你想要男人老二，幹嘛找別人呢？我卵鳥很大你看過的！」

阿超一說完，一股積壓已久的憤怒從卵胞衝上腦門，我衝了過去，揮起拳頭正準備往阿超臉上搥去，阿貞擋住了我。

「阿貞！你讓開！」

阿貞從我們兩人中間走向夏董。「把阿守的貞操器鑰匙交出來！」她向夏董伸了手。

夏董看著我，「阿守，你怎麼想？」

夏董拎出了鑰匙。它垂下晃啊晃的。阿貞一把就搶下。

「阿守！難道你甘願被這個人鎖住卵鳥？鑰匙在我手上，我們離開這裏。」

離開前，我望了夏董一眼。

他背對著我們，黑色浴衣寬大肩膀的他這刻是怎麼想的，沒有人知道。

蘇曼，對不起，我還是不想要繼續待在夏董身邊、成為夏董的貞操奴。

第二部

晴天，天空很藍，藍得只有幾片雲。雲的形狀有點像是貞操帶。誶！我站在頂樓的吸菸區，抽了第二根菸。原本打算一大早進公司辦離職手續，可是人事部主管說不能讓我今天提辭呈今天走，他要我去問我的直屬上司，也就是夏董。回自己座位前，我搭著電梯直直上了頂樓。現在再跟夏董碰面，一定相當尷尬，但是如果我想要今天就跟這間公司沒有瓜葛，似乎就得硬著頭皮、夾著卵胞向前衝。正準備點起第三根菸，營業一部的經理織田修二迎面而來，我們禮貌性的點頭。之前他來跟夏董面談應試時，我正跟著蘇曼交接工作。這位在業界被稱呼「魔王」的織田先生帶著他超強團隊移籍入主，把原本的部門硬壓下去變成營業二部。

愈看那朵雲，愈覺得像是一根雲做的老二被關在貞操帶裏。織田先生忽然靠近我，拍了下我的屁股。「有沒有ライター（打火機）？」他問。我拱手幫他點火。即使道謝，他的語氣仍是冷冰冰。

腦袋、緊張、勇氣、肌肉什麼都硬著，敲了門進入夏董的辦公室，他正埋首審閱營業一、二部呈上來的卷宗。看到夏董如此專注，我反而不好意思開口。正躊躇時，夏董開了口：「阿守，有什麼事嗎？我記得星期一早上沒有行程或會議不是嗎？」不知道爲什麼，原本硬著的雙腿，突然顫抖了起來，抖到我彷彿聽到胯下叩叩叩的聲音。

夏董一抬頭，看見他雙眼，我忽然對於那日泳池畔如此對待穿著黑色浴衣的夏董感到愧疚。「你有私事想跟我說？」

夏董猜中了。我的顏面神經還硬著，嘴巴怎麼樣都開不了口，抖著嘴唇。夏董從座位上站起，走到我面前，抓住我的肩膀，拍著。他屁股靠著辦公桌，雙腿交疊，雙手放在胸前交叉。

「勇敢一點。」

「……我……我……」

「你想辭職？」

夏董料中了我的意思。我點頭。夏董沒說什麼，便走回座位繼續他的辦公，而我就像站在那邊罰站般晾在原地。他沒再多說，我也不敢開口。

「夏董你是答應了嗎？我可以今天就走人嗎？」

夏董抬起臉來笑著，「可以。」我喜出望外。「你去人事部講一聲，我准你今天就走。」

我幾乎跳起來般要轉身離開時，夏董叫住我。「阿守，你還戴著cb？」他的話，讓我的襯衫瞬間濕透。是的，那天回去以後，阿貞不肯將鑰匙給我，讓我解開胯下cb。

我回頭，感覺耳根發紅。「是、是的。」

「我仔細考慮了一下，你願不願意去營業部試看看？如果只是覺得繼續擔任我的特助尷尬，要不要考慮其他部門？」

夏董的話的確讓人心動，畢竟工作不好找，如果可以直接內調，就省了找工作的麻煩，只要不直接跟夏董接觸，應該沒關係吧。於是我答應了夏董的建議。

夏董拿起電話撥通內線，請了營業部的經理進來。眼見織田先生走進夏董的辦公室，我一陣驚嚇，原本以爲應該是營業二部的經理啊。

「夏董，你應該還記得當初你挖我整個團隊過來時答應的條件吧！我部門要用誰，由我全權決定。」

「我當然記得。我現在是要跟你推薦一個人才。」

織田先生才看了我一眼，就讓我的襯衫汗水溼到內褲裏。「你要推薦你的特助？你自己不想用的人，丟給我，這叫推薦？」

「不是我不想用，是他現在如果還留在我旁邊，他沒辦法跟女友交待。」夏董提到了阿貞，讓我睜大眼睛，爲什麼夏董知道阿貞要我辭職的事情。

「我不接受這個理由。你讓他去二部吧。他的能力根本不足以到我的部門。」

「你就讓他試一個月吧。我保證不用半年，他會成爲你的左右手。」

「你這麼有信心？」他們兩個的對話完全沒有上司下屬的口氣。「如果是你以前的特助蘇曼，我舉雙手歡迎她加入我的團隊，但我對這傢伙沒有什麼信心。」

「阿守會努力達到你的要求的。他會爲了不要在衆人面前脫褲子、公開SPANKING[11]，努力撐住。」夏堇一陣笑。

織田先生不予苟同的冷哼：「我的團隊裏哪個人不是爲了別被公開スパンキング努力達成業績？」他緩緩走向我，我像被他定住般，動彈不得。他前後打量著我的面容、體態。

「他女友從我這要走了cb鑰匙，他還戴著cb，爲了不要脫褲子，他會很努力的。」笑著說話的夏堇，讓人恨得牙癢癢。

鼻孔噴了口氣，織田先生說：「哼，有趣。看在夏堇的分上，我就讓你試試看。你最好趕快拿到鑰匙，把cb拿下來。本團隊每週三的坦誠相見夜，我希望不會看到戴著cb的你出現啊！」他搭我的肩膀笑得爽朗，理都不理夏堇轉身離開。

接到了小藍打來的內線。小藍是織田的男性秘書。「可以請你下來一趟嗎？」小藍將我請到營業一部的會議室。「這是織田部門的契約書。在加入本部門以前需要簽合同！」我接過翻閱，

11 公開SPANKING：公開打屁股。專指以手或拍、鞭等工具拍打臀部的SM項目。公開スパンキング為日本SM圈用詞。

粗體黑字映入眼裏：「**加入本部門前須認同公開體罰之必要。齊心追隨織田先生之領導。簽名，契約生效後，薪資提升20%爲危險加給**。」營業一部竟然有這份奇怪的契約，我怎麼都不知道，快速翻到末頁，最高主管只簽到織田。

「你可以解釋體罰是怎麼回事嗎？」

「體罰，身心勞苦，和其他公司要求無給加班、全員集合、參與大小活動，毫無差別。唯一不同是織田先生會多付危險加給20%。我來看一下你的給薪。」小藍翻閱人事部密宗邊敲著計算機。「這個數字是你的加總。」我被數字震驚了，毫無遲疑爽快的簽下。體罰算什麼？從小時候便如影隨形，感謝國民教育裏有體罰制度啊！小藍送我到電梯口，離開前再次提醒我織田口中的週三晚上。

我很清楚知道織田先生說的坦誠相見夜是怎麼一回事，之前都是我打電話去訂房的。原本營業一部視績效每隔一段時間舉辦一次，但最近業績飆升，每週都在辦。活動由公司付錢，訂下陽明山高級溫泉飯店裏最大的和室房間，藉以慰勞辛苦的同仁們。我冒著汗，收拾好私人物品，準備將位子搬到營業一部。

我必須在週三以前，從阿貞那邊拿到 cb 鑰匙。

下了班，以飛奔的速度在公司門口招了計程車，直接到家門口。趁著阿貞下班還沒到家前，翻箱倒櫃又小心仔細物歸原位，爲了小小的鑰匙，整個家都快被我翻了過來，仍不見蹤影。鑰匙若不是藏得十分妥當，不然就根本在阿貞身上。想到這裏，光著身體躺在地板上的我忽然起身正坐。應該要直接對阿貞下手。聽到開門聲，套了件運動褲，準備去迎接她。走往大門，胯下一陣**痠溢**。

「你回來啦！」我忍著痠意，衝到門口。她看到我愣了下，才開口：「你在家啊，所以你把工作給辭了，不用再去那間怪公司了？」

「……嗯……也不是啦……」我抓了抓身體，「我換了部門。」

我搔了搔頭髮，把原本要講出嘴的「夏董」給吞回去。阿貞脫下她的高跟鞋，丟了粉紅背包，一路脫向臥房。她沒說話，不曉得是出於不高興還是單純一日上班後的疲倦。我緊跟過去，見她脫下窄裙，露出粉色蕾絲丁字褲。我沒有反應，胯下什麼反應也沒有，只有痠加上一點疼。

我走到她背後，解開她的胸罩。胸貼上她的背。「阿守你幹嘛啦？」咬她耳朵，吹舔著。她推開我，把髒衣服都丟進洗衣籃裏頭。「你身上那件運動褲是穿多久了？脫下來，一塊洗。」她抱著洗衣籃等著。

「我等會兒拿過去。」我回答她。

「又不是沒看過。我連你戴著貞操帶的樣子都看過了，還有什麼沒看過。你該不會已經脫掉了貞操帶？」

原本以爲跟著阿貞離開夏董的別墅、回到家裏，她就會幫我解開cb，可是就在我光著屁股坐在床上，準備等她將鑰匙插進鎖匙孔時，她竟然臨時改變主意，認爲貞操帶會幫助她管理我的下半身。不顧我的反彈，強硬要求我繼續戴著。

我負氣般的脫下運動褲，一手塞進洗衣籃，掉頭離開。一轉頭，才想到：不對，我應該要討好她，這樣才有機會要到鑰匙。

她在洗衣機前，將衣物分類，我穿著她爲我買的調情專用性感內褲，靠在門邊。

她冷冷的看了我一眼：「你洗好澡了？」

我搖頭。

「那你幹嘛換了乾淨的內褲？等一下又要換。」

「我來幫你。」我跟她擠在陽臺狹小走道上處理分類，按下開始鍵。

一起吃了晚餐、看了電視。眼見她離開沙發，準備洗澡，我的屁股蠢蠢欲動，想跟著進去。還沒開口，她便知道：「要一塊洗嗎？」通常阿貞這麼開口時，都是晚上要「作功課」的暗示。

光著屁股，跟著她走進浴室、踏進浴缸。拉上浴簾。空間怎麼如此狹小？小到她移動腳步就可以摩擦到懸掛胯下的 cb。痠。

蓮蓬頭底下，兩個人泡沫身體的親密接觸、磨蹭，她蹲下來，手捧起我的 cb 老二，「你今天有乖嗎？」我哭笑不得，因爲他眞的很乖，乖到連阿貞觸碰都沒有反應。老二像是累積了痠素，完全硬不起來。拿起蓮蓬頭沖掉我們身上的泡沫，用浴巾擦乾彼此身體。我不斷撫摸她，從浴室到床上。

親吻、撫摸耗費了我半世紀的時間。完全照著阿貞的反應行動，怎麼這麼累人？如果沒有 cb，這時候，我早就頂進去、早就開始爽了。嘴唇攀到她耳邊，「這麼淫，想不想要？」她吟了聲，雙腳勾著我。「把 cb 解下來，我會給你更爽的。」攀在我背上的雙手忽然放下。「快點解下來，讓我好好幹幹你！」

她推開我，翻了身。心裏正得意著。

可是，阿貞沒有任何動作。就只是側過身體，像睡著般。

我一手横跨她的身體。「快點。」

「我好累，先睡了。」

謗！

夏董下任特助就職前這兩天，我雖然換了座位，但還是得兼著營業一部的工作。剛打完卡，順利趕上九點上班時間的我，一走進辦公室，便看見織田先生宛如點兵般的，站在自己的座位前。他看著我，要我看看其他的同仁，我發現了大家都已經在自己的座位站好，額頭上碩大的汗珠頓時一顆顆流下。

「在我的部門，九點，可不是打卡鐘上的時間。九點是在自己座位上站好的時間。小藍，記下來。」為什麼織田先生口中念著大家的暱稱，卻絲毫沒有親切感？

小藍手臂托著筆記板，仔細抄下織田說的話。

「可是我並不曉得。」我企圖解釋，但不被接受。

「再加一。」織田轉頭說。「跟在夏董身邊的壞習慣，不要帶來我的團隊。無法做好自我管理，人生已經失敗一半，更別說想在工作事業上成功。」不知道為什麼織田數落夏董的不是時，我心裏都不是滋味。在夏董身邊的日子，我非常清楚夏董的作息，和他對於自己的嚴格管理。每個早晨的裸跪床邊請安，夏董早已經醒了，只是躺在床上等著我來跪安。認眞想起來，即使不需要打卡的夏董，每天仍然相當準時的上下班。這不是夏董的過失，織田應該直接對我發怒。我默默的走回座位，知道自己已經確定會在公開 SPANKING 被打，心臟跳得很快，不知道那是個什麼樣的場面。

九點集會結束，同部門的業務們一組一組在步出大門前，先經過織田的檢查。我上了個洗手間，等著組長小陳、組員捍成整理好見客戶時需要的資料後，跟著他們走到門口。已經坐在位子辦公的織田站起來走向我們，小藍隨即跟上。織田打量了我們，他拍著小陳肩膀：「小陳，你們自己去。阿守留下。」聽見他這番話，我眼睛睜得特大，小陳也嚇了跳。

「可是如果只有我跟捍成去的話……」

「業績就算你們兩個的。」

「我的意思是阿守今天沒出去的話，他這禮拜的業績……」

「我是不會讓這樣的業務出去丟我的臉的。在他連最基本的服裝儀容都沒辦法做好自我管理之前，我每天都不准他出去。」

「你！」小陳攔住了向前跨一步的我。

「小藍，再加一下。」織田講完便往自己的座位走去。

小陳對我搖著頭，要我別再跟織田多說什麼。「不要再跟織田起衝突了。你先留在公司吧。」

捍成拍著我的肩膀，「菜鳥還是待在鳥窩裏，不要亂飛比較好！」

他們一轉身，捍成便問：「阿守的業績跟本組有沒有關係啊？會不會我們也被連累？我不想再被公開SPANKING了！」

我一個人留在人進人出的辦公室，一直到連織田都帶著小藍外出，只剩下我一個人，什麼也不能做。我不能坐以待斃，我要外出跟組長會合才行。決定走出空蕩的辦公室，進了電梯直達一樓。

才經過一樓大廳的櫃檯，便被叫住。「阿守，織田先生說你今天不需要外出喔。」樓下櫃檯小姐這樣對我說。我搔著頭，裝死般的往外走。

踏出大樓自動門，外面的警衛立刻對我說：「織田先生有交代，你不能離開辦公大樓。」

「我只是外出一下。」

他擋住了我的路。「很抱歉，織田先生有交代，我們連一步都不能讓你踏出去。」

碰一鼻子灰，只好回頭，我忍不住咬牙切齒的怒罵織田一番。

走進一樓的洗手間，沖完臉擦乾時，注意到小便斗前站著身材跟女性一般削瘦的男人。站在小便斗前拉下拉鍊，隨意看了他一眼，不，他應該是她才對。沒有喉結，似乎有女性胸部，只是壓扁了。我視線開始往下飄，她也注意到我；當我意識到老二外面還罩著一層cb，已經尿得滿手都是。她的哼笑帶點嘲諷，我才意識到讓她瞧見了cb老二，躲著把下半身貼緊小便斗也來不及了。

原以爲她已經離開，一轉身卻看見她還站在洗手檯邊。盯著我低頭拍打尿滴痕跡的褲襠，笑得很大聲。我的臉有些紅，心裏有些不爽。

關上水龍頭，正準備飆出髒話，她用力一推讓我嚇一大跳。她壓住我靠牆，還來不及反應，已經一把抓住我的胯下，將整副老二握在手中。「不是有屌就是男的，站著尿尿還不簡單。」她用力一捏，cb 喀喀作響，兩顆睪丸被她緊壓。

回到辦公室座位坐下，經歷危急的爆蛋一抓後，魂都快飛了，還感覺得到有股蠻力抓著我的卵鳥跟卵胞，又痛又痠。以後不能用怎麼辦？可是想到或許 cb 殼在剛剛的情況下，保護老二，才保住了命根子也說不定。我這麼安慰自己，直到下班。

時間一到，大家便開始收拾私人物品準備下班，和我所見過的工作環境完全不同。對面的小陳對我說：「沒事，早點走。加班是無能的表現。織田的禁忌。」

我應了聲。

吹著口哨的捍成提起公事包，「待在辦公室一天，應該不用加班吧！還要加班，能力眞的太差了！」

我在心裏罵了聲幹。他根本就是當兵時候的爛學長，嘴賤，以為「學弟剛到部，萬事都了解」，不協助就算了，還想推人下崖的惡棍。

小藍對著第一批下班的同事喊著：「不要忘了明晚！」他喊完似乎還心虛的看著織田，擔心他多嘴。

「問問夏董明晚有沒有空來。」織田低頭處理事情邊跟小藍說著。

「我知道。我現在去問。」

織田忽然抬頭看著我，「阿守，你還不下班，在辦公室摸混什麼？辦公室開燈不用電費嗎？趕快下班，走的時候，把你那邊的電燈關掉。」

聽著老闆要自己趕快下班，就有種很不習慣的感覺。關掉電燈，營業一部這兒只剩下門口和織田座位那兒有燈。對照鄰居二部燈火通明，人人埋首電腦前奮戰，真是天差地別。

在我拎著手提包躡手躡腳經過織田座位前，他又再度抬頭。「明晚由你帶頭第一個下去泡湯。」

我微弱地應了聲。就是明天了，我今晚一定要跟阿貞拿到鑰匙才行。

「你會不會是我們部門裏，戴著 cb 跟大家自我介紹的第一人？我真是期待呢。」

從外頭進來的小藍，聽到噗嗤笑了出來。

「夏董可以出席明晚的聚會。」小藍一說完，織田便樂得合不攏嘴。

心不在焉的離開公司，直奔回家路上，卻接到阿超匪類相招的電話。我拒絕了他，在這個節骨眼，絕對不能太晚回家，今晚還有重要任務。「你有這麼乖嗎？要不要出來。最近認識了好幾個很正的。」聽到阿超這番話，我嘆了口氣。「對咰，我忘了你有卵鳥但是不能用。」

「你……」

「眞可憐，怎麼會有人生卵鳥，但不能用勒。」阿超的訕笑，氣得我把電話給掛了。如果這時候還在當兵，我一定會把阿超這個菜兵電到翻過去叫媽媽，學弟沒有學弟的樣子。

回到家的時候，阿貞還沒到家。打了通電話跟她說我們今晚在外面吃吧。她有些悶悶不樂，即便我很努力的討她歡心，她還是微露著憂眉臉色。一關上門，從後面擁抱，她便藉故身上都是汗的溜進浴室，還鎖了門。她出來後便催促我去洗澡。踏出浴室便聽見阿貞坐在床上，對我說：「你不是不喜歡穿褲子，喜歡溜鳥？穿內褲幹嘛？」

聽到阿貞這麼說，覺得有什麼好事要發生，把握機會就可以脫掉 cb。我把內褲褪掉，卵鳥頓失依託，整副向下沉，我痛得皺了眉頭。

跳上床、壓住她，我伏在阿貞雙腿之間用力品嚐、用力吸吮著。當她扭著身體，雙手投降的抓著枕頭，我知道可以了，但我要再讓她更想要，我毫無停頓的繼續繼續繼續。

她呻吟吶喊著：「我飽了。停！我飽了。」

「把 cb 解開讓我……」我話還沒說完，阿貞停下了所有動作。

「我飽了。」

我愣了下，抬頭說：「讓我好好幹幹你！」

話才說完，阿貞一腳踹上我的臉，把我整個人踢到床下。回神才發現自己流了鼻血。

「我不准你再跟我用這麼粗俗的字眼。什麼幹？誰幹誰？有屌就可以幹人嗎？」

「你！」我用手一抹，擦掉鼻血。

「你回答我，你可以幹我嗎？」

我冒著汗，心跳得很快。我沉默。我回答：「可以。」

「可以？你說什麼？你再說一遍。」她走下床，站在我面前，她的七貝（chi-bai，女性陰部。）就在我眼前。「你可以幹我嗎？回答。」

「不可……以……」我低下頭，喪氣。

「是我幹你！」聽到阿貞幹字出口，我訝異的抬頭。「回答我。是不是我幹你？」女人怎麼可能幹男人？

「是……你……幹……我。」忍氣吞聲，只爲了小小一把鑰匙。

「這還差不多。」她手搧風，轉身走進浴室。猛然又轉頭看我。「我不想再做你免費的妓女了。」

愈睡愈難過，摩擦著雙腿，半夜胯下傳來劇痛。痛醒了我，痛得好想拿把刀把卵鳥卵胞割掉算了。

我搖醒阿貞。「鎖匙！我卵鳥着痛。（我老二很痛。）」

她沒有任何反應，我又搖了搖她。

「你不要演了，以爲可憐兮兮，我就會拿鑰匙出來。你不要騙人了。你知道現在幾點了嗎？」她背著我，完全不理。

我只好走進浴室，拿著蓮蓬頭不斷沖洗 cb，企圖讓胯下那幾兩肉舒服一點。冰涼水溫讓我有些舒緩，獲得一些睡意。恍惚挨著到天亮，出門前，找著夏董添購的那幾件三角內褲，卻全部不翼而飛；勉強穿回四角褲，但地心引力仍舊讓人痛苦。

阿貞雙腳正套上高跟鞋，我趕緊衝出來。「阿貞，我今晚部門要在溫泉飯店舉辦聚餐，你可以先把 cb 解下來嗎？」

她遲疑不語。

「回來以後，我會再戴上 cb 的。」我已位於下位、低聲下氣。

「你不要再說謊了。你以爲我不知道你去跟其他人睡，到處亂玩？阿超都跟我說了。想要我拿出鑰匙來，讓你下班可以去野。你做夢。」她理都不理，甩門而出。

爲了趕在九點以前站在自己的座位上，什麼都用最快速度解決，才好不容易提早五分鐘到，織田跟大多數的人都已經到達辦公室了。

「新同事，你今天有早一點到喔。」織田笑著端詳我的臉孔。

「你的鼻子怎麼了？」還沒回答，他已經提醒：「鼻子腫成這樣，我不會讓你出去的。」

「經理，阿守今天再不出去，這週的業績恐怕……」站在位子上的小陳還沒說完，織田已經起身，走出座位，站在走道中央。

身邊的捍成威脅的說：「如果你連累我跟組長，我一定會給你好看！」

「小藍，九點了，先開早會。」

站著時，我不斷感覺到西裝褲裏頭的 cb 正一吋一吋強拉著我的卵胞往下，痛得我腰都快挺不直。織田邊講話邊巡著每個人，他站在我的背後，推著我的肩膀，要我抬頭挺胸。「你是沒老二啊！站都站不直。」

大家都外出後，我私下找了織田，希望可以免掉晚上的聚會，但只是換來一頓斥責。他並不允許戴著 cb 的我逃避。

懷著忐忑的心情，到了溫泉飯店，寬敞的和室、馬蹄形的擺設。大家依序到場，更換浴衣入座。和小陳在更衣室，旁邊幾組人，都口銜白布，在胯下繞出了一條兜襠，再穿上浴衣。

「你怎麼還穿著西裝，趕快換一換，好進去裏頭啦。」熊樣的小陳已經脫得只剩件內褲，西裝遮掩住的身體，壯而不油。下一秒他已經光著毛屁股，和旁邊的人一樣，穿起丁字褲再伸手穿上浴衣。

「這是老闆送的『褌』，只有表現優異的業務才會獲得。」小陳爲我解釋。

瘦排骨的捍成脫光了衣褲，出聲嚇我：「你在發什麼呆啊！」

小陳邊綁好腰帶，邊向我說明等會兒的細節：「泡湯開始之前，新人要在大家面前大聲自我介紹。最後記得說『請各位多多指教』。」

他們一直站在我旁邊等著。我脫得只剩條內褲，正準備穿起浴衣。「浴衣底下不能穿這種內褲，趕快脫掉。」

捍成在旁拉著我的內褲向下，我緊抓褲頭四望了一眼。「我不習慣……」

「沒辦法喔，織田會要求到這麼細節。而且你等會自我介紹浴衣一脫，織田便會看見。你幾乎確定要公開SPANKING了，不要再往上加次數了！」

我苦苦皺著臉，轉過身，背對著他們，不甘願的脫掉內褲。捍成按著我的肩膀，硬把我正面轉了過來。

「大男人害羞什麼！」小陳嘲笑的說。

捍成伸手，「你老二那是什麼啊？」

我用力拍擊。

「喂！你是這樣對前輩的嗎？」

「你！」小陳的驚訝，引來旁邊在場的同事圍觀，讓我羞愧得臉紅，紅了脖子也紅了耳朵。

「你是貞操帶使用者啊！」其中一名不熟的同事說著。

「之前離職跳槽的同期也是貞操帶使用者！」小陳說：「他是個自我管理相當強的人。阿守，你也是吧！當初他要走，織田根本不想讓他離開。」

「是那個對我很照顧的前輩嗎？」捍成恍然大悟。

他們七嘴八舌的說著關於貞操帶也聊著大家對於身體的事，入珠的、刺青的、除毛的。大家嚴肅的西裝底下，竟藏著精彩萬分的身體。

同事陸陸續續入座，等著織田。現場異常安靜，完全不像個聚會。當門打開，穿著浴衣的織田帶著西裝筆挺的夏董進來，我看見夏董對織田相當客氣，夏董會注意到角落的我嗎？心裏頭正這麼想，夏董的目光即向我投射過來，此刻我竟然開始想如果能夠回到夏董身邊就好了。

織田和夏董向在場同事們舉杯後，大家才打破安靜，開始交談喧鬧。把酒言歡之餘，有人對織田表示想先泡湯之後再用餐。織田突然對著我說話，中氣十足的他，聲音穿越在場吵雜聲到我面前。「新同事趕快站起來，跟大家自我介紹。有前輩等不及，想先去泡湯了。」

我顫抖著腳站起來。剛剛在旁邊房間都可以讓我羞愧如此，現在要在這麼多男男女女面前，像個變態似的脫光，大聲自我介紹，眞是顏面無存。如果待在夏董身邊，就不會有這種事情。我站在大家面前，整個人像熟蝦紅通通的冒著氣跟汗。已經知道狀況的小陳，似乎沒有幫我的意思。我沮喪的看著夏董，希望他救我離開這個場面，但他沒說話，沒有其他表情。

沒有後路可退，只能硬著頭皮往前衝。顫抖的解開腰帶，按著被交代的方式，脫掉了身上浴衣，雙手托在背後、張開雙腿、抬頭挺胸，大聲報上自己的名字。「請大家多多指教！」

我的雙眼不能看著其他人，我不敢看著誰誰誰，我只能望著眼前織田身邊的夏董。假裝現在只是在夏董的別墅裏頭，某個晚上的調教。我聽見視線以外的人們正交頭接耳的討論著我和胯下的ｃｂ。

織田突然站了起來，怒斥：「大家發什麼愣啊！」

瞬間大家安靜無聲，而後整齊劃一、響徹雲霄的喊著：「請多多指教。」

聽見整個部門對我的回應，彷彿胯下的ｃｂ一點也不重要，不妨礙。下一秒，大家各自散開、自由動作。用餐喝酒的繼續，想先去泡湯的，已經光著屁股衝到戶外了。織田坐下後，身邊的小藍替他斟酒。小藍原本要繞到夏董身邊的，卻被織田攔住。「阿守，你還不過來幫你前老闆斟酒。」我雙手遮著ｃｂ老二，往前，便被制止。「在場！所有人都看見你的ｃｂ了，遮什麼遮啊！」

他一轉頭便跟夏董說：「看來你的奴隸對於配帶主人恩賜之物，並不會感到驕傲。你竟然把一個這麼糟糕的奴隸丟給我。」

「眞是不好意思。麻煩你多調教調教。」我聽見夏董如此客氣的對織田說話。其實夏董可以否認我是他的奴隸，也不需要被織田羞辱。

我一坐下，小藍便對我使眼色，要我跟他同樣的動作——跪在一邊，以小腿當坐墊，拿起酒瓶幫夏董倒酒。夏董看了我一眼，眼神中充滿太多情緒。我不懂，我只能安安靜靜的學著織田身邊的小藍，服侍夏董身旁。

「織田さん！」外面的人喊著。他站起，浴衣一脫，穿著黑褌的他，把浴衣往小藍身上一丟，便往戶外走去。小藍收著浴衣緊跟在後，他撿起織田脫掉的黑褌，恭敬折好，才回到座位用餐。

「你還習慣嗎？」夏董開口。忽然間，情緒萬湧。抖起了肩膀，在眼淚要滴下來以前，夏董忽然用力的拍著我的肩膀，什麼也沒說繼續用餐，偶而要我斟酒。在主人身邊跪著，伺候主人用餐，讓我安心待在一個溫暖的角落。

當個奴隸在夏董身邊赤裸的跪著，不過就是上禮拜的事情，爲什麼覺得好像是很久很久以前的事情。夏董放下手中的碗筷，站了起來，走去戶外，跟外頭玩耍的織田道別。

織田雙手叉腰，**大赤赤**的頂著充血的老二，喊我的名字：「阿守，送夏董下去。」

我點點頭。穿好浴衣，跟著夏董離開和室，下樓。一路上什麼話也沒說，靜跟在夏董背後，在外面等著他的車。熟悉的黑車開來，前座右邊下來了一名穿著黑色西裝，剃著極短平頭的男子走來。是廁所掐著我卵鳥的那個女……不對，爲什麼此時此刻他完全就是個男人。我快搞不清楚他的性別。

跟著夏董往階梯下走時，嘴巴不聽控制的問：「夏董，我可以回去你身邊工作嗎？」

夏董停下了腳步。「阿守，我身邊現在沒有你的位子了。」

夏董沒有回頭的走到那名男人身邊。「我已經有新的男性助理了。他是接替你工作的里奈。」

「你好。」他向我點了頭。

他開了門，待夏董上車。我鞠了九十度的躬，好掩飾我的尷尬與眼角異狀。車門關上，聽見了引擎聲。「阿守。勇敢一點。不要再像從前一樣，三心二意、模稜兩可。沒有退路，就勇往直前，這才是一個眞正的男人。能屈能伸才是大丈夫。」

回到鬧哄哄的和室，我的手機顯示著好多通未接來電，是阿貞的奪命連環叩，我的頭皮一陣發麻。回電便是阿貞劈頭狂罵，任憑我怎麼解釋，她就是不相信我今晚是部門聚餐，一口咬定我出外風流。電話旁邊還夾雜阿超不知是相勸還是鼓噪的聲音。

赤條條的織田忽然出現在我旁邊，抓了手機，「你怎麼可以在大家相聚的時間講電話！有什麼事這麼重要？」我跟他解釋電話那頭是我女友，還有她正在生氣的事，織田忽然搶過手機，「阿守都戴著 cb，你還這麼焦慮？乾脆把他綁在家裏算了！」

聽見織田這麼跟阿貞說，我一陣寒意。他講完便掛了電話，關掉電源。「把浴衣脫了，下來泡湯。」說完便見他光著屁股向小藍走去。

懸著cb，在同事間行走，他們多看了幾眼，好奇的便靠過來聊起詢問這「透明的傢伙」。尷尬久了，好像也沒這麼不自然。

這一晚大家睡在和室裏頭，一格一格像極了軍營裏的通鋪。玩累的人很快的呼呼大睡，而我還在爲雙腿間的疼痛苦不堪言，無法入睡。就在注意力集中雙腿間的那些肉時，我聽見肌肉拍打撞擊的聲音，聽起來根本是在燒幹，肉與肉之間還夾雜著男性低沉的呻吟。我驚訝坐起身往聲音處看去，看見小藍的雙腿正架在織田肩膀上。窗外的月亮照耀在他們身上，兩具肉體的黑影連接、融合在一塊。我訝異的臉與織田對望幾秒，他比了「噓」，示意我躺回去，於是我驚心動魄的一直聽到他們完事。我沒有辦法把平常英姿挺拔站在織田旁邊的小藍，跟剛剛向織田張開雙腿的他連在一塊，怎麼跟個女人一樣被男人幹？有老二的男人應該幹人，怎麼屁股讓另個男人幹！屁眼這麼小，老二怎麼插得進去？不會裂開嗎？

織田忽然躺到我旁邊來，嚇了我一跳。「第一次看到男人燒幹啊？」

他翻身側躺。「難道夏堇還沒幹過你？」他笑著坐起、雙手撐著盤腿。

「需要我幹你嗎？」他看著我時，我看不見他的臉，只能尷尬的搖著頭。

一開門，阿貞的高跟鞋便向我飛來。

「你幹什麼啊！」

跟著另一隻也飛來。

我一走近阿貞身邊，擦了指甲油的手便呼了過來，往我臉頰上去。還沒回神，另一下又來。

「你做什麼啦！」我抓住她的手，推開了她。揉著自己腫起來的臉頰。

「你昨晚去哪裏野了！」

「我不是跟你說過我昨晚是部門聚餐。」

「聚餐需要過夜嗎？昨天你是跟狐群狗黨去哪裏鬼混了？你從實招來！」不管我怎麼解釋，阿貞就是不相信，一口咬定阿超安分守己以後，我換了一群新夥伴繼續在外風流。「那個接話怪腔怪調的傢伙是誰？電話裏頭傳來的聲音，你們是在哪個聲色場所！」

天啊！有哪個男人戴著貞操帶還可以出外打野食。

「我又沒鑰匙，怎麼解開下面這個！」原本想用可憐兮兮的姿態跟阿貞說我昨晚悲慘的經歷，但現在只有吵架發洩的念頭。我們狂怒的想要壓過對方，阿貞卯起來爬在我頭上。

阿貞愈來愈難安撫了，爭吵過後，又是一場激烈的肉搏戰，原來吵架才是預備做愛的王道。

我燃起她身體的慾火以後，她站起搖著身體，像是找尋什麼，我心裏竊喜著，早知道就隨便找個理由吵架，何必拚命的想要討好她呢？一陣翻箱倒櫃聲音後，她手持著——按、摩、棒——竟然是按摩棒！她走回我面前，在我正前方的地方，坐下張開雙腿，充滿慾望的看著我，不，是看著按摩棒，彷彿那根才是她的愛人般，視我於無物。她開始呻吟，我想靠近她，她只是翻身，夾緊雙腿，用力的享受著雙手間帶來的快感。不爭氣的老二，在ｃｂ殼裏呻吟掙扎。ｃｂ環拉扯摩擦著已經破皮的地方，我也跟著疼痛著呻吟。

她爽快完她的以後，留下我在地板上悵然若失。洗澡後，便不准我穿上任何衣褲，把我趕到沙發上睡覺，不准上床。

隔天醒來，阿貞已經離開家。我在衣櫃裏找偷買藏著的那幾件內褲，解決又麻又痛的下體，卻發現所有的內褲消失得一乾二淨，連昨晚脫下來丟在洗衣籃裏的也消失了。頂著痛苦激突的西裝褲出門，失去內褲，胯下一點點撐托力都沒有。已經破皮磨腫的卵鳥邊緣，此時更是難過。

早會上，又被織田刁難。「阿守，你一下是鼻子腫，一下子是臉腫？真拿你沒辦法……」

他背著大家走向自己的座位，拿起分機，「夏董，我是織田。你現在有沒有空，我想跟你談談阿守的事情！」一掛上電話，交代了些事情，他結束早會，檢查外出業務的服裝儀容後，便帶著小藍上樓找夏董。

鳥獸散以後，胯下的痛苦讓我坐在椅子上無法移動，雙手撐著頭。織田與阿貞，工作與生活的夾襲，讓我無力抵抗。小陳外出前，拍著我的肩膀，給我打氣。捍成除了怕我連累他們的尖酸刻薄外，沒別的好說。

無事可做，便上頂樓抽菸。一根兩根三根之後，準備下樓搭電梯時，聽見兩個講著日語的聲音往頂樓移動。一聽是織田，我連忙折回，躲了起來。我為什麼要躲起來呢？貼著牆壁，往外看。織田跟里奈兩個人上來抽菸。里奈？他怎麼會跟織田走在一塊？他們正以日語交談著，我什麼也聽不懂。

「日本語はすごく上手ですね。何ヶ国語話せますか？（沒想到你日語這麼好，你會說幾種語言啊？）」

「三ヶ国語。ドイツ語、日本語と英語。（三國。德、日、英。）」織田聽到里奈的答案，嘖嘖稱讚。

「夏さんはやっとできる人を雇ったな。（夏董這次總算用到了能力好的人。）」他遞了菸給里奈。「他丟給我的大麻煩，還眞是不曉得怎麼處理。這個月部門平均業績會被拉低。」我聽見了織田突然用著我聽得懂得語言說話。他們不知不覺切換了語系。

「夏董到底是看上阿守哪一點啊？外貌？還是屁股？聽阿守說夏董還沒用過他屁股！」織田諷刺我是以色伺人，但我不是，我怎麼可能用身體去賺男人的錢，拿屁股換權位！

「夏董覺得他只是晚開竅。」

「等他開竅啊，是要等公司倒嗎？」織田笑得好似我眞的很差。

「夏董是看好阿守。」聽見里奈這麼說，我的內心有被重擊的感覺。即使我現在這樣，夏董還看好我嗎？「夏董說從阿守在旅館裏頭幫他脫鞋，他就知道阿守會爲了目的，卑躬屈膝，甚至不惜作賤自己。這樣的男人有目標，將會變得可怕，他有不可預測的潛能。」

織田嘖氣，不置可否的說著：「潛能？他還可以撐多久，我相當的好奇。夏董已經答應出席公開スパンキング，那天就麻煩你提醒他準時出席囉！」

一下班就直接回家，待在家裏等著阿貞回來。一聽到大門鎖轉動的聲音，我便站在玄關處。見到阿貞，我劈頭就質問：「爲什麼把我的內褲都丟了？」

下一秒，我看見阿超跟小戴跟在阿貞後面。「你們怎麼來了？」

「你背著我，喔不，你背著阿貞出去鬼混，眞是太不應該了！」阿超拍著我的肩膀，隨著阿貞進屋內。「我！」

他們三個坐下後，我正要從阿貞身邊坐下時，阿貞忽然不准我坐下。

「我覺得你站著比較好。」聽到阿貞這麼說，我皺了眉頭。

「我們一致認爲你必須徹底的討好阿貞。」小戴說。

我還不夠討好她嗎？什麼鬼啊！阿超察覺了我的不悅，勾著我的肩膀，咬著耳朵：我們去旁邊聊一下。

「我們去陽臺抽根菸。」

「我討厭菸味！」阿貞冷淡的說。

阿超轉頭陪笑：「我們去陽臺聊聊，不抽菸、不抽菸。讓我們男人之間說說話。」一到陽臺，把落地窗關上，阿超就急著說：「我好不容易把那兩個女人都安撫住了，你不要再亂了。」「我亂？你知道最近阿貞對我有多惡劣嗎？」他拍著我的肩膀。「看來之後會更糟。」

我揮掉他的手。「你這什麼意思？你現在是幫我還是幫她？」

「她們現在同仇敵愾，我要討好小戴，所以我會對你比較不好！」

我聽到兄弟這麼說，心都涼了。整個人往陽臺邊靠，頭仰外，視線看著幾層樓遠的地面。「我卵胞現在快痛死了。這折磨人的貞操帶不趕快拿下來，我乾脆死了算了。」

「你沒有搞得阿貞慾火焚身，需要你的卵鳥解火嗎？」他邊說邊一把抓了我的卵鳥。「呼——不知道的人還以爲你卵鳥這麼大隻！」

「我當然有試過，她就是不肯把鑰匙拿出來！你有沒有辦法？出點主意吧！」

「這禮拜六我們出去外面走走，然後同房不換伴4P，你覺得如何？我跟小戴會在一旁幫你的！」

「上次小戴不是超不爽，回來跟你鬧脾氣？你忘了喔！」

「爲了兄弟，沒關係的！」他拳頭拳拳我胸口。

「謝啦！」

今天又被禁止外出。無所事事，我默默的行走在公司裏頭，漫無目的走著，不知不覺的已經到夏董的辦公樓層，看見自己以前的位子，還有對面——曾是蘇曼的——里奈的位子，他專心的工作，埋首電腦之前，鍵入資料。我站了好一會，他都沒察覺，直到我出聲打擾。他抬頭：「你有事嗎？」

「我找夏董。」

「你沒預約喔。」他點著旁邊的 iPad，翻著夏董的數位行事曆。「下禮拜二下午有個空檔！」

我一點都不想等到下個禮拜。「我現在想進去找夏董，不用很久。」

「我沒辦法幫你安插時間喔。」

「為什麼不行？我只需要不到十分鐘的時間。夏董沒忙到連十分鐘都抽不出空來吧！」我往前一步，里奈便急忙從位子上站起，擋在我面前。「讓開。」

「請你離開。」

他一說，我便抓起他的領子。「讓開，我再說一次！」

他有些驚訝，沒想到我會動手動腳。「你不要以為個子高，打架我可不會輸！」他不甘示弱的穿越我的手腕，同時抓著我的領子，我們呈現著奇異姿態。

兩人對峙膠著時，夏董忽然出現。夏董抓著我的脖子，「阿守，手放下。里奈，你也是。」夏董雙手撐在我跟里奈的胸口，推開我們。里奈眼睛瞪得很大，夏董的眼神兇狠得讓里奈不敢多說什麼，指令般無法違抗。

「阿守，跟我進來。」

「夏董，你等會有跟行銷部的會議。」

「里奈，跟行銷部的經理說晚半個小時，如果沒辦法延，就另外找時間安插。」里奈的驚訝，我是懂的。夏董沒有延後會議的紀錄，這點蘇曼也曾告訴我，要我獨當一面時，繼續幫夏董繼續維持。可是現在夏董竟然為了我延後會議。

夏董帶我走進他的辦公室，他問著：「怎麼會想來找我？」

他一坐下翹起腳，我顫抖的說：「我對公開SPANKING感到恐懼！」

「你可以拒絕，不是嗎？」

「拒絕便是直接離職！」我記得契約書裏白字黑字記載著。

「你不想離職就忍耐！」

「織田故意刁難我，不讓我出去跑業務。」

「你爲什麼會覺得他在刁難你呢？」

「他完全不讓我出去跑客戶，這樣我怎麼可能會有業績？擺明著想要公開SPANKING。他只是想羞辱我！就跟那晚的聚會一樣。」

「沒辦法出去，可以加強業務能力。你留在公司有好好的準備專業嗎？如果你的客戶是我，你要推薦公司什麼產品給我？你覺得我會需要什麼？」夏董坐在沙發上，拱起雙手，頂著下巴，看著我。我卻說不出半句話。「你要我等多久？你認爲你的客戶可以等你多久？留在公司的時間，不把公司產品弄熟，這就是你的問題了。我想織田這麼聰明，他讓一個不熟悉產品的業務出去，只是丟他的臉罷了。」

夏董嘲笑著我，「你站在那面鏡子前面。」我照夏董的話站在他辦公室門口的全身鏡牆前。

「專業以外，你覺得鏡子裏的樣貌，可以出去見客戶嗎？」

「可以。」我回答得理直氣壯。

「眞的嗎？你再看仔細點。」夏董站在我背後，雙手放在我肩膀上，捏著我的肩膀。「挺胸！把胸部給我挺出來！」他用拳頭敲著我的胸膛。「你的胸部太單薄了。你有注意到營業一部同事們的體型嗎？」夏董一說，我倒想起幾個身材火辣的女性同事。一動念，胯下傳來的疼痛更是劇烈。「你認爲織田爲什麼要把聚會辦在溫泉飯店？只是因爲他個人喜好？」夏董拍了我的屁股後，坐在單人沙發上，翹起腳。「每個人都脫光光，無所遁逃的時候，正是觀察每個人對身體自我管理的時機。」

我疑惑的轉頭看著夏董。他微笑著，「阿守你還是站著尿尿啊？」

夏董說中了。雖然夏董有強迫我坐著尿尿，但一離開夏董身邊，我又坐不住了。「嗯……」我尷尬的回應。

「你認爲織田會讓一個穿著尿漬褲子的業務出去丟他的臉嗎？在我身邊，尿漬褲襠我還忍受了一段時間，織田怎麼可能放你出去外面見客戶。」

「這……」

「你的尿臊味還眞是重啊！你的 cb 都沒拆下來洗嗎？」夏董一說，我的表情便走了樣。

「你再也沒有拆下 cb，好好的把老二洗乾淨？」我的眉頭一皺，表情便苦了。「你現在沒穿內褲？」

「夏董你怎麼知道？」

「一看就知道了。卵鳥不會痛嗎？」夏董關心的話一出，我就有種想哭的衝動。

「我馬子把你買的那幾件都丟了……不……正確來說她把我所有的內褲都丟了。」

「沒內褲可穿？」夏董笑得讓我無地自容，「沒內褲穿，就穿你娑ㄚ的吧！」

夏董是開玩笑的吧。

「cb 戴一段時間還是要拆下來洗一洗，順便把下面洗一洗，免得味道太重了！」

「不是我不願意拆下來，是她不願意讓我拆下來。」

「這樣啊。」夏董站了起來，往門口走去，他開了門，里奈便探了頭。夏董跟他交代了些事情。「跟我來。」

出了辦公室，轉彎，跟著夏董到了洗手間。我正疑惑，夏董已經推門進去這間只有他跟特助才能使用的浴廁。

我一進門，便聽見他的話。「把褲子脫下來。」

「這邊？」

「對。」在夏董面前脫褲子並不是第一次，但還是有些難爲情。拉鍊一拉下，連自己都快受不了下體的尿臊味。

里奈推了門進來，把我嚇了一大跳。他看見上半身穿著襯衫，光屁股戴上ｃｂ的我，仍然面無表情。手中的東西交給夏董後，按指示裝了杯清洗液過來。

夏董在地板鋪上更換墊。「坐下來。」我發了怔，不知道夏董要做什麼。「你不坐下來，難道要我蹲在你前面，幫你清潔ｃｂ？」

聽到夏董話中的意思，趕緊光著屁股坐下。臀肉貼在塑膠墊上，感覺很怪異。卵蛋出汗，黏在墊上更是難受。

夏董抓著我的ｃｂ，左右觀看，屌環不注意摩擦到傷口處，我唉唉了幾聲。「你旁邊破皮，腫成這樣。」

夏董嘆了氣，拆開一包棉花棒，持根棒子抹上藥，便往環處擦去。張開雙腿的我，手撐在背後，唉唉叫著。「搽藥是治標不治本。」夏董又持了根棉花棒，沾上清洗液，抓住ｃｂ，便往尿道口探去。清洗液的檸檬味道緩緩的壓過尿臊味。「這個動作以後你可以自己做。」

夏董換了新的一根，將ｃｂ殼裏面擦了一遍，小小一根攪動裏頭的空間，我的老二禁不起這個動作，在殼裏充血，塡滿空間。夏董手中的棉花棒完全動不了，卡在裏頭。

「現在很敏感吶？」

我羞著點點頭。

夏董換了另一根，便往我的龜頭探去。敏感、刺激的觸覺，讓我雙手放在夏董肩膀上，想要他停止。

「要停嗎？」夏董看著我笑了笑，我沒有回應，因為我想要又不敢要。

夏董故意逗弄，讓我不停的淫叫。棉花棒探到尿道口，我想起了很多關於性的回憶。在逼近要射精的拋物線時，我不由自主的，呻吟開口：「夏……董……卡……卡……卡卡……」

夏董忽然停下所有動作。將棉花棒丟到垃圾桶裏。夏董站了起來往門口走去，我看著夏董黑色西裝的背影。「卡卡是我給我奴隸的名字。現在你不是卡卡，沒有資格使用。」

公開SPANKING的早上，大家面無表情，誰也不敢多說話。時間一到，大家緩緩的往會議室移動。裏頭只剩下中間一張小圓桌。原本散亂的隊形，由織田靠在旁邊的會議桌邊，指著一個一個同事，按著小藍統計出來的業績表格，要他們移動到他們該去的位置。被點名的同事無不緊張萬分，被叫到織田對面站的，更是驚慌失措、汗流浹背，而我也被叫到織田對面站著。

雖然知道是今天是他們口中的「公開SPANKING」，但還是不曉得會發生什麼事。站在我身旁的幾位同事，無不如是世界末日般，手足無措得彷彿等死。

不小心觸碰到旁邊的肩膀，他竟然像被我割掉一塊肉般緊張地哀叫出來。被點名的同事們每個都蒼白了面容，哀叫同事身旁的那位，竟然已經失禁，尿溼了褲子。發現一位尿了褲子，沒想到腳後跟也踩到尿上，原來背後那位也同樣尿褲子。

周圍的同事們雖然緊張，卻是一副幸好公開SPANKING與己無關的模樣。

「都到齊了嗎？大家都知道自己這週站的位子了嗎？」織田說著邊指著他前方的我。「這群就是拉低本部門平均值的害群之馬。」

織田雖然看著前方說著，但似乎都是對著我說。

「小藍。」他手一伸，小藍便交上透明資料夾給他。

「嘖嘖嘖嘖。」織田嘖了數聲。「夏董不是答應要準時出席嗎？」

「里奈剛打了內線，夏董被客戶絆住，叫我們先開始，不用等他。」小藍說。

「怎麼可以不等他呢？」織田啪的一聲，單手合上資料夾。「不過我想他一定趕得上的。因爲有好多下啊！」

織田往前站了一步。「阿守是第一次參加，讓我來替你講解本部門的公開（こうかい）スパンキング！」

織田指著左半邊。「每週我們依照業績排序，前段班站左邊，後段班站右邊。後段班的後四分之一，也就是我正前方的你們，必須接受公開スパンキング。」織田走到了中央的小圓桌，單手壓上，側著身體。「接受公開スパンキング的人，屁股朝向前段班，臉面向後段班。前段班的，看一看打在屁股上的藤痕就好。後段班的，看清楚受打者扭曲變形的臉。如果你們再不努力擠進前段班，哪天換成你們在大家面前，脫褲子打屁股都是可能的！」

聽著織田的解說，我的臉的確開始變形。他轉頭對著前段班：「在前段班的你們，一不小心也是有可能跌落到後段班，甚至是中間被打的地步。」

「阿守，你是第一次，所以我爲你講了這麼多。」他又對我笑了笑。「我們開始吧！」

他攤開手上的資料夾又嘖了幾聲。「阿守，你是本部門第一個業績掛零。以前就算是菜鳥也沒掛零過！」他搖著頭。

「今天原本要被公開スパンキング的其他人，謝謝阿守吧，他跟你們的級距實在太大了。今天就打他一個人，你們其他人皮繃緊一點，下週可就沒這麼容易放過你們。」

織田看著我，「阿守，出來吧！業績掛零是一百下！」

我雙手握了又放放了又握。顫抖的腳移動有些困難。當我慢慢走到中央的小圓桌，織田已經將身上的西裝外套脫掉；小藍推著一個豎滿藤條的推車出來。織田捲起雙手的袖子，手臂上的血管可怕虯結。他在藤條檯前挑選著適手的工具，拿起其中一根，舉起藤條在空中甩，咻啊咻啊咻的，聲響迴盪在空氣中，令人毛骨悚然。背後接連聽到啪噠、啪噠尿失禁的聲音。

他往我走來。「把褲子脫了！」

「脫……褲子？」聽著尿滴聲，我緊張得說不出話來。加薪20%的代價是接受公開體罰，這個部門的人視爲理所當然。我以爲國中被老師藤條打裸臀的事，已隨著畢業遠去，沒想到又面臨。

「怎麼？還怕人看啊！大家都知道你戴了貞操帶。」我解開皮帶，拉下拉鍊，扯下西裝褲。

「沒穿內褲！」織田哼了聲。「檢查服裝儀容，我的確管不到你穿不穿內褲。容易勃起的體質最好是穿內褲。」

「你戴了貞操帶，沒辦法勃起，的確可以不穿內褲！」織田在萬衆無聲的會議室裏狂妄的笑著。

織田的藤條抵在我身上。「趴在桌子上。趴好。」

藤條抵在我的臀肉上。第一下就下來。「報數！」

「一。」藤條打在屁股上，我承受著疼痛，我想起了夏董打蘇曼的那次，我的蠢夫之勇。被夏董翻起屁股，頭抵在地板上，夏董壓在我身體上，我看著板子落下。「二。」我想起國中蹺課被老師打時，手放在講臺邊上，側著身體，在全班同學面前被打拉下褲子的裸臀，還可以聽到同學譏笑我的騷包紅內褲。「三。」我皺著眉頭，咬著牙齒。織田的力氣不亞於夏董。被夏董打的時候，我還知道是爲了蘇曼，現在被織田打，我眞的不知道爲什麼。

爲了成就？爲了事業？

「二十。」我幾近哽咽的喊出聲。再七下來，我的眼眶便泛淚了。再五下，我聽見 cb 殼壁衝擊尿液的聲音，而後灑花般，尿液灑滿雙腿和膝蓋下的西裝褲。肌肉無法控制，阻擋不了失禁。我的眼淚飆出來，不知道是因爲屁股的疼痛還是此時的窘境。雙手抓著小圓桌桌緣。再三下，我沒辦法再數了。我不知道爲什麼要待在這裏。我不能哭出聲來，我不能在織田面前哭出聲來，男人不能哭。

「三十八。」織田一停下，我便軟腿跌跪在地板上，膝蓋浸在尿漬裏。

「站起來！你還沒過半呢！」

我一手撐著圓桌站起，雙手正要向後，伸去揉屁股時，織田抓住了我的手。「不准摸屁股。」他抓著我的手，視線繞著全場。

「大家告訴他，打屁股後，爲什麼不能用手碰？」

語畢，織田軍響亮齊聲：「因爲疼痛更加強烈，才能徹徹底底的覺悟！」

迴盪空間裏那句「徹徹底底的覺悟」是在嘲笑慣性逃避的我，再無另路可走了嗎？會議室的門在織田軍威聲中被打開。里奈恭敬開門，而後是夏董穩重的走入。

「夏董，你趕上了。」織田持著如日本軍刀的藤條去迎接夏董。「我還以爲你不來了。」

「我答應過，我就會來。」夏董盯著下半身赤裸帶著尿臊味的我，表情沒有透露出任何喜怒哀樂。

織田手搭著夏董肩膀。「阿守拉低了整個部門本週業績。他掛了鴨蛋，我從來沒有零業績的組員。」

「那眞是難爲你了。」夏董和織田兩人勾肩搭背，一副好兄弟模樣。

「一共要打一百下。已經打了三十八下了。」

夏董喔了一聲。

「你心疼嗎？」

夏董拍著織田的背。「玉不琢不成器。辛苦你了！」

織田帶著夏董走到藤條檯。「好說好說。來！挑根順手的，一塊幫忙吧。」

織田作勢按摩著自己的手臂跟肩膀。「一個人要揮這麼多下，我的手臂還挺痠的。」

夏董在檯前左看看右看看，拿起了其中滾著紅色海浪紋的一根。

「這根好用。被我用這根打過的，很多都成了高階主管。這幾年手臂揮不動這麼粗的，所以我現在用這個粗細的。」織田將手中的藤條向夏董展示。

「你手上的，對我來講太輕了。」夏董笑說。夏董勾著織田肩膀向我走來。我臉色發白發青。現在等於是兩個織田或兩個夏董，拿著藤條來修理我。

「趴在桌上。」我照夏董的話趴在桌上，夏董站在我背後，手貼在我的屁股上，紅通通一條條的藤痕屁股正發熱著。「里奈，去準備冰塊。」夏董吩咐完後，織田便說：「你不會現在就要幫他冰敷吧？」「當然不是現在。該打的還是要打完。」聽到夏董這麼說，我的心一驚，肺都快跳了出來。

我能撐到一百下嗎？讓夏董打的時候，五十下都很難撐過，更何況是兩倍。

「的確。果然是當老闆的人。我們開始吧。」織田一說，便讓我瞬間內衣溼透。

「夏董先讓你吧！」

我正準備臉向夏董，想求情時，織田抓著我的頭。「看前面，別以爲我會讓你有機會跟夏董求情。別忘了你現在的老闆是我。」

織田彎腰在我耳邊說：「我聽說你背棄夏董的事情了。阿守啊！原來你是個逃奴。我看你完了。」

織田拍拍我的背，大笑著走到我背後的夏董邊。「開始吧！」

「把剩下的六十二下解決掉吧。」夏董一說完，我的身體便因爲疼痛整個人彈了起來。主人的力道依然強健，甚至比織田更大力。織田吹起口哨。

「夏董，沒想到你出手毫不心軟。阿守你的小屁股會不會綿掉、爛掉啊！」我抖著肩膀，覺得自己完了，不如死了。

因爲突如奇來的疼痛而大叫著，一下是兩次巨大的撕裂。汗水浸溼頭髮，我聽見織田拍手叫好。「這是一下二迴旋嗎？」織田在我屁股前蹲下，眼睛盯著剛剛夏董打下的藤痕。「沒想到夏董你會如此絕招！夏董，左邊屁股給你，我打右邊。我也想練練！」

織田一說完，右邊屁股便遭到著實一藤。織田的每一下都像是個武士揮刀，痛得我彎了腳。

「織田，看清楚。是這樣。」夏董話一說完，左邊屁股便是一下兩大巨痛。腦袋還在空白，右邊又是一下、左邊又是一下，兩倍痛；右邊又是一下、左邊又是一下，兩倍疼；右邊又是一下、左邊又是一下，兩次藤。來來回回，我陷在汗水與淚水之中，衣服溼透，雙腿汗水直流，屁股如炙熱的太陽燃燒，像要把整個屁股都燒盡，要把整個人都焚滅。

夏董再一次，我已放聲哭泣，幾近昏厥。不知道多少下過去，左邊的屁股好似腫了兩倍大。

織田再來一下，夏董手中的藤條突然在我屁股前擋著。「我想阿守大概撐不了多久了。」

「夏堇，你的意思是放過阿守嗎？我們剛剛兩個人打的次數應該不到六十二下吧！你想偏袒阿守嗎？」織田轉頭看了小藍，「剛剛我跟夏堇加起來的次數有這麼多嗎？」

小藍搖頭。「如果把二迴旋加進去，可能有吧！但我覺得夏堇你這樣有偏袒的嫌疑。」

夏堇拍拍織田，「我不希望有員工在公司裏發生什麼危及生命的事情，就算他們簽了同意書也一樣。我等會兒的『一下』一定會讓你滿意的。」

夏堇的話，讓我心驚膽戰，覺得末日來到。哽咽的翹著屁股回頭看著夏堇。夏堇沿路摸著我的背走到我臉前。夏堇的褲檔出現面前，他低頭看著我，「如果是卡卡，一定撐得過去。你是嗎？」卡卡流著眼淚。夏堇抽出了他的黑白灰條紋手帕。「咬住。」

卡卡在心裏唸著：下週我不會站在你前面的位子，以後也不會。

夏堇高舉著手，藤條再度揮下時，卡卡咬住手帕的慘叫聲、圓桌被抓的震動聲，迴響在房間裏。織田與他的軍隊都看到、聞到了會議室裏頭溢出了血液。卡卡的臀部，夏堇揮下的那條，在男人的屁股上一條美麗紅色帶染過的痕跡，滲出了血，慢慢的流進了臀溝，滴落。

夏堇走至藤條檯，「不好意思，斷了。」

織田鼓掌，「不愧是夏堇。」

織田走到卡卡背後。「你不愧是夏堇的人。」

我睜開眼睛時，天色已暗。我醒在夏董的辦公室，光著屁股側躺在沙發上。里奈因爲我翻動的驚痛聲走進來。我無法同時顧前顧後又遮著下體又遮屁股，手一觸碰到傷口，便**唉痛**得不能自己。

「夏董已經離開公司了。他要我留下來，等你醒來。」

我只記得織田後來在我背後說了一句，我就昏厥過去，沒有任何記憶。里奈說夏董扛著我，到他的辦公室，爲我的屁股做了些處理。屁股與褲子布料接觸的部位現在還是感覺火在燒，雙腳踩進褲子仍然相當不適，可我無法沒穿褲子回家。忍著痛，將褲子拉上臀部。光是穿上褲子、繫上皮帶，便要了我半條命。

跛著古怪姿勢走進門，阿貞想當然一下就注意到了。說是部門公開 SPANKING，阿貞不相信這回事。「把褲子給我脫下來。」我站在玄關處，解開皮帶。轉身彎腰，我從來沒想過會用這樣的姿勢把屁股撅起在女友面前。

沉默了許久，阿貞忽然大吼：「你帶著貞操帶，竟然還可以去找人玩ＳＭ。阿守你眞的太過分了！」

我一轉頭，臉上便被賞了個巴。「以後你在玄關處就把衣褲給我脫了！每天回來，我都要檢查你的身體。你太不值得信任了。」

我抱著衣褲，忍著疼痛，躡手躡腳的將衣褲抱去洗衣籃。走回客廳，便看見阿貞翹著腳。「跪下。舔我的腳。你想要女王，我就做個女王給你！」

原本因爲屁股疼痛，想要推掉阿超之前提議的出遊。但阿貞不許我獨自留在家裏。勉強外出，穿牛仔褲簡直是要了我的命。沒內褲可穿，等於讓傷口在粗糙的牛仔布上折磨。乘坐交通工具也是，我只能站不能坐。站在阿貞旁邊，便被阿超調侃：「阿貞你愈來愈有架式囉。阿守被你訓練得連坐都不敢坐。」阿貞勉強的笑著。

阿超一手打在我屁股上時，我大聲的哀叫出來。「阿守，你也太誇張了吧！」

進入房間以後，我根本不想要去外面逛。阿超一進房間就跟小戴在一張雙人床上纏綿，完全就跟他說的計畫一般。我想要跟阿貞做身體上的親密接觸，阿貞百般不願意。當我壓倒阿貞在另張雙人床上，阿貞口唸著：「不要、不要、不、要！」

我知道女人說不要就是要。我在她上方，鑽進她雙腿之間，不斷親吻阿貞。

阿超將小戴的黑色小丁褪去，還用手轉了幾圈示威。他們在床上翻滾幾圈，已經赤條條。男人無法被激，阿超逼得我加快腳步，脫光阿貞。當我自己光著身體，在阿貞上方，她的雙手往我臀上放，痛得我停下所有動作。忽然我感覺她的臉頰有淚水。

「阿守，停下來。停。」阿貞的聲音哽咽著。我沒有停，依照習慣不能停。

當阿貞不斷哭泣時，我突然被一股力量丟到床下地板。屁股一坐到地板，便讓我痛得不能自己。阿超不知從哪變出了手銬，將我雙手靠在電視機旁的兩根鋼管上。我揮著受困的雙手，來不及疑惑爲什麼會有手銬，光屁股的阿超已經向阿貞走去。

我心裏有不好的預感，便大叫著：「把我的手銬解開！把我的手銬解開！」

小戴挪到了阿貞的床上，抱緊哭泣的她。

「阿超！阿超！」我狂叫著阿超，他總算停下腳步。

他晃著鳥走到我面前，他的老二在我眼前。「全部聽我的安排。」

他高高的看著我。我一抬頭，他一拳便幹了過來，打得我眼冒金星。他踩上我的肩膀，「你爲什麼一直學不乖呢？一直要讓阿貞傷心！」阿超踹得愈兇，阿貞哭得愈烈。

我望向阿貞時，與小戴兩眼相對。她見著她男友猛烈的踹著我，也看見我雙腿間掛著的cb。小戴不斷撫摸著哭泣的阿貞，阿超作勢裝模做樣的踹也太過於真實，一直到我求饒，才轉身回到雙人床，回到兩個女人身邊。他伸手拍著阿貞。

小戴吻著阿貞的眼淚，親著親著變成了女女相擁。阿超不是在安撫阿貞，他的雙手是上下在這兩個女人之間。阿貞停止哭泣時，她已經在兩具肉體之間。我再多喊，阿超便衝到我面前，又是一拳，他把阿貞的內褲塞在我的嘴裏。「你太吵了！」

靠在我耳邊：不是都說聽我的，你不要再鬧了。

嘴裏的味道，眼角的鹹溼，隨著阿超回到床上，更明顯。我不是瞎了眼，床上的三人是群戰。爲什麼小戴會願意順從阿超？她是被蒙蔽了嗎？阿超的老二都**槓**起來了，爲什麼還不趕快將你的姊妹拉開！

「阿貞！阿貞！阿貞！」我不斷想從嘴巴發出聲音叫醒阿貞。

沒有用、沒有用！我的老二戴上 cb 後，我的頭被迫戴上綠帽。

醒來以後，阿貞還在睡。我緩緩的走進浴室，刷牙洗臉，不敢回憶假日發生的事情，行屍走肉。但進去如戰場般的公司時，不能恍神，胯下和屁股的疼痛把我拉回現實。這樣的日子，我不曉得還能撐多久。拉開放領帶的抽屜。一格一格原本放著我跟阿貞內褲的空間，現在只剩下她的。我拾了件在鼻前吸氣，洗衣精的味道，cb 裏頭的老二隱隱騷動，腦裏閃過夏董開玩笑的話：「沒內褲穿，就穿你姼ㄚ的！」回過神來，我已經將阿貞的內褲穿在身上。穿上褲子，襠部空間擁擠，但多少有撐托力，好像減緩了些陰吊疼痛。

走進辦公室時，空調已經打開，原本以爲我這麼早到會沒什麼人，但似乎同事們已經到了一半。一些人吃著早餐，一些人準備著今日行事。早會分秒不差的舉行，又是一次織田訓話。小陳帶我出去時，如上週在門口接受織田檢查。他伸手調著我的領帶。「阿守，眞難得，我竟然覺得你及格可以出去。」他說完，抽問了關於公司產品項目細節。我如背書般的流利回答，不只組長小陳，連織田也訝異不已。「哎呀！連想刁難你，都沒辦法。」織田揮著手。「出去吧！」

我跟著小陳跨出自動門，織田突然在背後唸著：「阿守，這週公開(こうかい)スパンキング還會看到你嗎？我要不要去預約一下夏董！」

「不會。這週我絕對不會站在要被打的隊伍裏頭，你不用去預約夏董的時間。」

織田站得筆直、指著我：「很好！就是這個氣勢！」

小陳訝異著我的士別三日。「出得了織田的把關，能不能作成生意就是個人特質了。」一整個早上，他帶著我快速的拜訪幾位要交給我的通路窗口，能否守成而闢路，就各憑本事。抵達今日最後一家客戶時，對方正進行延長會議，我坐在會客室等著，一路等到晚間八點，跟對方一塊吃了頓晚餐才回家。

一進門，便看到了阿超。

「你怎麼在這！」我壓抑著憤怒。他再多說一句，我便上前去揍他。

「火氣別這麼大嘛！是卵胞碁芭火？」他笑得詭譎。

我抓著他襯衫領子，拳頭正準備下去，卻被他的右掌給包住。「你看茲是啥？（你瞧這是什麼？）」阿超左手拎著晃著小鑰匙。

「你提着丫！緊與我（你拿到了。快給我！）」

「阿守！」聽到阿貞說話，我看了一眼。「你沒忘記吧！我要你每天回家就在玄關把衣褲給脫了！」

我看了看阿超。

「趕快脫吧！又不是沒看過。」阿超說。

我放下公事包，將西裝還有襯衫脫去。解開皮帶跟拉鍊，忘記阿貞的內褲還穿在我身上。

阿超大笑，笑得似肺都快出來，「阿守你眞變態，穿起了女用內褲！」

阿貞變臉速度無法揣測。

「我需要穿內褲好托住 cb……如果不是阿貞……」還沒講完理由，便被他阻止。「等等。我覺得你叫阿貞太親暱了，完全不符合你們現在的關係。」

「我不叫她阿貞要叫啥？」

阿超拍著我的臉頰：「你不知道喔！」

我低語：「你不要太過分！」

「這樣會過分啊！我現在是在幫『阿貞』教她的『奴隸』。」他手指伸進我身上的內褲邊，拉彈。

他低語：「你要是不按照我說的，你一輩子都拿不到鑰匙！」

他看看阿貞再對我說：「看這麼多A片還不曉得怎麼叫？」

我沉默，他的手拍得愈急促。「別跟我講你沒看過《蒼子與衆男奴》，裏頭男奴叫她什麼！」

呼吸不定的我低語：「女、王。」

「會嘛！」阿超跑到阿貞旁邊，雙手撫著她的肩膀，推到玄關。「阿貞啊！你想當女王，你面對奴隸要有氣勢！不然他完全不會把你放在眼裏，你要是不爬到他頭上，外面的女王永遠比較勁辣！他不會回頭的。」

「阿超！你！」

我雙手握拳時，阿超蹭到阿貞背後。「我覺得你叫我，怎麼一直都好像在部隊裏頭叫菜鳥。

我不喜歡。退伍以後，我可不是你使喚的學弟，你搞清楚狀況。不要再擺學長的架子，都過去了！」他摸摸下巴，「以後你叫我超哥！我不想再聽到你叫我阿超了。聽到了沒？」

我不回答，他的手便要摑過來，我手揮掉。

「聽到了。」心不甘情不願的說。

「知道了，還不會叫一聲來聽聽。」

「超哥。」

「這樣才對嘛。有哪個男人沒事會戴貞操帶呢？當然就是自甘墮落，喜歡被虐待嘛。」他拍拍阿貞的肩膀。

「你要聽阿貞女王的命令。如果阿貞跟我說你反抗她，我就立刻把鑰匙給銷毀。」阿超在離開前對阿貞、對我說。我不曉得他到底是不是在阿貞面前演戲。外人走後，阿貞跟我重新分配了家務，理所當然全都落在我身上，而且抗議無效。原以為阿超拿到鑰匙，就可以不用再理會阿貞，可是最近阿超的態度迥然不同，讓人不安。在還沒把鑰匙握在手上，解下cb以前，只好唯命是從。

洗完澡擦乾身體出來，阿貞要我上床，以為可以不用再睡客廳，但她要我埋首她雙腿間，用舌頭給她的匕貝馬殺雞。我不能讓腦袋受到刺激，免得下半身痛苦，閉上眼睛想像自己是人型自慰器，無意識的動著舌頭、嘴唇。了解她身體反應的我，在她雙腿一夾，雙手向上一伸緊抓枕頭時，便知道她要高潮了。她發著似哭似呻似泣似吟的聲音。

我悶著頭問：「你爲什麼要把鑰匙給阿超？」

她雙手抓著我的頭髮，壓著我的頭。「叫我女王。」

她聽我不回答，用力抓著我的頭髮。

「女王。」我哀著說著。

「他怕我會心軟。」她有些哽咽，抽腿要我下床，她要睡了。

早起，買了早餐，放在桌上後出門。早到，備好今日行程的文件。早會，聽了織田往常的訓話。通過織田的門口檢查後，先去小解。現在的我已經習慣走進便間，坐著小便。沒什麼了不起，無關尊嚴。只是拉下褲子，看見阿貞的內褲，至少感覺彼此還有種聯繫。雙腿彎曲時，我會想起夏堇的吩咐，連夏堇那樣的主人都可以坐在馬桶上尿尿，身爲奴隸的我怎麼做不到呢？就像夏堇站在我面前，盯著我是否有坐著小便。解畢，抽了衛生紙，擦淨 cb 尿口。然後穿上內褲、外褲，回到一個西裝筆挺的業務身分，大步邁出公司，朝客戶前進。烈日之下，揮汗如雨，沒想到自己也有認眞辛勤工作的一天。

多跑了幾家客戶，下班也已深夜，手機裏頭多了則未接來電。阿超傳來某飯店某房間門號。我當然知道這個默契，只是最近阿超那麼反常，我沒辦法分辨。

打了電話給阿超，暫且相信他是故意在阿貞面前演戲的。

「阿超，鎖匙與我。」電話中我劈頭直搗。

「等會見。」

剛敲門，阿超就圍著浴巾前來開門。「你動作很慢耶，我都一輪了。你才來。」

我踏進以後，躺在床上的小妹對我笑得曖昧。不疑有他，便對阿超伸手，「鑰匙！」

他鬆著我的領帶，推著我的肩膀。「先進去洗乾淨。出來再說。」

脫光自己，只剩下 cb，轉開水龍頭，冰涼的水打下，我知道等會就可以解開胯下萬惡的 cb，心裏不免有些喜悅，跟一點點的疑惑。擦完身體以後，圍著浴巾，步出浴室，毫無撐托力的 cb 正受地心吸引，努力向下拉著我的整副卵胞。阿超正跟小妹床上又親又滾。

我站在床邊，對阿超使眼色：鑰匙。

「你怎麼還圍著浴巾？還不趕快上床。」

「鑰匙拿來，我才能夠……那個啊！」

「哪個啊？」他正坐，勾著小妹的肩膀，「阿守快點把浴巾脫掉。她想看男性貞操帶長什麼樣子！」

聽到阿超這一說，我的火就來了。

「快脫啊！」

「超哥，你是不是在開玩笑啊？他看起來這麼大男人，怎麼可能戴什麼貞操帶之類的。」她一笑，我更不知道該如何是好。

「你不聽話就對了。」阿超跳下床，在他的包包翻啊翻的，握著東西，開了窗，跟當兵投手榴彈一樣，把手上握著的往外面用力一丟。「鑰匙沒了！」

「你！」我的汗從頭頂流過眼眶，往脖子往 cb 流去。

「我超哥最討厭不聽話的小弟。」

我心寒了。鑰匙丟在外面，我現在應該要去做地毯搜索，可是怎麼可能找得到！我正抱著衣物往外走，阿超叫住我：「剛剛丟的是備份鑰匙。你以後要是敢對我遲疑，我就會把鑰匙丟了。」

我不理他，伸手去握門把。

「你不相信是嗎？你就一輩子戴著貞操帶吧！」

一陣冷風上下吹過脊椎。

「轉過來。給我過來！」我孬了。我竟然照著阿超的話做。手伸回來，然後轉身。向他走去。

以前在部隊裏頭，阿超剛到部菜味濃厚，被我跟同梯訓整的記憶都回來了。他差我將近二十梯，差一梯退一步，都距離好幾公尺。他那梯除了體能外，諸多被我們這些老鳥看不慣的地方，每天晚點名完後，都被留下來銜接教育，唱歌答數再操體能，內衣濕透，地上汗灘都是常有的事。聽說阿超老二很大，洗澡時，我要他搓硬來看看。果然是很大，可能是全連最大，我拉著他到處比大小，我稱他是全連第一大屌王。

抽菸的阿超雖然很快跟我們混熟，但梯數有差，還是差很多，連上大小公差，這些菜鳥當然是跑不掉，菜鳥就是要認命，誰叫你滿身菜味。菸霧飄飄閒聊打屁，聽他說放假外出打炮的英勇，便拗他帶路，我第一次找小姐都靠他。

「東西放地上，把浴巾解開。」我伸著手解開，浴巾一掉在地上，小妹就傳出驚呼。「面向她，把腿張開，好好讓她看一下你胯下的貞操帶！」

小妹不斷的驚呼。「可以摸嗎？」

我還來不及回答。阿超已經回答：「當然可以。不過不要摸太久，他會勃起。不對，戴貞操帶應該沒辦法勃起。」她的手摸著我老二在ｃｂ裏頭痛苦呻吟。屌環觸擊身體受傷部位，痛得我唉唉嘖嘖。「原來戴著貞操帶，勃起會變這樣啊！」阿超跟著伸手握著。

「超哥，拜託。」我縮著身體，用手撥開他們雙手。

他勾著她：「想不想跟一個不能用屌的男人上床呢？」

他比著老二：「這張床上有我這根大屌就夠了！」

一踏進玄關，阿貞便站在我面前。

「我聽阿超說你去跟他要鑰匙！」她雙手叉腰，「你發什麼呆，還不趕快把衣服脫光！」

在我一件一件脫去時，阿貞手裏持著馬鞭打下來。

「還好阿超早就不是你的狐群狗黨。要不然就給你拿到鑰匙了！」馬鞭是什麼時候買的？打在大腿上超痛的。

我邊跳邊說：「你聽我解釋。」

她不聽。

吩咐了今晚該做的事情。原本可以用拖把拖地的，現在她要我跪著擦，天將降大任於斯人也，必先苦其心志，勞其筋骨……我只好翹著屁股，跪在地板上清潔，一度有放棄一切的衝動。

放棄委屈求全，不再企圖挽回。

我眞的有那麼愛她嗎？我問我自己。

cb閃著汗水光芒，好痛，它把我的卵胞拉長了，割割掉算了，一切根本是在受苦，地獄裏煎熬。

兩種不同的辛苦，輪流折磨著我的身心。出貨單一張張下訂，各個百貨公司一一設點，隨著新櫃點陸陸續續的簽下，舊櫃點業績每月上升，我開始相信我有些天分。下午三點，踏進辦公室，小藍便跑來找我。一看到他就覺得不妙，該不會又是織田要找我麻煩。

「阿守，有件事情想請你幫忙。織田從今天下午開始休假，一直到週四下午才會進公司，有份文得簽過。織田上去就是要直接找夏董。」

「那就直接去找他啊！」

「他的秘書擋住了。他的秘書超兇的，根本不讓我進去。」小藍求我幫這個忙時，業績直接受影響的那組也圍了過來請我務必幫忙。他們都聽聞夏董爲了我延後會議時間的事情，被說得非常不好意思。

夏董上次願意見我，耽誤正事，不代表這次也會。我承受著許多人的委託，只摸摸鼻子上去找夏董。

捍成在樓梯口悄悄拉住我，要我別去。「幫人等於害自己。如果因此被公開SPANKING也沒關係嗎？你不要害我跟小陳。」

「你有這麼害怕嗎？」不顧捍成的咒罵和恐嚇，搭電梯上樓。

如小藍被擋，我也被里奈擋在外頭。里奈翻著夏董本日行程，「夏董今天的時間是滿的。

我不能讓你插隊。你上次讓會議延後，造成了很多困擾。夏董現在有客人，可不是跟公司內部開會。你如果要進去，我一定會阻止你打擾他們的。」

「我可以在下班之前來找夏董吧！」我說完，也沒讓里奈多開口，便去按電梯下樓。

「你們怎麼可以這麼奸詐的，跨越層級，直接跳過織田，找夏董簽單！眞是太卑鄙了！」我從電梯口走出，便聽到裏頭愈來愈多的同事聲音。「織田今天開始的休假也是臨時的，不能依平日！」「你們自己沒有把風險給估進去！那是你們的問題。但用這種方式，想逃避公開SPANKING，太無恥了。」

我一走進去，拜託我的小藍跟那組同事紛紛圍了過來。「如何？」我搖搖頭。「完蛋了！」站在外圈的人拍著額頭說著。緊張的組長坐在位子上拚命的敲著計算機，好算出少了這份單的業績，要補多少回來。「阿守，完全沒辦法嗎？」小陳拍著我的肩膀。「今天夏董的行程是滿的，唯一可能就是在下班前去等。」小陳請我務必幫這個忙。本組的小陳跟捍成兩人一個要我幫忙，一個要我別幫。王組長那組拚命拜託以爲我是汪洋中的救命浮木，而一些業績危急的傢伙死命皺臉勸退我、分析他我目前排行、叱責我這週跟他們一塊被打吧！

「你們不要圍在我座位這，讓我想一想！」他們散回座位卻不時窺視我的舉動。上廁所，我躲進大便間**坐尿**，聽得到竊竊私語。去抽菸，我搭電梯上頂樓，他們也偷偷尾隨。來倒水，我走進茶水間，所有動靜他們無一不注意。

我在下班前半小時便離開座位，上樓。里奈一見到我，臉變超臭。夏董開了門，親自送著客戶到電梯口。里奈站在我身邊。

「你很不體貼老闆喔。他已經開了一天的會。」

「謝謝你的提醒。」

夏董拍著我的肩膀，「阿守，怎麼了？」

夏董帶著我走進辦公室。他坐在辦公桌前，看著我，「坐啊！」

我趕緊將正事辦妥，在夏董桌上攤開卷宗。「織田先生休假，所以這份文得直接請夏董你簽。」我緊張得按著腦袋裏的草稿說完。夏董看了一遍後，拿起他的鋼筆一簽便合上。

「織田也許已經有動作，我可能得提早推你上火線了。我還以爲你有什麼大事要找我呢！」

我一拿到卷宗，便想趕緊離開。碰的一聲，我的胯下撞過了夏董辦公桌尖銳的桌角。我痛得倒在地上，握著胯下。

「阿守！你還好嗎？」夏董急忙的蹲在我身邊。「急什麼啊！這個年紀了還毛毛躁躁的，像個小朋友。要不要緊？」

夏董將我扶到沙發上。「把褲子脫下來。」夏董見我沒任何動作，便自己伸手解我的皮帶，我忍著胯下疼痛擋著夏董的雙手。

「手放開！」我顫抖著雙手。

「不然就自己脫。阿守！從我這邊離開以後，cb是不是沒有拿下來過？」夏董說中了事實。我拉下拉鍊。「你眞聽話，穿起你姼丫的內褲。」

夏董這時候說什麼，我都聽不進去，只覺得雙腿間的疼痛散佈到了全身。紅著臉，閉上眼睛，不敢看夏董一眼，拉下內褲。

夏董伸了手，翻著我的 cb，「阿守，不要再戴 cb了！聽我的話，拆掉！」

「夏董，你可以把 cb拿下來？拆下後，可以再戴回去嗎？」如果能拿下來休息一下就好。每天進門就得脫光，我實在無法想像阿貞看到 cb 已經不見的表情。

「不行。我是用破壞掉的方式。」

「那我不能讓你這麼做。」

「阿守，爲什麼？」

「阿貞對我的信任，只剩下卵鳥上的 cb 了。我做了太多讓她不信任的事情了。我不想破壞掉……」講著講著……我已哽咽。夏董手一勾，讓我倒在他懷裏。這些日子以來，我百般忍耐著，這一撞，似乎把我撞出了個大洞，眼淚從大洞裏潰堤。和阿貞在一起不知道是愛還是習慣了。

「阿守，一個男人哭的時候就用力哭，哭完就要好好振作！」

夏董在我哭泣的時候，說了好多我聽不進去的話。我知道日子要過下去，可是通往我想要的未來的那扇門會開嗎？有那扇門嗎？會有一天，我掙脫一切束縛，朝向我不知道的未來嗎？

在夏董懷裏，卡卡像個男孩般慟哭。

回到家，開了門，認分的脫光自己，開始處理家務。今晚的阿貞像個女王般的在家行走，看到不滿意的便大呼小叫。看著她女王氣燄，我已經記不起當初阿超介紹阿貞給我認識時，那個害羞的阿貞。是近朱者赤嗎？我想不通阿超爲什麼會這樣對我，眞是誤交損友。想當初還不是我罩他，不然在部隊裏頭他被盯得多慘，現在根本是恩將仇報。

洗完澡，踏出浴室，便見著阿貞躺在床上自慰。我要上床，卻被她踢下。「不准上床。」

我站在床邊，看著以前在我身下愉悅的女人獨自爽快。她曲張著雙腿，手指在毛毛的七貝穿梭。看著女陰，我忽然想起了潔淨光滑蘇曼的私處。

「你給我出去！」她在爽快中對我吼叫著：「你給我用爬的！」

睡在客廳地板上，臥房裏傳來按摩棒蠕動的機器聲音，阿貞在床上翻滾呻吟。胯下不可以有反應，不可以，已經很痛很苦了，不要再增加負荷。我摀住耳朵，希望不要聽到阿貞的半點聲音。我想著傍晚在夏董懷裏，回想他跟我說的話。努力的集中自己的注意力，然後進入夢鄉。

今天是週五，我進入這個部門以後的第二次公開SPANKING，出門的時候，我沒有穿阿貞的內褲，倒不是怕在會議室眾人面前脫褲，而是已經隱隱察覺跟阿貞之間好像有什麼斷了。超市裏隨便買了件便宜三角褲，被丟掉也不可惜。在捷運廁所裏穿上，從出門開始，我便相當的冷靜，有一次經驗以後，也就沒什麼好怕的，再糟不過如此；更何況第二次公開SPANKING應該不會落入後段班最後四分之一，我對自己還有點自信。

辦公室裏只剩中央空調聲，異常的安靜，大家表現緊張的方式皆不相同。時間一到，每個人魚貫進入會議室。剪了頭髮的織田按著小藍整理出的業績報表，依序指示進入的每一位站到排定的位子。那些站在織田正對面的，莫不如世界末日，愁雲慘佈。

「阿守！」織田叫了我，瞬間掃瞄全身。

「讓我看看你這週該站到哪……哇喔。」織田驚訝出聲。「後段班……前二分之一。」

我正準備挪動腳步。

「待って（等等），後面備註，這是怎麼回事？」織田看著小藍。

什麼備註？

小藍緊張著說：「你休假的當天下午有張單，是阿守跑去找夏董簽的，所以必須加註績效。」

「什麼績效。只不過送張單去找夏董，這樣也能加績效。不行。」織田從口袋裏掏出筆來。

「讓我來算算，扣掉以後，阿守你要站到哪裏去。」

織田嘖嘖了幾聲。「阿守，幹得好喔！扣掉以後，還在後段班前二分之一。」我向織田點點頭，便往右邊站去。「不愧是夏董的人，繼續保持。」

小陳在我對面的前段班比著手勢。等著看吧，我會站到對面去的。

捍成在我旁邊拍了屁股，「你沒害到我。但下次不准你幹這種事。你自己算算還有幾個人就變成最後幾名。」

大家都站在自己該站的位置後，織田依序喊著要被公開SPANKING的人到場中央小桌，脫褲抱桌。織田在藤條檯上挑選、揮藤。這次站在旁邊，織田的每一個動作看得更清楚。

被打的人挨著藤條，扭曲著臉，原來這就是上禮拜我的表情，真是慘不忍睹。場上的人哀叫，如果沒被打過，根本無法想像織田力道是如此的大，聲音淒厲得讓人寒毛顫慄。我不禁雙手握拳，絕對絕對不要再站到圓圈中心了。屁股冒著汗，浸溼了新的內褲，還沒好的痕跡隱隱作痛，而其中一半來自夏董的一下二迴旋的部位反而好得快許多，我只剩半邊屁股的傷。

在眾人面前受藤的那傢伙抖著雙腿，一副快尿失禁，夾著大腿顫抖著無法站直大腿，而後就看見小便潺潺。「下一個。」由還沒受藤者攙扶到旁邊，清理過失禁現場後，換下一個受藤。一個處理完換下一個。即便是女性業務，依然逃不過脫褲打臀。

坐在便間小便，看完一場公開SPANKING，關在暫時的私人空間喘口氣。織田揮動藤條的嚴肅表情，真的讓人頓時不敢呼吸。他的認真讓周圍的人著迷，那些站在前段班的同事，每一個都深深迷戀著眼前的男性般，願意死忠跟隨。男人的忠心服從莫過於此。如果不是先認識夏董，我也會對織田著迷，想到這，我醒了。抽了衛生紙，將cb尿道口擦乾淨。現在cb一挪就痛，我皺眉將內褲穿上，調整好位置，再穿上西裝褲。

一推開門，便撞見織田彎著腰在洗手檯將手泡在水裏。織田看了我一眼。「願意坐著尿尿，你應該是下了決心，捨棄掉無謂的尊嚴。」

我站在織田旁邊，擠了洗手乳，安靜著洗著手。

「不要臉才能天下無敵！男人有時候不需要堅持無謂的尊嚴。」

我沒說話，便準備離開。

「阿守，陪我去抽根菸吧。」

一上頂樓，天空炙熱。拱手爲織田點火，我們站在圍牆邊抽菸。我沒有說話，只看著天空，找著曾經同樣場景的那朵雲，而那朵貞操帶般的雲早不知道消散到哪了。

「阿守，看不出來你還滿有兩下子的。下週你還可以站在安全地帶嗎？」

「我只要能出去跑客戶，就不會有問題。」

織田笑著拍著我的肩膀。

「眞有自信。我喜歡。」織田捶著我的胸部。「這樣就對了！頑張れ！（加油！）」

織田的手故意拍著我的屁股。

我抓住織田的手，「你要小心，不要哪天被我幹掉。」

織田順著我抓的方向，傾身靠在我身上耳邊，「我眞期待那天。」織田霸王式的仰天長笑。

胯下是顆炸彈，持續升溫，開始倒數。在地板上醒來，雙腿是汗，將滿地汗水擦淨以後，開始跪著擦完全部地板。將滿溢的洗衣籃倒去洗衣機裏頭，挑出她的內衣褲，等會用手洗。我小心翼翼的將昨日自己買的男性內褲晾在角落，現在衣物都是我在收，只要不被看到就好。一走進屋內，便被迎面而來的阿貞嚇到。「早餐呢？」

「我正要去準備。」「你偷懶嗎？」

「我剛剛在晾衣服。」我指著外頭高掛的衣物。

「你敢頂嘴！」她要揮手，我便抓住了她的手腕。

「你愈來愈大膽了！」

我放下她的手，默默的煎起蛋。她離開時，我望著她性感的背影，但沒有半點慾念。老二在 cb 殼裏安然無恙，連我自己都訝異。是關了太久，喪失勃起能力嗎？準備好了早餐在桌上，阿貞坐在餐桌前，正拿起叉子，便瞪著站在一旁的我。

「你站那幹嘛？」我轉往廚房。

「誰叫你去廚房了！你不會跪在旁邊嗎？」阿貞不爽的說著。膝下黃金不是說跪就跪，她等不到我出聲、出身。叉子丟在盤子上響亮得鏗鏘。「你煮的真難吃。拿下去！拿下去！餵豬，豬都不吃的東西，你敢端上來！」

我默默的走了出去，收了倒在廚餘回收。

「我出去幫你買。」任憑阿貞叫囂，我也不回頭。走了一段路，雙腿出汗，cb 拖拉延伸痛苦指數。路上不時用手扶老二，一些路人以怪異的眼光看著我，我也管不著。挑了阿貞愛的那家滷味，希望會討她歡喜。在等老闆找錢的時候，我的眼角餘光瞥見與蘇曼相似的背影。我錯愕，我追逐，我惆悵。在德國的蘇曼好嗎？有想起我嗎？怎麼一點消息也沒有。一想起蘇曼在機場對我說的話，我就覺得抱歉。我竟然沒做到。

阿貞對於滷味並不領情。看著她邊吃邊嫌吃了會胖，讓我皺著眉，以前她會拋下減肥念頭，也要好好的跟我吃上一頓，乾著啤酒。過去的日子眞的已經遠走了嗎？在我發呆之際，她把我雙手銬在背後。

「你幹嘛銬住我啊！」家裏什麼時候多了手銬這種東西！

她的巴掌呼了摑了來。「你不曉得吃這種東西很容易胖嗎？你自己有肚子就算了，還想害我！」

「對不起。」「對不起就有用嗎？」她抓著我的頭往她下體靠。我的眼我的鼻我的嘴靠緊女陰。氣味、費洛蒙騷動著現場每根神經每吋空氣。

「舔！你這個賤貨！你不是愛舔鮑！」我正要回嘴，她抓緊我頭髮，壓制我在她胯下。「你是被夏董訓練成只會舔老二了是嗎？」

我嗚嗚的反駁才不是。她抓得我痛極了。我伸出舌頭，隔著內褲舔著，她才鬆手。舔著舔著，腦部的所有細胞，竟然想起夏董用力抓著我頭髮的力道，比剛剛阿貞的還要兇悍。

舔到內褲都沾滿我的口水之後，她脫下往我頭上一戴，又將我的頭往她下面貼緊，完全將我當成了人型舔陰器。她拖著我的頭，要我跪著跟她到沙發。她躺在沙發上，**大赤赤**的張開雙腿，要我舔得更深入。她抓著我的頭，往裏頭塞，我只能順著她。她用力叫出聲時，門鈴響了。

我反射性停下動作。

「幹嘛停。」她呻吟中唸著。

「不去開門嗎？」我才說出口，我便聽到門鎖轉動的聲音。

「呦呦呦，你們已經先玩起來了！」阿超出現在我家客廳，他什麼時候有家裏的鑰匙的？

「繼續繼續！眞是太精彩的畫面了！」阿超鼓起掌，我竟有些害羞、不知所措。他走到沙發後面，彎著腰，順著阿貞身體摸著。「有爽嗎？阿守的舌頭還可以嗎？」

「馬馬虎虎。他舔太多夏董的老二了，剛剛還拒絕服務！」阿超一聽，便衝到我面前，抓著我的頭髮。「喜歡舔老二是嗎？我不是說過你想要男人老二，幹嘛去找別人呢，兄弟我卵鳥很大，你不是知道的！你忘了當初你握著我的老二跟整間浴室的人比大小！我的老二捅進你嘴裏，可以塞爆你！」他邊說邊拉下拉鍊，一副要把老二掏出來。我別過頭，他又抓緊我的嘴巴，要我張開嘴。阿超抓人嘴巴的功力還未夠班，夏董比他厲害多了。

一股尿臊味飄出，阿超脫了褲子，用他的老二甩著我的臉頰，「幹嘛害羞？夏董的老二都舔了，還害羞，不敢舔我的！嗯？」

我愈躲，阿超便愈超過。

他踢倒我。「我知道了，你一定是放不下男人的尊嚴。我帶了套衣服來，一定可以幫助你。」

阿超脫下了褲子，光著屁股掏著他的背包。

「你看！女僕裝！超適合你的！」

他走到我面前。「想穿吧！阿貞的內衣褲都穿了，你這個變態！」

「還不快說，你想要穿！還不快說！」他踹著，我企圖站立，但卻只能在地上像蛆般蠕動。

「阿貞，你看到了吧？阿守是個沒用的男人！他戴了貞操帶以後，就廢了。」阿超拉起她的手，「你當初應該選擇我的！」

阿超將女僕裝甩在我身上，他蹲在我旁邊。「你敢跟我搶女人！你以爲你是萬人迷啊！所有女人看到你，都會喜歡你，想要跟你來一炮。」他拍打我的臉頰。「你想的美。」

他站起，踩在我的臉上。

「這屋子裏只需要一個男人！只需要一根老二！」他光著屁股走向阿貞。「阿貞，你後悔跟了阿守吧！別理他了，穿著貞操帶根本不算個男人。」

沙發上的阿貞，只是看著阿超脫光衣服走向她，沒有躲避或者害羞，等著阿超的老二接近。阿超一坐下，阿貞便跨到他身上，往他勃起的老二一坐，如騎馬般，騎著阿超。我睜大雙眼，無法接受這個畫面。她呻吟大叫，彷彿那男人比我好，比我會幹。

「阿守，聽說你已經讓夏菫開屁股，現在沒有老二在你屁股裏面，你就癢得受不了！」

「你！」我紅了眼睛瞪他。我不知道他爲什麼要一直扯夏菫。

「快翹高屁股，求我幹你。等我幹完阿貞，要是你求得讓我爽，我也不吝嗇讓你爽一下！」

他說著，而我看著阿貞，眼淚無法克制的狂流。

不行了，無法挽回我跟阿貞了。再怎麼努力都不行了。

阿貞高潮了，緊抓著阿超的雙手，我知道她高潮了。

「阿守啊！你眞是太無能了！無能到不足以作爲一個男人啊！」

我哭，我痛苦的哭。胯下的痛苦伴隨著心的傷疼，就要無法呼吸。

阿超放下阿貞，勃起的老二走向我。「我來幹幹你！讓你名符其實的不是個男人。」

忽然之間，我揮了拳頭，揮向阿超的臉。我扯壞了手銬，揮了數拳。將他揮倒在地。

我高高的站著，低頭看他，「戴了貞操帶的男人，還是個男人！」我一蹲，一拳拳在他肚子上。他抱肚痛苦的唉著。

阿貞呼我巴掌，開始亂揮，「你這個賤人，你這個賤貨，你這個賤胚！你這個賤奴！」

失心瘋的阿貞不斷罵著你這個賤人、你這個賤奴。把我逼到角落，她呼了好多個巴掌後，我的心已**痛悼**，胯下也已被 cb 折磨得不行了。

疼痛至極，其話也眞。

「你又不是我的主人！」我推倒了阿貞。當我脫口而出這句話時，我的內心動搖，我的身體浸溼，我知道在我心裏已經承認了。

我穿好衣服離開。在大街上，不斷的想著剛剛吼出的這句話：你又不是我的主人。

那誰又是我的主人！

第二部

跪在夏董面前的我，全身赤裸、光著屁股，雙腳呈六十度打開。原本在我老二上的cb，已經被夏董破壞拿下。夏董僅圍著黑色浴巾站在我面前。我抬頭挺胸雙手後背等待夏董命令。

「你女友忘了貞操調教很重要的事情。收、放。要你戴，也要讓你發洩，這才是貞操帶調教的奧義。」夏董從王座走向我。「你有決心成爲貞操奴了嗎？阿守，你是認眞的嗎？」

「是的。主人。」跪在這兒總比白晝時間好。漫無目的在大街上走著，抽了好多的菸，企圖讓自己冷靜，可是沒有用。腦袋裏一直是下意識喊出的那句「你又不是我的主人！」；而我問自己誰是我的主人，我的主人不是自己嗎？我竟渴望被人控制，被一個打從心底服從他的男人控制。閉上眼睛睜開眼睛，我想的全都是夏董。

我怎麼了？我竟然想回到夏董身邊，我好想回到夏董身邊當個奴隸。

「你渴望被控制。你其實覺得控制你的應該是個男人！在男性掌握的社會，服從另個男性才是王道！」夏董的話讓我從海底輪震撼至全身——我是如此渴望被馴服。我終於下定決心，要成爲主人的奴隸。

夏董掐著我的臉頰，將我的嘴擠成章魚嘴。「你把現在說的話牢牢記住。要當奴隸不是這麼簡單的。從今天開始，你只要對我的命令有一絲的猶豫，你就會喪失奴隸的資格。」

「是。主人！」我挺著胸精神抖擻的說。

夏董解下了黑色浴巾，雖然不是第一次看到夏董的裸體，但我一時意識不過來夏董的意思。「嘴巴張開。」

當夏董拾屌往我嘴裏塞時，我十分訝異。但我不能猶豫，我不能反抗，不能才承諾過的事情，下一秒就反悔。主人要奴隸做什麼，做就對了，不要想太多。不可以懷疑主人的命令，縱然心裏認定吃男人的屌是女人的事，那現在吃男人屌的男人的我又算什麼？不！我不是什麼，我是主人的奴隸。

把夏董的老二想成好吃的棒棒糖，正準備使出渾身解數，讓夏董滿意。「又不是要你口交！」在我疑惑時，我的眼睛忽然睁大，感覺到口腔內的異狀，滾燙的熱液一下子灌進嘴裏，咕嚕咕嚕。夏董竟然往我嘴裏尿尿，把我當成了小便斗。出乎意料的阿摩尼亞味道，我一撇頭立刻嗆到，忍不住將口中的尿液往地毯上吐。

「不用嘴巴接著，尿液就不夠新鮮，一接觸空氣，含菌量便會上升。你等會再處理灑出來的，嘴巴回來。」夏董持著龜頭還有幾滴尿液的老二在我臉前。看著閃閃發光的液體，我的眼眶好像也閃爍著。顫抖的張開嘴巴，夏董老二便送進來。小便聲在口腔裏澎湃激昂。身體一有移動，夏董的手馬上就壓住我的肩膀警告：「一口一口吞下去。」

夏董講得理所當然，誰會讓人在自己嘴巴裏頭小便，可是主人的話……主人的話，就沒關係。不，是主人要怎樣都可以。我的眼睛有淚光，眼角裏有淚珠。男人一泡尿的時間怎麼這麼久？牙一咬還沒忍過，不時被嗆著，夏董一泡尿停頓數次。

「要是流出來，我會處罰你。」聽到夏董這麼說，我仰著頭，深怕主人珍貴的尿液就從嘴巴裏流出。夏董分段的將尿分批送進我嘴裏，「以後我不會再用尿斗小便。」

「你……的意思是……」夏董在我還沒說完便哼出了聲。「主人的意思是？」

夏董拍著我的臉頰，「從今天開始，你就是主人的小便斗，你要有自覺，要喝下主人的每泡尿。」我清楚的聽見了自己的呼吸和鼻息聲。夏董將他的老二抽出來，放在我的嘴角邊。「把餘尿舔乾淨。清理主人的龜頭。」

我的舌頭舔著，只能挪動自己的頭，以舌就屌。

夏董收回尿淨的老二後，光著屁股走到他的王位坐下，張著雙腿指示：「過來。」

正準備站起來，夏董拍著他的扶手，「爬過來！」

我像條狗般的四肢，磨著膝蓋爬到夏董雙腿間。

「上來！」夏董一拉，把我折在他大腿上。我的背貼著夏董大腿，雙腿貼在胸前。主人的手摸過我老二後，開始拍打奴隸的屁股。

紅了、熱了、燙了，火開始在燒，屁股發燒。「主人，卡卡好痛！」

「現在只是熱身，你要爲當日捨棄奴隸身分付出代價！」主人伸手，站在一旁雙手捧著拍板的里奈馬上遞上來。拍板一入手，卡卡的屁股便遭連擊，啪啪啪啪，妙不可言。卡卡雙腿一彈，立刻被主人壓制，在主人懷裏徹底丟掉男人自尊變成容易控制的小孩。持續被打著屁股，直到卡卡飆出眼淚放聲大哭。

「卡卡會聽話！卡卡再也不會拋棄奴隸身分，卡卡想要一輩子待在主人身邊！」滑落在主人雙腿之間，卡卡將頭埋進主人胯下慟哭，用力的哭。此時忘記男人模樣，只是個奴隸，在主人面前不需掩飾、故作堅強的奴隸。

一抬頭，主人只說了一個字「舔」，卡卡便知道主人的意思。

主人的老二微微充血，卡卡顫抖著嘴巴，往主人老二上靠。主人的老二剛剛都在自己嘴裏尿尿了，舔主人的老二已經不算什麼。隨著卡卡的舌頭舔舐，主人的老二堅硬勃起，嘴裏像含了根鐵柱。包皮退置，龜頭呈現著粉紅色，第一次看到這麼漂亮的老二，咦?卡卡在想什麼。

主人抽出了他的老二，將他的兩根手指伸進卡卡嘴巴，「用舌頭，很好。」

指導了卡卡的舌頭怎麼動以後，主人再把老二放進卡卡嘴裏。「很好，就是這樣。」

主人慵懶的靠在椅背上，「認眞點。」一說完，主人挪起屁股，便往上頂了幾下，老二頂到卡卡的懸壅垂，一陣噁心感在卡卡嘴裏變成催吐。主人手抓著卡卡的腦勺，不准卡卡動，自己緩緩進出。

「你眞是不會舔老二。」主人的老二還在卡卡嘴裏時，他這麼說著：「對你而言，舔別人老二應該不是難事吧。自己被舔怎樣比較爽，你應該相當清楚才對。」

卡卡向主人點頭。

「我會把你的嘴巴訓練到及格的！」

舔到嘴巴都酸了，才得到主人的稱讚。隨著主人呼吸聲平緩到急促，卡卡知道主人要射了，準備將主人老二從嘴裏退出，但主人抓緊卡卡的後腦勺，不讓卡卡挪動。瞬間，卡卡聽到嘴巴裏的主人老二射精的猛烈聲音，噴得讓卡卡立刻呼吸不到空氣，洨味直竄腦門。

主人知道卡卡的企圖，含著精液想轉頭吐掉，便被斥責：「吞下去。」主人是認眞的。

在夏董的奴隸排行規定下，先者爲哥，後者爲弟。縱然我比里奈早受到夏董調教，但我捨棄過，再回頭就得稱呼里奈一聲哥。叫得有些尷尬，里奈看起來年紀就比我小，身高也比我矮，但他還是哥。我跟著他走回奴隸房，還是原本的那間，被夏董毀了的 cb 正放在桌上，慶幸自己的老二逃出監獄同時，卻不習慣下體失去重量。不被拖行，感覺好像少了兩顆蛋。側在床上，摸摸老二，雖不習慣，但依然很慶幸自己不用再戴什麼貞操帶了。

天亮以前，起床盥洗好，然後到主人床邊跪下，磕頭大喊：「請主人起床！」

夏董應了聲後，坐起，雙腳放在我眼前時，夏董的腳勾住我下巴，要我抬頭。夏董的晨勃盡在眼前，夏董坐在床邊，張著雙腿，持著老二，要我張開嘴巴。早晨的第一泡尿從我的嘴巴開始。

夏董光著屁股在浴室刷牙時，我趕緊到衣櫃牆前拿泳褲。再次看見夏董的那些三角泳褲，覺得好看極了。取過一條，在夏董撇條時跪在他雙腿之間，**靜聞其生**，清洗之後，等待夏董穿上低腰三角泳褲。這是第一次，我把目光放在男體身上，欣賞如此之久。等夏董一躍入池，我便趁空用完早餐，回來跪在池邊，持好毛巾等待夏董。

跪在夏董餐桌邊等待主人用完餐，我才換手給穿好西裝的里奈哥。自己著裝以後，在門口等著夏董上車，一如往常時間，準時開往公司。車一抵達、停妥，便馬上從助手座下車，替主人開門。

這時一部車過來，是織田跟小藍。他們一塊上班？

「你們三個怎麼會湊在一塊呢？」織田說話還是他的風格。

「阿守，你回到夏董身邊了？」織田一眼就看出來了。

「cb 也拿掉了。」織田嘖嘖幾聲。

沒想到光看褲子，他便看出其中變化。

電梯裏頭，里奈哥、小藍跟我環侍夏董跟織田身邊。營業部樓層一到，「阿守，你的部門到了。」我應了聲，趕緊隨後踏出電梯，沒有回頭看夏董，因爲在公司裏頭，我是營業部的一員；回到別墅，我才是夏董的奴隸。

處理著要帶去客戶那的文件，我的背部還有昨晚傢俱練習的熱度——裸跪在夏董面前，背部駝著壓克力桌面，上頭放著夏董的茶。如果背部不平不穩，茶杯便會移動，甚至翻倒，餵在我的身體上，屁股自然就少不了一頓打。我一定要拚命練習，直到能夠駝住玻璃桌面。

正要外出便接到夏董電話傳喚，還沒踏進辦公室就開始害怕里奈哥臉色，咕噥著說詞：「夏董傳喚，不是我沒預約、沒規矩。」里奈哥聽見腳步聲，抬頭一見，便要我進去，沒有刁難。

夏董站在窗戶邊，用手指頭指著旁邊的地毯：「跪下。」

我心裏正困惑，爲什麼特別把我叫來辦公室跪下？我沒犯了什麼奴隸不該犯的錯誤吧。

主人挪動皮鞋腳步，張腿人字在我面前，拉下褲襠拉鏈，老二掏了出來。「嘴巴張開。」是要卡卡舔還是……來不及疑惑，主人老二一塞進卡卡嘴巴，滾燙的尿液便奪眼而出。卡卡咕嚕咕嚕努力的吞著，避免尿液溢出嘴巴，大口大口喝下。

完事後，主人將老二抽出。「舔乾淨。」

我舔乾淨夏董的老二，才從地毯上站起來。

「出去！」夏董待人毫無情面，我摸著鼻子默默離開。

見我踏出，里奈哥知道我在裏頭成爲主人的小便斗。

「擦嘴巴。」他遞了張衛生紙給我。

「謝謝……謝謝里奈哥。」

業務與奴隸身分交錯，日復日，痊癒了胯下 cb 造成的傷。精液和慾望漸漸累積到頂，這天天還沒亮，時間未到我便醒了。好想幹人！在床上蠕動，用老二磨蹭著被單，趴在床上匍匐，想做愛、燒幹、打炮，整副卵胞火在燒般。腦內啡分泌快樂，要飛上「南天門」之際，忽受打臀，睜眼便看見里奈哥站在床邊看著我。奴隸房門沒有鎖，誰都可以自由進出。兩眼相望，我尷尬得立刻翻身，用被單遮掩勃起血脈賁張的老二。

里奈哥不發一語，嚴肅的瞪著。

「里奈哥對不起！我太想要了！」我從另一側下床。

「我趕緊去請主人起床！」里奈哥一拉，便把我壓制在床上，徒手給了我一頓打屁股。

在主人請安，喝下主人第一泡尿後，卡卡向主人認錯，坦承清晨的一切。「請主人讓卡卡再戴上 cb！」

主人捏著卡卡下巴，「傷好了，就癢了！」

主人使喚里奈哥端出備好的 cb。卡卡眼睛睜大，沒想到 cb 已經準備了。「奴隸的身體是主人的，沒有經過主人允許，竟然敢玩主人的私物！」

里奈哥將手上的托盤放在卡卡雙腿之間。「看來里奈已經給你教訓了！」主人拍了拍卡卡的紅屁股，一蹲在卡卡面前，cb 已閃電般迅速裝在卡卡身上。

裝上 cb 的卡卡，將頭磕得好低，視線只剩下搖晃的 cb 老二。「請主人再給卡卡處分。里奈哥給奴弟的處罰只是兄長的叮嚀。請主人給卡卡教訓。」

主人今早不去游泳，取而代之的運動是狠狠教訓卡卡。主人一腳踩著床沿，一手拍著大腿。「趴上來。」於是卡卡整個人騰空被架在主人健壯有力的大腿上。

「你知道你爲什麼要被處罰嗎？」

「知道。因爲卡卡不乖，沒有 cb 就克制不了慾望。」

「不乖的奴隸需要什麼？」

「不乖的奴隸需要主人狠狠的教訓。」

「我要把你的屁股打得通紅。」

「謝謝主人！」卡卡用力的喊出聲，整個身體都為之共鳴。主人的渾厚手掌摑在臀肉上，彈跳不已的屁股變得鮮紅。主人一連拍擊，卡卡的眼眶飆出眼淚，可是不能哭，因為是自己犯錯。哽咽的喊著：「謝謝主人！謝謝主人！」痛，再痛都是主人的嚴厲教誨。接過遞來的皮拍，使用工具又更準確傳入臀心。屁股被掰開，打得更裏面。每一寸都被照顧。內側的肉紅了，眼淚也流過臉頰。沒有哭泣只有反省。

一個男人騰空趴在另個男人的大腿上接受懲罰，一直到臀肉不自覺的顫抖，抖個不停，男人的身分被剝奪後才被放下來。卡卡的雙手握緊，不敢去揉，想要徹底的感受，主人施加在自己身上的疼愛。

「卡卡你不一樣了！」主人張開雙手，將卡卡抱在懷裏，然後呵護輕拍卡卡的小屁股。

「謝謝主人。」

坐在車裏，壓迫到屁股，一整路都是磨難。我得苦中作樂，享受從屁股而來一陣又一陣的刺痛、酥麻、灼熱。一整天都像是主人緊貼背後，囑咐不可以頑皮。

下班後，在房間裏頭扒光自己，趕緊出去服侍夏董。

「到浴室去！」主人命令。卡卡便跟著里奈哥走。他穿著白色內衣短褲，露出不夠粗壯的雙手雙腿。把卡卡帶到浴室中央鋪著的白色塑膠布上之後，壓住卡卡的肩膀，使卡卡跪下，他要卡卡額頭叩地，他自己在旁準備。

主人將皮鞋踩在卡卡背上。

「躺上旁邊的架子！」卡卡依照里奈哥的指示躺上了屁股騰空的架子，張開雙腿。**大赤赤**的將cb老二和肛門完全露出。

主人手持浣腸劑站在卡卡雙腿間。一枚二枚三枚擠入。「把你的身體洗乾淨，我不想等會你在客人面前丟臉！」

忍耐，憋不住懇求的眼神都被主人無情視而不見。括約肌無法緊閉，不受控制的縮張開閉。

「主人。卡卡要大便，請讓卡卡用馬桶！」

「奴隸不准使用傢俱！怎麼可能讓你用馬桶！」

「主人，卡卡要大便！」

「沒有人會離開。你要大便再忍一會！」卡卡努力的憋住屁眼，可是它終究想綻放！

「主人，卡卡忍不住了！」卡卡大吼著。

「那就在這邊大吧！」

空氣裏一下子充滿氣味。「求求主人，不要看！」卡卡別過頭，可是雙腿之間，肛門之前卻傳來陣陣疼痛。cb裏被充血的奴屌漲滿。

「里奈交給你了。把他洗乾淨。」

淨身後的卡卡到主人房間，服侍主人更衣解褲脫襪，無一不敬。夏董穿上他的便衣時，里奈哥領著一女一男上樓。見到陌生人，下意識的用雙手擋住下體。主人立刻拍掉了卡卡的雙手。

「有什麼好擋的。」

「日思，好久不見。」夏董直接跟那名女性說話握手，另外的男人只是點頭帶過。

按著夏董的命令，卡卡跪下，磕頭。「日思女王，卡卡向您請安。」

「阿弟，你先去準備一下。」日思女王命令了背後的男人後，才讓卡卡平身。

「里奈，你去準備一下視訊連線的事情。」夏董命令著。

對於即將發生的事情，我一點頭緒也沒有。那個叫阿弟的男人給了卡卡包沐浴乳，要卡卡去洗澡讓毛髮鬆軟。回來看到臨時架設的床跟電腦網路視訊，卡卡開始緊張，不知道會發生什麼事情。

「躺上來。」躺在那張床上時，阿弟戴起矽膠手套和口罩。

里奈哥跟夏菫點點頭。夏菫對著平板電視說著：「阿布，你看得到嗎？」「嗯。」

「ｄｔ，你看到了嗎？」「嗯。」……

夏菫一連問了幾個人。躺著的卡卡，更緊張了。

「織田，你呢？」

什麼連織田也在線上。

夏菫坐在他的王位，給了里奈哥鑰匙，要他拆掉卡卡身上的ｃｂ。日思女王坐在臨時搬來的椅子上，而阿弟推來推車到卡卡旁邊，他持著剪刀，「我先幫你把比較長的體毛剪掉，等會比較方便除毛。」

什麼？除毛？爲什麼要除毛？要動手術還是？卡卡照著阿弟的話，抬高手臂，他剪掉卡卡的腋毛，然後除光兩邊。這是怎麼回事？卡卡忍著毛髮被拔除的痛，看著自己腋下光滑無毛，想到那些穿著無袖上衣的女人們，卡卡有一點點的興奮，可是卡卡並不想跟她們一樣腋下無毛，這樣讓卡卡怎麼抬手臂啊。正思考時，阿弟已經開始除起卡卡的腿毛。一次一撕一痛，身爲男人，這種痛算不上什麼，只是看著自己男人味的雙腿，漸漸變得光滑無毛，雖然卡卡雙腿的肌肉線條好看，卻怎麼樣都不舒服。還在爲自己無毛的腋下跟雙腿困擾時，阿弟已經剪著卡卡的屌毛，卡卡起身要阻止，卻被他強而有力的手推躺回去。熱蠟塗上卡卡私密處時，灼熱燃燒，像會燒掉毛細孔，卡卡聽見視頻連線傳來陣陣騷動討論聲。我轉頭瞥見螢幕一格某男性背後站著的女性。

是蘇曼嗎？那個身影像極了蘇曼。我想起了蘇曼光滑潔淨的身體。

隨著阿弟塗一塊撕一塊，漸漸的在我雙腿之間，被毛髮覆蓋數十年的肌膚重見天日。

看著自己雙腿之間毫無庇護的男性性器官，看著周圍觀禮的人們，我……

我忍不住起棒，硬熱實厚。

原以爲除完屌毛就結束了，但阿弟要卡卡躺回去。「雙腿抬起來，抱膝。」

阿弟的五指架上卡卡的半邊臀肉，屁股像剝桃似被活生生剝開，所有人都看到了卡卡的屁眼。阿弟將熱蠟塗在卡卡雙臀之間時，卡卡知道連肛毛也不會被放過。自己抬腿，給人盯著屁眼瞧，實在太不舒服了。最後阿弟持著鑷子仔細的檢查卡卡每吋身體，任何一根雜毛都不放過。

坐起下床時，卡卡發現自己老二竟然微微的流著液體。沒有毛遮掩的老二看起來更大，想到這，卡卡已經完全翹起來，貼著腹部。腳踏到地板，便見到主人坐在王座上面對我招手。手放到胯下又挪開了，心臟跳得很快，勃起的下體不能遮掩，卡卡明白主人的意思。頂著老二，在現場與網路的衆人注視下，走到主人面前。

主人拍著大腿。「躺上來。」

雖然有疑惑，但卡卡還是仰望主人，躺在主人大腿上。一上去，主人的手便勾著卡卡的大腿後側一翻，卡卡竟然在主人大腿上折著身體。主人的手撫摸卡卡剛除過毛的雙腿之間。鏡頭照著卡卡的光滑私處，向全世界連進現場的觀衆展示。

「里奈。」主人一哼，里奈哥便端著盤子上來。一根黑色皮拍正放在上面。

主人一持。

「主人！」卡卡緊張的喊著。

主人的手便甩了拍，響亮的聲音讓網路上的衆人嘖聲不斷。不敢問爲什麼，不該問爲什麼，只能用屁股肉接受主人的拍打。卡卡可以感受到屁股正發燙著，愈來愈熱，最後燒了起來。鏡頭上面是我燃燒的屁股，呼著陣陣熱氣。

在一旁的日思女王鼓起掌來，「打得好。」

主人的拍打並沒有因爲日思女王的鼓掌而改變速度，主人打得卡卡不知身在何方，今夕何夕。再回神，主人已經把卡卡抱起。放下，卡卡屁股接觸到一個水盆，聽到屁面急速冷卻的滋滋聲響。

主人把卡卡放到水盆後，走向鏡頭。「阿布。你的新產品『布氏盾』訂做要多久的時間？」

畫面上阿布的那格變成了最大的主畫面。看見了蘇曼挺著赤裸酥胸站在阿布的座位後面。

看見蘇曼，我都醒了。

「夏董要的東西，當然是最急件。你把尺寸量給我，就可以馬上製作了。」

「那就麻煩你了。」他們一結束對話，阿布便關了連線，蘇曼的身影也立刻消失。悵然。

這個夜晚在夏董公館裏頭無毛行走，每當低頭看見自己沒毛，立刻就硬，硬得老二卡在cb裏很痛。連我自己都很訝異身體反應的激烈。好幾次我忍不住想要握住無毛 cb 老二搓幾下。很想打手槍，很想出來。

「你不要再摸了！」里奈哥抓了我的手臂，「再摸下去，等會你搞不好就噴了。」

卡卡覺得慾念還有精液快從喉嚨滿出來了。主人在卡卡嘴裏小便，卡卡舔乾淨後，卡卡鼓起了膽子，對主人說：「可以讓卡卡打一槍嗎？」

主人沒有表情的看著卡卡。主人的腳背忽然往卡卡的胯下往上頂。

「主人。」

主人的腳又再踢一次。而卡卡竟然有些反應。再一次，卡卡似乎更硬了。主人愈踢，卡卡好像愈有感覺。雙腿張開，好讓主人更好踢。如武士般的張腿跪，雙手抓著膝蓋，感受胯下一次又一次的襲擊。cb 鎖敲打著外殼，如卡卡攀升的旋律。

忽然卡卡有射精的衝動。主人再用力一下，精液如噴泉般，湧現。狂噴不歇。卡卡抓牢主人的大腿，抖起屁股，甩著下半身。

「你的精液噴到我腿上了！」

卡卡正要伸手去擦時，主人嚴厲的說：「用舌頭舔掉！」

卡卡愣著，不敢相信主人要卡卡自己吃自己的液。

「怎麼？不敢吃自己的？主人的都吃過了，還怕吃自己的？」

懸在主人大腿上的精液勾著腿毛。卡卡伸舌張口，吃液外加吃毛。

舔得主人大腿都是口水後，卡卡突然發現里奈哥站在背後，端著托盤。「用皮尺量射精後的老二尺寸。」不明白爲什麼，但就是照做。里奈哥蹲下後，解下卡卡的 cb。卡卡取了皮尺，量了老二的長、寬及圓周。每量出一個尺寸便報給里奈哥抄下。

夏董跟里奈哥兩人一副覺得這尺寸是小雞雞的模樣，難道現在大家除了比槓起來多長，連軟的時候也一塊比較？

下班上了夏董的座車，司機開的路線和平常不同。我疑惑的轉頭問里奈哥，他說我們要送夏董到一個叫ｄｔ的友人家。夏董要我們晚上九點再來接他，中間放我們自由活動。夏董進入友人家別墅後，我拖著里奈哥到平常去的酒吧喝一杯。一進門，認識的酒保跟服務生嚷嚷著怎麼這麼久沒來。

我們在吧檯右邊角落坐下。向大家介紹里奈哥後，酒保趁著我去洗手間，拉著我問里奈哥眞的是男的嗎？我小聲說：「你不能光憑外表判斷人家是不是男人，他超MAN的。」

酒和小菜上桌，幾杯以後，里奈哥問：「你怎麼會想回頭當夏董的奴隸呢？」

我放下手上的酒杯，把身體貼近里奈哥，「那天在街上遊蕩，我心裏一直想著脫口而出的『你又不是我的主人』這句話，其實我心裏已經有個主人的位子。不得不承認主人的位子上坐的人一直都是夏董。被控制以後，我看清楚了很多事情，戴了貞操帶以後，被性慾遮蔽的視線彷彿都清楚了，腦袋跟身體都被我控制了。雖然常被主人教訓，不過我好像愈來愈好。把自己交給別人控制，才能明白自己能控制什麼，這眞是一場冒險。」

「我的荷爾蒙還不會蒙蔽我的腦袋和我的身體。」他淡淡地說。

我問起了里奈哥：「你怎麼會願意當夏董的奴？」若非借酒壯膽，我還眞不敢在他面前開這口。

送到嘴邊的酒杯停下，里奈哥一臉認眞嚴肅的說：「我是『想成爲男人』的奴隸。」

聽不懂，我一定是喝得太多，漏了中間幾個字吧。我勾著他的肩，他又說：「我是我自己的奴隸。」

其實我聽不太懂里奈哥的話。「生下來有小雞雞的不就是男人了嗎？」

「男人就不需要努力嗎？天生條件沒什麼了不起，不值得驕傲。真正的男人不是有根屌就夠了！」

在里奈哥繼續說起他的大道理前，我決定去外面抽菸：「你每毋？（你要嗎？）」

「抽啊！」里奈哥跟著我到了外頭，吹風抽菸。我遞了菸點了火，做個小弟該做的。女服務生偷閒溜出來哈一根。

「女生沒那根才想要抽菸，有握著的感覺。」虧了妹，菸在我嘴裏點起火。

「男人有那根還抽菸，是也想含別人那根嗎？」里奈哥說的話讓我差點嗆著了，他的話惹得妹大笑不已，而我完全無法搭腔，腦袋裏是一幕幕跪在主人面前，含住主人老二的畫面。

「里奈哥別這樣，我想含啊。」全世界男人的老二，我這個男人只想含主人的那根。

酒精蔓延全身，我想必是喝多了，忘了怎麼離開酒吧。迷迷糊糊的，身邊的女生怎麼虧來的，我也都忘了。旁邊的人站得高，顯得我矮，他直接從我嘴巴灌起酒來。啤酒不知節制的流下。原本已經被夏董訓練的一把罩功力，此刻破功光光，黃澄澄啤酒從嘴邊流下，流得滿身。

我想抗拒，啤酒便往我臉上澆，是滾燙有溫度的而不是冰冷的。

「你的啤酒味道怎麼跟我家主人聖水一樣！」話才說完，我便看見一根男人的老二**怒斥斥**的盯著我。眼花了，是菸抽多了，太想含才到處看到男人老二。

「你的臉好像我家主人噢。」我被拉起，脫掉褲子。「你要脫我褲子！眞不好意思，我戴了cb，不能跟你玩。心有餘而體不足。」

我還笑著，身體卻被對方掰凹，屁股承受火辣辣的重擊。

火燒刺痛，酒精在血液裏被蒸發。

一下子全清醒過來，發現自己光著下半身趴在夏董大腿上。還來不及反應、開口，夏董的手掌瘋狂又用力的掌摑在卡卡臀肉上。「不知節制！」夏董一掌一掌打在不知檢點的屁股上，直到卡卡的眼淚飆出。不停地哀求、唉唉叫。眼淚的視線看見自己襯衫上的尿液，才從剛剛一連串發夢中醒過來。

「去旁邊跪著！」主人推了卡卡離開。

「如果里奈沒跟著去，就是睡在酒吧裏！」卡卡揉著顫抖不已的屁股，往角落跪去。

「你也是。里奈。身爲奴兄，竟然沒注意。」主人難得嚴厲的對里奈哥說話。「趴上來！」

「是。主人，請嚴厲的處罰里奈。里奈沒有顧到奴弟的狀況，請主人懲罰！」打臀聲淒厲，而里奈哥被打時，沒有唉一聲，吭都沒吭。卡卡想偷看，卻被主人喝止：「頭翻回去！」

主人處罰完里奈哥後，卡卡的屁股再度被加碼修理。

奴兄弟被主人放下去休息時，兩個人的屁股都是通紅的。里奈哥穿起褲子，沒有說話。

「里奈哥，對不起。我……」我抱著褲子跟在他背後，「需要我幫你搽藥嗎？」

里奈哥沿路都沒理我。

「以後注意自己的身分。」

「是。里奈哥。」

這幾天，表現良好，夏董對於我的奴性多有稱讚，主人恩賜放風，讓我將 cb 解下來一兩天休息。清洗老二的時候，久違的充血，很想爽快地打一槍，可是理智告訴我不行。主人只給了鑰匙可以拿下 cb，並沒有准我打手槍。洗下體是個引人犯罪的過程，必須專心的清洗，不能想歪。沒有 cb 的西裝褲好像沒有老二一樣，感覺少了一塊肉，重心無法平衡，走路都歪斜。

辦公室內尿急，走進隔間，解了皮帶，脫下褲子，看見沒有 cb 的老二，才想到自己現在可以站著小便，不需坐馬桶，不會尿褲子。遲疑一秒以後屁股坐下，**坐尿**已經是個習慣。

想起夏董說過的：「只有畜牲才是站著大小便，高等的動物大小便是坐著的。男人站著小便，是野蠻的未進化。辦公室是獵場，才得拿出野性戰鬥。」

跟在夏董旁邊，除了小便斗他會站著尿外，從沒有在馬桶前站著尿過。

膀胱放鬆時，整個人舒服得垂下肩膀。蘇曼如果看見現在的我，一定會爲我感到驕傲。想到蘇曼，我的腦袋浮現著赤裸的她坐在馬桶上張開雙腿的小便姿態。下一秒，尿液的溫度驚醒了我。不安分的老二原本乖乖垂在雙腿之間，現在卻想著馬桶外的世界。我連忙的挪開腳踝邊的西裝褲。弄髒可就不好了。眞是一刻不得鬆懈，老二沒有 cb 管教，就無法無天。

中午時間，跟著夏董一塊用餐時，有些難爲情又鼓起勇氣向夏董說：「我想早點戴回 cb。」

「怎麼？開始想念 cb 啦？」

「是。沒有戴 cb 很不習慣，而且我怕我會做錯事。」

夏董笑的放下筷子。「沒戴 cb 也是一種練習。你才會知道你有多需要 cb，多想戴著貞操器。」夏董並不打算讓我提早戴回 cb，我相當戒愼恐懼。

外面跑業務的我直接下班後，跟夏堇約了在阿迪的店裏頭碰面。夏堇委託阿迪幫我丈量「布氏盾」所有需要的尺寸。「布氏盾」到底是什麼東西？

一踏進店裏，便被請到貴賓室。夏堇他們已經在裏頭了。夏堇正翹著腳，喝著咖啡。里奈哥正試穿著訂做的西裝。阿迪將里奈哥要換穿的褲子放在一旁，便來招呼我：「又看見你了！」拍著我的肩膀，說話的語氣讓我有些不好意思。

「把褲子脫下來吧！」阿迪命令的語氣。我看了一眼夏堇。

「照他的話做。」夏堇說。

脫下西裝外套、解開皮帶、拉鍊拉下，阿迪便上前，將我塞在褲子裏的襯衫尾拉出。「沒穿內褲啊！」

「沒戴 cb 了，可以不用穿。」夏堇放下咖啡杯，「再說奴隸穿內褲是爭取來的福利。」

解下 cb 後，內褲也被禁止穿著。

阿迪看見我的下體，吹了吹口哨。「除毛了。」

往下看自己沒有毛的老二根部，瞬間硬起，褲子有點卡，卡得不好意思脫下。

「果然是眞男人，脫褲子立刻就展現本錢。」阿迪蹲下，便將我的褲子卸到了腳踝的皮鞋上方。「把毛除掉是對的，戴貞操帶還是把毛除掉比較方便。」

自己拎著襯衫尾巴、光著屁股站在阿迪店裏的貴賓室，他蹲在我面前，拿著皮尺在我胯下比劃著。爲了測量肚臍到老二根部距離，他的手在那塊被除得光滑的皮膚不斷來回。我有如被挑逗般的，硬挺挺。他繞到我背後量著腰到臀部上緣、到肛門口的距離。他的手指頭有意無意的觸碰我的臀溝、肛門、會陰。「沒有毛眞的比較好摸。」

他繞到我面前時驚呼：「嘖嘖，你已經硬成這樣啦，這樣就不用麻煩你弄硬。我可以直接量你勃起後的尺寸。」

「阿迪，需要叫他再搓硬一點嗎？」夏董坐在位子翹著腳說。

「不用了。這樣就行了。」阿迪抓著我翹到腹部的老二，量著勃起後的長、寬、圓周。他每報一個數字，我就驕傲無比，但是夏董的表情一副不以爲然。連里奈哥也是。難道他們比我大根嗎？里奈哥的，我是沒看過啦，夏董的——直接想到便是夏董堅挺的老二往我嘴裏捅，捅得我快吐，塞滿我嘴巴的畫面。心裏癢癢的，一路癢下。

「你有帶他射精後的尺寸嗎？」阿迪撿起地上的抄寫墊板。夏董對著里奈哥示意，他便趕緊從西裝外套裏拿出昨晚抄下的紙條。他站在阿迪電腦旁邊，報著我射精後的尺寸。一個唸，一個敲進電腦裏頭。「這麼小啊！阿守你的勃起係數還滿大的嘛。」

阿迪愈說，我心中羞恥感愈增生。

「這麼容易溼？」夏董不知道什麼時候站到我身邊，手磨著我頂出包皮的龜頭上的液體，手故意似的在我眼前展示液體多「牽絲」。

「舔。」夏董的手一擺到我嘴前，我就乖乖的將夏董的手舔乾淨。

「尺寸已經寄到阿布的信箱了。就等著收布氏盾吧！」阿迪說。

「把褲子穿起來吧。」夏董接過里奈哥遞上的紙巾擦了擦手。

「布氏盾是？」我穿上褲子時，顫抖的問。

「阿布公司的產品。你看過的。不過布氏盾推出最新的型號了。」

「我看過？」我怎麼沒印象了。

「小曼穿的那款是女用的。我幫你訂了男用的。」聽到夏董這麼說，一想起蘇曼身上的貞操帶，我的雙腿都軟了而身體興奮顫抖。舊 cb 破壞後，夏董讓我戴上新的 cb，可是沒想到夏董竟然要我也穿上跟蘇曼相同款式的貞操帶。男人眞的也可以穿上那樣的貞操帶，把整副老二藏進盾裏嗎？一想到這個問題，腦裏便浮現蘇曼僅穿著貞操帶在我面前，而我自己赤裸穿著布氏盾跳躍奔跑的模樣。沒想到我可以跟蘇曼穿上相同的貞操帶。

夏董的手伸向我的襠部。「想到自己跟小曼穿著一樣款式就興奮啦！」

我頻頻點頭。是的，我想要穿上貞操帶。我想趕快，愈快愈好。

跟著夏董走出電梯、走進健身房，櫃檯後面的值班經理便出來招呼。我站在櫃檯前塡寫好資料，拿著毛巾跟鑰匙，跟著夏董走進男子更衣室。站在衣櫃前，打赤膊再換褲子時，低頭看見自己兄弟跟在阿迪店內一樣，精力充沛。夏董已經換好運動服在走道口等我。應該要趕快，可是老二的頭卻不爭氣的愈抬愈高。左右都有人，褲子一脫，他們肯定會看到我勃起的老二還有無毛的陰部。夏董不斷催促我動作加快，眼睛專注盯著前方衣櫃深處，然後脫掉西裝褲，不管旁邊左右的眼光或者議論，先穿上運動褲，就算搭著帳篷也沒關係，鎖起櫃子，便跟著夏董出去。

夏董介紹了個叫阿碩的教練，要我跟著他運動、好好鍛鍊身材。看著穿著黑背心的阿碩，名符其實的壯碩健美，我不禁想著夏董是要我把身材練成這樣嗎？阿碩也太大一隻了吧，要練多久才能像他一樣！

「夏董，你放心，交給我阿碩，我保證你一個月不到，你就會看到你的……」阿碩停頓，看了看我，「你的奴隸擁有好身材。」聽到阿碩「奴隸」掛在口中，他也知道我是夏董的奴隸。在一個剛認識不到五分鐘的人口中聽到說自己的身分，恨不得眼前有洞，就直接鑽進去。

他帶我先做了體適能檢測，然後逛了一圈健身房裏裏外外，再講解了好多台健身器材。「你一個禮拜哪幾天晚上有空？一開始，我想密集一點，最好是一個禮拜三次。」

我傻傻的笑著，摸著頭，「我沒辦法告訴你我哪幾天晚上有空耶？」除了上班外，我現在沒有我自己掌控的時間，我全部奉獻給了主人。我朝夏董的方向望了過去。

「你是24／7奴隸啊！」阿碩說。我還在思考阿碩說的24／7，他已經走向夏董。「阿守一個禮拜得來健身房三次。」

「嗯。」夏董停下動作。「阿守，你把跟阿碩約的時間，告訴里奈。」

「是。」

雖然只是帶著我簡單做了幾項器材，我卻像是被丟到海裏撈起來，全身都是鹹鹹汗水味。展示腋下無毛的背心沒有一處乾，白色運動褲被操得顯露臀部，內褲線清楚可見。

「阿碩，今天才第一次就要操成這樣嗎？」我垂著兩隻瘦到不行的手臂。

他卻攤開手，一副指責是我太虛弱的模樣，「我是你的私人教練。夏董把你交給我，就是要操。不操，我對不起夏董啊！」他拍著我的肚子。

「我要儘快把你變成像我一樣！」他出力秀著他的手臂。我尷尬回應。

我脫掉汗水淋漓的運動服，被命令光著屁股不准圍浴巾、不准遮掩，我知道來往的其他健身房會員都看到了我的陰部。一想到大家都會看到我沒有毛的身體，我就無法克制的有反應。老二漸漸充血，慢慢抬頭，舉步維艱。走進浴室時，我已經完全翹起，貼上腹部。

走在前面的夏董對著我笑了笑，「眞有精神。」

被夏董這麼說，有些不好意思，那些雜亂議論聲，讓我有些羞恥。

硬梆梆的走進隔間，拉上塑膠簾。在冷水底下仍澆不熄充血的火熱，愈澆愈硬、愈搓愈爽。眞是他媽的爽快。能夠摸得到老二，靠自己的雙手撫慰眞是太痛快了。愈搓，身體裏頭像是有股力道要往外排洩，我抖著屁股射出白色液體。射精以後，我才醒過來。看著精液沖進排水孔，內心突然有種犯戒的愧疚。完了，犯了大錯。我就是應該要戴上cb，才不會出錯的。

坦誠自己犯下的錯誤實在不容易，連跪在主人面前講這件事情，卡卡都可以微微的充血。主人蹲在卡卡面前，用他的手，以上拋物線的弧度拍打卡卡卵鳥。「連講這種事情都可以充血，這就是『奴性』！」

主人對於卡卡的自慰沒多說什麼，不發一語帶著疑惑的卡卡走到奴隸房間的浴室。卡卡發現馬桶邊多了根沒見過的玩意。「這根是給你洗屁股跟灌腸用的，以後你會愛上這根的。」

什麼？什麼洗屁股！

「跪下。」一跪，主人便踩上卡卡的背。「屁股翹高，再高。」

主人夏董從里奈哥那邊拿了條狀物，抹了液體，那根便不眨眼的插進卡卡屁眼，卡卡痛得往前撲倒。「誰准你動的。」

屁股再高，感覺水往裏頭灌。

便意襲擊，屁眼開闔。再下去，我就要在他們面前便溺。

「我忍不住了！我忍不住了！」我大喊著。臀肉立刻被用力掌摑。

「誰准你說『我』了。一急，什麼規矩都忘了！給我忍。忍到我准你排便。」忍到我揮汗如雨，忍到我再怎麼夾緊屁股都沒用的時候，我才被准許蹲到馬桶上。正準備放鬆括約肌時，他們沒有離開的意思。「主人、里奈哥，不要看卡卡大便……」

「我不打算離開。也不是沒看過。有什麼好害羞的？你不該這麼羞恥，以後排便在院子裏。這間屋子的人經過，你也不會不好意思。將來任何人，你也可以在他們面前大便。」

「我……我……」眼前站著兩個人，人不能在別人面前排便，可是……我忍不住了……

下一秒，屁股裏的液體固體傾巢而出。空氣佈滿屎味，羞恥感卻再度讓我充血。

主人要卡卡跪回地上，再翹起屁股灌腸。卡卡求饒也沒用。「里奈，剩下交給你，我要你幫阿守灌到乾淨，排出來的水是清的爲止。如果等會我檢查還有髒污，惟你是問。你最好不要太仁慈。」

別看里奈哥個子小，發起狠來，也充滿男人的狠勁。完全不妥協，卡卡覺得夠了，他都不覺得。卡卡反覆的遭受灌腸、排便，雙腿都軟了，才能讓灌進去的水排出是乾淨的。

卡卡踏著顫抖的雙腳，隨著里奈哥去見主人。

「洗乾淨了？」卡卡應了聲。主人站在卡卡面前，雙手繞過卡卡身體，主人的手指伸向卡卡的股間，卡卡的雙腿抖得更厲害，指頭突破括約肌，卡卡竟然有絲絲爽快的感覺。酥酥痲痲，像被輕微電流經過。手指抽出卡卡身體，卡卡激動的往前貼在主人身上。他伸著手指，「舔。」

「手指剛剛插過屁股了。」卡卡露出爲難的表情。

「那你還敢說洗乾淨了？」主人將手指放在卡卡嘴前。「既然乾淨，爲什麼不敢舔？不敢舔就表示不夠乾淨。里奈，你沒檢查嗎？」

主人對里奈哥發怒。他不敢回話，納悶著卡卡怎麼不敢舔。

「把阿守帶下去再去灌腸，清乾淨！」主人一命令里奈哥，卡卡的雙腿便軟得跪了下去。

「主人，卡卡的屁股很乾淨了，卡卡願意舔您的手指。卡卡願意舔！」一口便將主人剛剛插進卡卡屁眼的手指含進嘴裏。坐在王位的主人伸著手指讓跪著的卡卡拚命吮，主人要卡卡舔腳指頭也願意。

里奈哥按著命令，雙手端著個黑色托盤站在卡卡背後。「把托盤上的東西拿起來！」卡卡停下動作，將主人腳趾挪出嘴。卡卡一站起，便看見一根「假陽具」！

「這是用主人的老二做出來的複製品。**夏一屌**。」里奈哥解釋著。

什麼「夏一屌」！連這種東西也要取名字。

「把夏一屌插進你的屁眼！」主人的話讓卡卡非常的訝異。插？進？屁？眼？

「不想要夏一屌，是想要用主人的眞屌嗎？」

「主人……」卡卡說不出話來。

腦袋斷線，我的屁股我的腦袋還沒想過要讓異物從屁眼進去。那裏除了糞便出來過，浣腸劑小管子、洗屁股工具進去過再無其他。男人的屌、主人的老二那麼粗，塞進去不是要了我半條命。反抗嗎？猶豫嗎？奴隸身分輕易便喪失了？主人手把玩著夏一屌，主人的手指頭動作，我的屁股莫名被吸引。同性戀可以，同爲男人的我，屁眼沒有理由脆弱，眞男人不怕痛！

里奈哥在主人面前說：「卡卡！開口求主人吧！」

織田那晚幹著小藍，肉棒進出小藍屁眼。小藍都可以了，爲了主人什麼都可以奉獻。「請主人替卡卡開苞、請主人替卡卡開苞！」

「你是認眞的嗎？卡卡！」

「是！請主人爲奴隸開苞！」

而里奈哥站在主人旁邊恭敬地說：「奴隸開苞當然要主人您親自上場！」

「我都忘了卡卡還沒開過苞，還在室。去旁邊的小圓桌，跪上去。」一跪上去，屁眼便覺得涼。主人站在卡卡面前，解著皮帶，拉下拉鍊，有如站在小便斗前，夏一屌的原物便掏了出來。一見到主人老二，嘴巴便上去。心裏的癢，有了解決。主人頂著堅實的老二往卡卡背後走，朝卡卡屁眼吐了口水。「深呼吸，接受主人的老二，迎接你人生第一根男人的屌。」

屁眼的癢，要靠主人解。主人的屌一層層撐開肉壁。卡卡的身體一點點的痛快覺醒。主人頂到了底，卡卡也開了**眼**界。摩擦生熱，主人扶著卡卡腰間，進出奴體。卡卡慢慢被塡滿身體與心靈。卡卡閉上眼睛，張開屁眼，享受、感覺、體會主人老二。

不敢相信夏董眞的頂著主人的老二幹我，還在質疑那場白日夢眞實性的時候，我已經被帶去穿乳環。夏董親口說出的任何要求，我不該拒絕，否則就失去奴隸的身分。我愈來愈聽話，愈來愈感覺身體潛藏的奴性緩緩爆發。針穿過乳頭，讓我暈眩，看著乳頭上的環狀物，靜靜滲著血，胯下竟有些騷動。站在刺青師旁的夏董嘴角微微的翹著。老二在 cb 裏發硬，我雙腿大開，硬褲襠讓店裏的每個人都看見我的興奮。

我的心靈一步一步的屈服，我的身體一點一點的改變。乳環之後，我被帶去一間「寵物店」剃頭。我光著身體，像隻狗般，跪在平臺上，由寵物店老闆阿司動手。他抓著我的頭，猶如抓著狗頭般，頭髮一大片一大片的被電推剃掉，只剩下跟新訓中心入伍生一般的長度。他摸著我的身體，像對隻狗般。

「你這隻的頭型很好看，體毛都除掉囉？」阿司竟然用「隻」來當單位？

「用蜜蠟喔？幹嘛不用電推剃？沒想到你也是支持蜜蠟除毛。」阿司說著。

「日思想要做廣告，問我有沒有意思要讓奴隸做蜜蠟除毛。」

「你們不是搞很大，還做了網路轉播。」

「這是她的條件。我想他之後要戴布氏盾，不如現在就先開始蜜蠟除毛。」

「你那時候去了哪裏？怎麼都連絡不到你。」

「出國採購。」夏董跟阿司的談話，沒有插嘴的分，只能跪在臺上等著。阿司邊聊邊檢查著我身體每處除毛處，甚至掰開我的屁股。「辞，屁眼也弄得太乾淨了吧！」

「你要不要考慮學一下！」

「不！我要堅持用剃的才是ＳＭ！」

阿司宣揚他的道理時，夏董拍著我的屁股，要我下平臺。動作時，我發現頭髮屑屑沾滿了我的脖子跟胸。癢得我拚命的抓。

「阿福，把他帶下去洗澡。」當阿司一說，我便有了反應，鎖頭敲著cb。

「很好。愈來愈像個奴隸了！」夏董拍著我的屁股，「你的身體忠實反應你的欲望。」

經過夏董身邊，夏董抓著我的腰，「再加上布氏盾就更完美了！」隨著自己的內外貌改變，夏董每次提到布氏盾，我的內心都會有股興奮雀躍。看見自己在鏡子裏的模樣，我就硬得貼上腹部。跟著阿福走到他們洗寵物的地方，雖然自己很不甘願讓人當成狗般對待，但我知道這是我成爲奴隸的一小步。

在阿碩一星期三次狂操之下，不曉得是心理作用還是怎麼，我覺得我的身體快要把襯衫給撐破。健身房更衣室換裝，站在我旁邊的里奈哥脫去了他那身緊到把整副好身材表現無遺的西裝，里奈哥有些許的腿毛、肚臍有些毛稀疏的連接著恥毛，但都是不粗的細毛。穿著黑色內褲的里奈哥，後臀起伏線條眞大。

「里奈哥你屁股好翹喔！」我拍了下，反遭里奈哥壓在鏡子前數擊。經過的人都好奇的張望。「里奈哥饒了我！」

里奈哥換完裝，見到阿碩冷淡的說：「阿碩，這傢伙也想要翹屁股，多加強他的臀部肌肉！」

「這有什麼問題！今天一定操你到腿軟。」

里奈哥把毛巾甩在肩膀上，拍了拍阿碩後，先自己做暖身。阿碩同樣是里奈哥的私人教練，今天我先，之後才換里奈哥。阿碩今天果然又是拚命，把我的雙腿操到軟無力，走路還有餘震感，便換操上半身。

「我快沒有力氣了！」我在史密斯下大喊著。阿碩在我無力時幫我補了力。

「撐下去！喊出來！再三下！」汗已經滿頭，還聽到教練的要求。阿碩在訓練的過程中的口吻，彷彿是一個主人模樣。我咬牙補著。

「一。二。三。」第三下推上去，阿碩立刻幫我接著，放回架上。

小平頭的我坐起來，拿了毛巾狂擦。「阿碩，你真是太嚴格了！我沒力了。」

「先去做一下緩和。然後去洗個澡。等會來找我拿ㄋㄟㄋㄟ。」阿碩講高蛋白時，給了個嬰兒般幼稚的稱呼。「你等會記得要去泡澡。車頭燈還是要亮！」

他拍著我的胸脯和手臂得意地說：「線條真是漂亮。」。

走在健身房裏，已經有不少男人的眼光往我身上飄。站在置物櫃前，我脫了褲子，只穿內褲的照著鏡子，扶著 cb，想像自己是內褲男模。面對鏡子，彎腰脫掉內褲。看著自己戴

ｃｂ的裸體，雙手叉腰，想像自己是健美選手。轉身走去浴室，戴著ｃｂ，毛巾披在肩上，沒有遮掩的走。我知道他們對我胯下的ｃｂ好奇，但好奇就好奇吧，想問的人要有勇氣。洗澡後，跨進冷水池時，對面熱水池的大叔向我比了大拇指。將身體完全浸在冷水，顫抖身體，還不忘回比。按著教練的指示，冷水熱水反覆，最後坐在熱水池裏休息。背靠著，雙手攤開扶著，雙腳張開伸著。大叔離開時，我才注意到他龜頭上的環。

「身材愈來愈好囉。」織田在早會之後，外出之前，敲著我的胸膛，「不要客戶一引誘你，就脫了褲子上床。我的部門可不是牛郎店喔。」

「這當然。」我尷尬的笑著。

「這可不是開玩笑的。你今天要去的客戶可是女魔頭，小心被吃了！貞操帶最好戴著。」

織田說得更讓我尷尬。慶幸的是我沒有因爲織田的話而有反應。我靠在織田耳邊說：「我戴了ｃｂ，你沒發現嗎？」

「あ……難怪我覺得你的褲襠變大了。」織田在我耳邊講完悄悄話便去檢查下一位要外出辦公室的同事。才步出部門，便聽見新同事何建業跟織田爭辯著不讓他外出怎麼可能會有業績，我回頭看彷彿看見過去的我正跟織田辯著憑什麼不可以外出。這位新同事穿著寬鬆的襯衫和不算合身的褲子，我想光是服裝就會被織田盯到翻過去。

「織田竟然派新人來找我，以後是不想跟我來往了嗎？他是覺得一年一簽的換約不重要嗎？」織田口中的女魔頭葛冠芸，果然名符其實。行事作風外，好色也是一流，宛如就是某座城市某位慾女。我解說櫃位場地規劃的時候，她坦然裸露的酥胸，讓我的視線不斷飄去。她一注意到我的舉動後，更是明目張膽的讓內衣帶子刻意從襯衫領口露出。正常的男人都會有反應的，更何況我呢？有 cb 的束縛，充血在裏頭，外殼撐起褲襠。身體彎腰好遮掩自己的窘境。

「阿守，你也太有精神了吧！」

我大聲的笑著企圖掩飾尷尬。

「我喜歡你這種大膽不掩飾的男人，這樣才是眞男人！」她收起契約書，踩著高跟鞋的閃亮聲音，搖著身軀回到座位。我看著她挪動，我應該要跟上的，但我沒有。以前的我一定會跟上，在辦公室她的桌上大幹一場。她在誘惑著我，我知道的。但我不行，不是不能，我是主人的奴隸，即便現在沒有貞操帶，也要遵守主人的規則。

我忘了是怎麼脫身的，只記得被摸了屁股，胯下差點就遭殃。被女人吃豆腐的感覺很奇怪，男女角色顛倒。步出大樓，我總算鬆口氣，相當慶幸全身而退。

人群交錯的十字路口中，我彷彿看見了蘇曼。

夢見跟蘇曼在夏董面前做愛，讓我噴了一床精液。弓身坐起，夜色反射我的精液，內心湧起一陣罪惡感。我竟然夢遺了。這是怎麼回事，戴著 cb 也可以夢遺？太久沒打炮了嗎？積太多了？這種事情要跟夏董報告嗎？卡卡在早晨請安時，向主人坦誠此事。卡卡含著主人老二，主人在卡卡嘴裏小便時說著：「晚上讓你作一次功課。」主人沒有解釋何謂功課。

主人入睡前的閱讀時間成了卡卡作功課的時間。夏一屌固定在夏董王位前的小圓桌平臺上。一看到夏一屌，便知道功課是什麼。「『坐』上去，你的屁股太緊了，幹起來一點都不舒服！」

卡卡顫抖的撿起腳邊的潤滑劑，擠了一大坨，抖著手往自己屁股中央抹去。手指頭探入屁眼，擠開括約肌，卡卡的雙腳抖個不停。在主人面前把屁股翹高，給主人幹是一回事，自己去坐夏一屌卻是另外一回事。夏一屌怎麼比得上夏董的眞屌，一個冷冰冰，一個熱呼呼。舉步維艱的站在夏一屌正上方，顫抖著雙腿呈現「〈〉」（屈腿蹲下），緩緩下降。當夏一屌栩栩如生的龜頭觸碰到卡卡的會陰，整個人像觸電般彈起。

埋首書籍中的主人抬起頭來，看了卡卡一眼。看不見主人的嘴巴，猜不到主人的意思又無法違抗主人銳利的眼光，卡卡再緩緩的往下蹲。夏一屌還是先頂到會陰，卡卡抓著夏一屌往屁眼挪動。括約肌如套在夏一屌上的橡皮筋，慢慢的增大圓周，套緊整根。夏一屌前端進入，體內某部位被頂到的奇異感，還是不怎麼適應。繼續往下坐，一直到臀肉觸碰地面，夏一屌整根沒入體內。

皺著眉頭，睜開雙眼，看到主人早已放下手邊的書，注視著卡卡。主人微笑時，卡卡才發現雙腿之間掛著微翹的老二。窘死了，屁股裏有夏一屌竟然可以翹起，不該想，愈想愈翹。所有的反應跟舉動都在主人眼底。主人吩咐上下套弄夏一屌後，才再回到手上的書裏。

「前面很硬吧！不准用手碰。用夏一屌幹你的屁股，你如果可以射精就准你射。」卡卡馬眼牽絲，硬得貼上腹部。如果這時候還戴著 cb，肯定膛炸。卡卡上下時看著主人面容，夏一屌彷彿變成眞實有溫度的主人眞屌。卡卡開始有些感覺。卡卡喊起主人，呻吟聲中夾雜著主人主人。噴出時，主人好好欣賞了一場奴隸演出。

「卡卡想要主人的眞屌，眞實的幹奴隸！」

「想要主人幹你，就要看你的表現！」

跑了一天業務後，解鬆領帶，捲著袖子，在黃昏傍晚站在頂樓抽起菸。週四，公開 SPANKING 的前一天，心裏已經算過本週業績不會太差。看見何建業和同期的新同事林瑞鴻拖著沉重的步伐走到離我不遠的公共無扶手長椅上坐下。他們垂頭喪氣。

「你們還好嗎？」我走近關心。他們一句也沒回答。

「你不覺得織田的部門很奇怪嗎？你怎麼待得下去？我快受不了了！」他們幾乎有志一同開口。

「那你就離開吧！」

「這怎麼可以，工作這麼難找！我想要在台北買房子，我想要結婚！而且我想要在履歷上面填上織田軍的資歷。」建業說的話，讓瑞鴻深表認同。

「如果不想走，就接受現狀。腳長在你身上，你會不曉得要不要走嗎？」

我說的讓他們無法反駁。原本想就這樣走了，但我忍不住的說：「西裝是用來修飾身材，不是把西裝穿在身上就算穿好西裝。」雖然是拿著阿迪跟我說的話賣弄，但這句眞的很實用，就算是送給新同事的見面禮。

即便如此，也改變不了本週公開 SPANKING 的排行順序。建業每天被織田禁止外出，業績不用猜也知道是掛了鴨蛋，逃不出被公開 SPANKING 名單，瑞鴻比建業好些，有外出，只是業績還是落後。但同事之中一組因爲對方公司有些問題而無法準時入帳，讓建業和其他人的差距沒有過大，便不像當初的我，唯獨一人接受公開 SPANKING。無法順利跑完流程的該組也相當認命，知道這種事情不會被織田所寬容。剛好跑完流程，就只是幸運，而非實力，真正的能力是要能夠掌控所有的可變因素。

時間一到，大家紛紛走進會議室，由織田按著本週業績分配該站的位子。此時的我已經升到前段班後面的位子，織田對於我的表現有點吃驚。「阿守，你什麼時候爬到前段班位子了？讓我看看……是葛小姐這筆的關係吧！」

「如果之後我都是站在前段班，織田先生會認同我的能力嗎？」我問。

「這當然。數字會說話的！」我相信他在未來會愈來愈認同我。

捍成這週突然掉到後段班中間去。他看我的眼神充滿著比較，他雖然在安全範圍內，但對於自己竟然差沒幾位，憤慨不已。小陳站在我旁邊，拍肩：「幹得不錯！」

後段班的四分之一無不把皮繃緊等待末日，看著藤條檯推出。建業的同期瑞鴻忽然站出：「你不可以體罰我，我不接受！」

「馬鹿野郎（混帳東西）！那請你離開。現在就出去。」織田要小藍遞自願離職書給他。「依照契約書，你在本部門這段期間僅能以最低薪資計算。」

「小陳跟他出去。請警衛看著他離開。私人物品，我們會打包快遞給你！」織田既冷漠又無情的說。

瑞鴻被請出去後，織田以開戰的音量宣告：「有異議的，趕快離開。現在。」後四分之一的人面面相覷，顫抖卻沒有人離開。裏頭僅剩唯一的新人建業，緊握著拳頭。輪到他時，面無表情的走到中央圓桌，解了皮帶，外內褲直接拉在膝蓋便趴下。第一下，他哀嚎聲驚天動地。

站在我旁邊的人低語：「再一下大概就失禁了。」

話一說完，便聽見了滴滴答答，然後嘩啦啦的聲音。

電子信箱裏頭收到小藍寄的群組信件，通知坦誠相見夜的日期時間地點。回執信件給小藍，部門活動沒有特殊理由，織田是無法允許不出席的。信件寄出以後才想起自己脖子以下無毛的身體，沒毛跟戴 cb 哪個慘？好像都很糟。不過沒在怕的，丟臉的戴 cb 出席都幹過了，沒毛有什麼好害羞？也不過跟健身房浴室差不多。沒關係，我記得部門裏也有人是定期除毛的。

跟夏董報備過後，當天下班，我便和同事們一塊驅車前往溫泉飯店。更換浴衣時我壓根忘了先前害羞的理由，和平常習慣一樣，脫得精光以後，折起襯衫和西裝褲。赤裸的小陳和捍成一看到我無毛又戴 cb 的下體，停下動作，噗嗤大笑了起來。

「有什麼好笑的啦！」我說。

好奇的同事們圍了過來，建業也不時的探頭。

「很A喔！跟國外A片男主角沒什麼兩樣！」捍成說。

「阿守你眞的對身體很有想法、很標新立異耶。」

小陳說完，捍成立刻附和：「對啊！」

「上次戴 cb，這次剃光毛、穿了乳環……嘖嘖嘖嘖嘖！」小陳伸手想拉扯乳環，我玩樂似的閃躲。

「你下次穿屌環來，我都不會意外了！」小陳咬起褌布，穿了起來。

「穿屌環耶！」捍成偷蕉摸卵。

爲了訓練膽子，從脫光開始，我便不刻意遮掩下體，自然的裸露。在素昧平生的陌生人面前可以，在朝夕相處的同事們面前更沒問題。光著屁股晃著 cb 去上了廁所再回來，老二除了微微的充血以外，再不像當日健身房內硬梆梆，硬成十二點方向。

甩甩浴衣，將雙手伸進去，交疊再綁上腰帶。穿好浴衣的我，裏頭 cb 老二搖晃，像極了逛大街的痞子屌兒啷噹，四處跟同事們聊天打屁。我看見了神色緊張的建業被他的組長喝斥浴衣裏頭穿什麼內褲。他躡手躡腳的露出藤痕未消的屁股，正準備穿回浴衣，我便過去拍了他的屁股，他痛得唉出聲。

「還會痛啊？」我問。

「廢話！你被打的話就會知道了！」建業口氣不太好的回答。

「我被打過，而且那週還只有我一個人。」說話時還帶著有點自豪的口氣。

「阿守，你現在是把公開SPANKING當成豐功偉業嗎？」穿好浴衣的小陳經過，拍著我的肩膀。我笑著，大家跟著我一塊笑著，一塊進入和室。

聚餐如同早會，一分不差，準時開席。織田穿著他的黑色浴衣，站在中央位子，「這段時間，大家辛苦了！」

織田高舉著酒杯：「乾杯（かんぱい）！」

酒酣飯足，喧譁吵鬧之間，又是有人想先去泡湯。織田中氣十足的喊著建業：「新同事趕快站起來，跟大家自我介紹。有前輩等不及，想先去泡湯了。」

織田一說完，我便低頭碎唸著：「怎麼還是同樣一句話啊。」

建業按著組長交代的方式，緩緩的走到中央，浴衣脫了，手托背後，雙腿張開、頭抬胸挺，跟當初的我一樣，大聲報上自己的名字。「請大家多多指教！」同室的大家齊聲回應著：「請多多指教！」

室內開始有人脫掉浴衣，呈裸奔起跑姿態。而織田正一桌桌跟各組組長敬酒示意。一輪之後，織田坐到我旁邊，親自倒了杯酒給我。「阿守，你的表現真的出乎我意料之外。我開始能夠瞭解夏董挑上你的理由。這週公開 SPANKING 前段班還會看到你嗎？還是你不行了，墮入打屁股行列？」

織田的手一把放在我盤坐的浴衣大腿。織田看見光滑的小腿，便伸了手。「你的小腿還眞是好摸。」被同性、自己的長官吃豆腐，又是種不一樣的虛榮感。露出的小腿肌肉比之前更結實，這都是阿碩訓練的成果。

和室聚會喧鬧，溫泉池內已經三三兩兩。織田喝開脫得只剩一件褌在身上，光著屁股在室內外來回行走。

「阿守你還坐著幹嘛？一塊去泡湯吧！」織田的褌袋落在我臉前。還不及應聲，便被織田拉起，「浴衣脫一脫，好走啦！」

織田說完，已經伸手把自己最後一條遮羞布給解了。「害羞什麼，我知道你沒有毛。」

織田老早便知道我除毛的事情，但他對於親眼看見無毛的身體仍相當的好奇著。織田嫌我動作慢。我迅速的脫光自己，跟著織田走進湯區。沿路，織田稱讚我的胸部練得不錯，胸型相當漂亮。他伸著手把玩著我的乳環跟乳頭，讓我躲也不是，不躲也不是。和織田**並臀**坐在小木凳上，搓洗身體。織田忽然舀了池水往我頭上澆下。

「別動。」

我將雙手撐在大腿上，接受著織田的「寵愛」，顯得有些不好意思。

織田故意的對我老二伸手。我忍不住在他耳邊說著：「怎麼愛不釋手啊！」

織田大笑著：「除了毛的身體，果然好摸。」

我靠在他肩膀上，「沒有 cb 的話，更好摸！你應該跟夏董要鑰匙解開來摸的。」

又勾著他的脖子，「我自己不好洗老二。幫我洗老二，你覺得如何？一次摸個夠！」

跟著織田一塊踏入池中。注意到織田也注意到我光溜身體的同事們，紛紛靠了過來。雖然尷尬，但有勇氣面對。「想摸就摸啊，除了沒有毛以外，你們有的我都有。」被這麼多手摸過，不硬很難。「我的很大，摸了不要太自卑！」我才說完，便被另一組的王組長給壓到水中。「被貞操帶關著還大勒！」織田勾著我的腰，讓我站起，而一片歡樂，我卻注意到了織田對我的舉動引起了小藍的不悅。

不該在半夜醒來，因爲我又看到了織田在幹小藍。不曉得是吃味還是較勁，小藍這一晚特別的滿足織田，叫得特別銷魂，完全沒在害怕把同事們吵醒。

我注意到建業醒了。小聲說話，卻似乎被織田察覺。織田往我這個方向看來，我翻頭裝睡，而織田將老二抽出小藍身體，往我這兒走來。我閉著眼睛，動都不敢動一下。織田蹲在我旁邊，老二上的體液還閃著夜色，「阿守，你醒了？」

他躺在我身邊，「晚上看到你渾圓的屁股，超想幹一幹你的屁股！」他的手摸上臀肉，「夏董幹過你了嗎？」

我不敢回答，恨不得此刻身上戴有保護屁股的貞操帶，好守住我的身體。

主人，布氏盾爲什麼不趕快送到。

這禮拜的公開SPANKING，我依然站在前段班後面的位子。擠進前段班以後，要再往前擠，就有點辛苦。織田對於我站在前段班行列，不再像之前一樣抱著質疑的態度，反倒鼓勵我繼續往前爬，並警惕前段班的同事們再抱著守成的心態，很快就會被我給追過去。

建業依然在被打行列中，雖然他的組長已經幫了他很多忙，但仍然落後。還沒完全消的屁股藤痕，又再上了這週新的，建業痛得抓著桌緣，屈著抖腿。「站好。」織田叱喝著。再一下，他仰頭咬牙。桌緣被雙手抓緊，不斷的晃動，直到結束。公開SPANKING不分男女，即便是女性仍需脫褲。早在週三溫泉裏男女同事都已見過彼此身體。這刻沒有人害羞，女性也不會被視爲弱勢。這是個實力說話的世界。

星期五的下午，打了幾通電話，約了星期一見面的客戶，處理些報帳事宜後，便閒適等下班。上頂樓抽根菸，靠在圍牆護欄，風吹過褲管，覺得褲襠涼涼的、輕輕的，少了些什麼，瞬間我竟然懷疑 cb 不在身上，摸摸褲襠，cb 還在。cb 好像內化成了身體的一部分，感覺就像沒有穿戴一樣。捻熄菸，下樓到夏堇辦公室。里奈哥坐在自己位子上網，無事等著夏堇。

「里奈哥，着閒啊？（很閒啊？）」他青了我一眼。

「小心我揍你！」奴兄弟熟悉了，開始會開玩笑了。

手掛在眉尾的對不起手勢後，閃進夏堇辦公室內。

「阿守，你下班了？」

向夏堇點頭，他便要我先在沙發上坐一會。夏堇的朋友最近突然身體不適，夏堇推掉了大多數的面會，三不五時便往他家跑。今天夏堇倒是爲了等一個重要的客人，決定晚點再去拜訪朋友。坐在夏堇辦公室，雖然身分是夏堇的奴隸，但此刻坐在沙發上的我竟悠閒得抬腿想翹起腳。如果不是 cb，我眞的忘了分寸。夏堇對於我的行徑沒有吭一聲，想必是同意。

夏堇背後的落地窗因爲天色變成大面鏡子時，桌上的電話擴音響起：「夏堇，阿布先生到了。」

「請他進來。」

夏董話一說完，門即被推開，穿著鮮艷橘色Polo衫、白色褲子的阿布走了進來。我一眼便看見了在阿布背後的蘇曼。我睜大雙眼，眼角嘴角抽動著，我再也坐不住，立刻站起，越過阿布，雙手抓著蘇曼手臂，正準備將蘇曼緊緊抱起時，我跟蘇曼被阿布硬生生分開。

「臭小子！」

來不及反應，等我回過神，已經被解開皮帶，拉下拉鍊，西裝褲跟內褲褪到膝蓋，趴在阿布的大腿上，亮出屁股肉。「夏，這小子剛剛做的事情，冒犯了我，你覺得應該怎麼辦？」

夏董看著阿布笑著，「卡卡一直都只跟著一個主人，還不知道如何跟其他的主奴相處。阿布你就教教他一些規矩吧！」

「小曼是我的奴隸，你竟然敢越過主人，對她動手動腳，是皮在癢是嗎？」阿布粗大手掌啪啪兩下便打在我屁股上。瞬間我可以感覺到屁股表面血液流動。原以爲結束，卻又一下再來。

「是不會謝謝嗎？」

可惡，被打屁股還要說謝謝。「謝謝。」

「我是無名氏啊！」又一下。

「謝謝，阿布主人！」一說完，又一下，這一下特別的用力。

「我又不是你的主人。你主人是誰還不知道嗎？隨便亂喊別人主人，把夏放到哪裏去了！」

我看了夏董一眼，夏董表情冷酷得可以殺死人。

蘇曼趕緊在旁邊口形提示：先生、先生。

我還在遲疑時，阿布抓起我的腳，拿起我的皮鞋開始用力打著我的屁股，哭夭，皮鞋打屁股超痛的。痛得我眼淚都要出來了。不一會兒，我的屁股已經痛得開始顫抖，抖得我雙腿都撐不住。阿布停手後，我痛得站不起，雙膝跪在地板上，屁股一觸碰到小腿，立刻驚痛。

阿布先生指著他白色褲子的某處，那兒有我的津液。「你弄髒了我的褲子！」語畢，我的屁股又回到他大腿上。皮鞋再度打在屁股上。

我的雙手雙腳撐在地上，企圖不要壓到阿布先生的褲子，我顫抖著手腳。不曉得被打了多少下，只感覺屁股火燙的燒起來。

「去旁邊面壁。」卡卡乖乖的站到角落，卡卡紅屁股成了夏董辦公室裝潢。

夏董和阿布坐到沙發。蘇曼便拿出一個箱子放在桌上。

夏董看著蘇曼笑著，「小曼，好久不見。你還是一樣漂亮。」

「夏董，您客氣了。」蘇曼拆了紙箱。

布氏盾便在桌上攤開。

阿布先生為夏董解釋著布氏盾的組成。阿布先生要我轉身過來，我的卵鳥已經因為他解說布氏盾而充血，晃著 cb 老二走來，讓阿布先生狂笑不已。解下了 cb，蘇曼第一次看見我無毛的下體，她的眼睛睜得特大、驚喜讚賞般。我終於跟蘇曼一樣了。

我跪在阿布先生面前的茶几上，好方便他示範如何穿戴布氏盾。腰帶緊跟著人魚線，結實扣上後，便被吩咐腰圍不能劇增劇減，穿戴之後只能微調，否則得重作。阿布先生拿起一個像是盾牌的的物件，又拿起一根管子裝上盾牌，將我微硬的老二硬生生放進去，被迫朝下的老二當然是一股陣痛。這兩樣東西組成了前盾，然後扣置在腰帶上。前盾擺放陰莖，置入後便無法勃起，只能自然垂下。盾的正面有些孔、盾下方的接點可選擇繞過兩邊屁股扣到腰帶的鏈子，或者跨過肛門口的一線帶。後者可遮蓋住肛門甚至使用肛門塞或夏一屌。不想用鏈子或一線帶，另外也可選擇整片的肛門盾。一但控制了肛門，奴隸的排便時間便被約束，臨時的大便將在布氏盾裏膛炸。阿布先生邊說邊讓我使用一線帶，跨越了我的屁股溝，扣上腰帶後面。我的老二完完全全隱沒在前盾後，能摸到的只剩下卵胞的兩邊。

當前盾扣上鎖頭時，喀擦一聲，我忽然沮喪了起來，老二自由的日子結束了。

我的紅屁股配上黑銀色的布氏盾，讓阿布先生直呼好看。從茶几上下來，腳底板踏在地毯上，兩腿相當不自在，一條帶子卡在屁股縫，相當的不自在。將西裝褲穿上，從外觀上完全看不出來我穿了貞操帶。蹲下站起，活動自如。

夜晚夏董設宴招待阿布先生接風。踏進湯屋餐廳用餐，不好的預感果然靈驗。餐後休息片刻，夏董、阿布先生便動身去了大衆池。

「里奈哥你不一塊嗎？」我問。

「我陪蘇曼，你跟兩位主人去吧！」

「阿守，你在拖拉什麼？趕快跟上！」抓不到陪伴的人，我知道避不了，便大步跟在兩位大人之後。置物櫃前脫去衣褲，我在梳妝檯前的鏡子裏看見自己身著布氏盾模樣。我故意擺出拳擊手姿勢，眞是太帥氣了！

「下去泡湯會不會壞啊？」我問著脫光的阿布先生。

練得精壯的他說：「盡量測試，壞了夏董還會再訂一個！夏董這次訂了兩個，另個一個是備用。布氏盾是特殊材質，浸泡溫泉或海水都沒問題。你可以365／24／7時時刻刻穿著。」

我們走去盥洗，來往的路人紛紛注意到了我身上的布氏盾。我不像以前對自己的奴體害羞害怕展露，不像一些彆扭的人拿著毛巾遮遮掩掩。走在主人後方，我是令主人驕傲的奴隸。

等待沖洗的地方在大衆池正前方，那些男人的眼睛盯著新來的肉身，衆人眼睛如熾，讓我興奮。

「毫無畏懼，他應該對自己的奴隸身分有些自豪。」阿布先生說著像是稱讚我的話。他和夏董正坐在小木板凳上洗澡。夏董招了我過去，幫忙搓背。「男奴這時候就方便許多。小曼就沒辦法跟我進來男湯。」

「幫阿布先生搓背！」

「是。」我大聲的回應。我已分不出布氏盾裏濕潤馬眼是因爲水跑進去，還是前列腺液溢出來。

「阿守，布氏盾下方尿道口的地方，等會讓蓮蓬頭這樣沖水進去。」阿布先生忽然轉身，手持蓮蓬頭往我胯下放。我可以感覺下盤暖活，舒服得讓人低吟。我聽見旁人的竊竊私語也不爲所動，夏董拍著我的肩膀，稱讚著我的奴性。

主人們先入池後，我趕緊洗淨身體。左邊想靠過來攀談的又不敢，右邊想看個清楚的卻裝傻。我不管凡夫俗子，只洗好自己，然後進入主人們的池子。

「請問你是阿布先生嗎？」那位不時往我們張望的中年男人向我們走來。

「我是。你是？」阿布先生對於自己被認出來有些不敢置信。

「我一直都有注意你公司的網站。」沒想到我們在這裏遇到了阿布先生的崇拜者。而阿布先生也熱情的爲他介紹我身上的最新款布氏盾。

蘇曼雖然總隨著阿布先生而出現，但她是阿布先生的奴隸，也不像先前住在夏董家，她跟著阿布先生住在公司特約的飯店裏頭。只有阿布先生到的地方，她才會出現。夏董曾建議阿布先生住家裏，有多的房間，可是阿布先生拒絕了，他覺得兩位主人住在一塊，調教頻率與品質會影響。不過他們還是常常聚在一塊，有時是阿布先生來公司坐坐，有時是他們一塊到共通朋友家。

阿布先生建議在夏董的豪宅舉辦一場趴體，要我當衆穿上布氏盾成爲夏董的貞操奴。一聽，我便有所猶豫。私下是一回事，要在衆人面前……。

爲什麼要勞師動衆的辦一場趴體？我望著夏董，不明白主人的想法。

「因爲我喜歡熱鬧！」阿布先生說得直接，「小曼會負責趴體所有的事務。」

我訝異的看著阿布先生。

「你可以擁有很多跟小曼相處的時間！你覺得呢？」阿布先生笑著，而蘇曼點著頭。

夏董看樣子也贊同趴體的點子。我不能拒絕任何夏董的意旨，這是當初我可以回到夏董身邊的條件。我要讓夏董爲擁有我這個奴隸感到驕傲，這是現在我在夏董身邊要做到的事。夏董對於阿布先生提出的意見沒有任何反對。阿布先生說ＳＭ網站的「貞潔社」很久沒有聚會了。他這幾年都不在國內，「訓犬區」、「貞潔社」等等的趴體他都沒有機會參與，他希望有機會可以見見老朋友，敘敘舊。阿布跟阿迪共同策劃、蘇曼執行了這場趴體。

阿布先生在趴體前為我微調了布氏盾，他希望我穿著布氏盾就像穿著一條三角內褲般，輕鬆自在舒服，雖然我一點也不覺得。每次上完小便，我得用濕紙巾擦拭肛門上緣附近的布氏盾尿道口，好讓尿臊味不那麼重。洗澡的時候，布氏盾尿道口得特別清洗，拿著蓮蓬頭沖水，儘管龜頭能感覺到水進入，但卻無法造成多大的刺激，更別提興奮了。布氏盾眞是完全防禦。

阿布先生送來布氏盾後，主人便再沒有給我發洩的機會。即使拚命請求也無效。慾望來襲，卡卡跪在主人面前，渴望主人的賜予。可是僅能換得趴在主人大腿上，接受打屁股。把屁股打得又紅又腫，才能壓抑些慾望，卡卡才能再撐上一段時間。主人已經下令非得等到趴體結束，才能給個爽快。好幾天睡夢中，卡卡覺得洪水來襲，雙腿難耐，輾轉難眠。

遺精的清晨，我夢見泅泳在大海裏，精液的味道將我嗆醒。我張著雙腿，用濕紙巾接著布氏盾尿道口緩緩流出的液體。里奈哥在門口看見我的窘態，我紅著臉：「我沒有打手槍，我夢遺了……」

主人不喜歡卡卡身上的體毛。體毛會阻礙奴隸認識眞實而軟弱的自己。毛髮不應該是男人的條件，不應該讓毛髮成爲男人的僞裝。夏董將檢查工作交給里奈哥，以他爲標準，只要濃密超過他，抵達可除毛長度，里奈哥便有責任打電話到「日思私處」預約好阿弟的時間，確實把我帶去。

除毛當天，我會一大早爬起床，用蓮蓬頭對準布氏盾尿孔處努力的灌水清洗，希望能減少味道。里奈哥拿著夏董交付的鑰匙，讓我在阿弟工作前可以解下。在他們兩個人面前解開布氏盾，如果阿摩尼亞味道太濃重，就跟脫下內褲讓人看到咖啡色大便痕跡一樣糗窘。

布氏盾戴了，老二開始被馴服，不得不乖，脫下來清洗時，根本不會像先前 cb 脫下立刻充血，每次拔下洗老二，都會洗得硬梆梆。我一邊洗，里奈哥一邊監督著我的行爲，阿弟準備除毛熱蠟等等工具。躺在工作床上，張開雙腿，帶著口罩的阿弟翻動著我的下體，仔細檢查毛髮生長狀況。熱蠟塗在皮膚上，一塊一塊晾乾然後快速拔除。毛根拔離身體的疼痛，讓老二開始有了反應、有了精神。胯下整片光溜，老二也緊貼腹部。眞男人勃起不怕人看。雙手抱雙腿展露肛門，好讓阿弟看清楚肌膚，仔細的除肛毛。想到有人盯著自己大便出口的肛門、主人專用的屁眼，心裏興奮的奴性隱隱作祟。

下床，硬挺的老二離不開腹肌。「里奈哥等我一下。」我指著老二，里奈哥無動於衷地叉腰等著阿弟收拾。很久沒喚醒它，等了好久，它才肯乖，讓我放回布氏盾裏。

「里奈，這些乳液拿回去，讓阿守晚上可以擦。」每次除完毛，阿弟都會給些乳液交代除後注意事項，而我這幾天晚上也有脫下自由的時間。

等著司機來接的空檔，我買了紅茶。「食涼。」

我遞給里奈哥時，順便給了菸。他不想抽，「你現在是在巴結我嗎？」

「沒。我是盡個奴弟的本分。」

他嗯了聲，安靜的喝著茶，看著車流。我點了菸抽起來。

夜晚送茶到主人桌邊，彎腰擺盤，離開前主人的手忽然貼上卡卡屁股。「除乾淨了？」放下手上的書問。

「是。」

主人的手順著臀肉弧度，滑進布氏盾的肛門開口。摸了一圈無毛光滑的肌膚，主人的手指深入雙臀中。卡卡手持著端盤，仰頭感受主人的插入。卡卡抖著屁股，享受著主人指節一節一節的沉入。有個點，主人的手指頭不斷地在那裏畫圓。卡卡不顧醜態，雙臀磨蹭著主人手腕，像個AV女優般自己動了起來，雙腿夾緊主人手腕。龜頭一陣酥麻後，卡卡便感覺自己到了高潮，自己跟布氏盾融爲一體，精液流動在裏頭都清楚感覺。卡卡知道自己失態了，趕緊從主人手腕上下來，雙手遮捧著布氏盾尿孔，以免精液滴到主人的地板。

「你先下去洗澡吧！把布氏盾拆下來。」主人說話時，旁邊的正自我操練體能的里奈哥從匍匐的地上爬起，拍乾淨雙手。里奈哥接過主人的鑰匙，要卡卡跟著。

隨著里奈哥離開主人房間，才一步步醒來。自己走路窘態在走道兩旁的鏡子內畢露無遺。里奈哥的白背心濕透的散發著熱氣，我經過他身邊時，忍不住地問：「里奈哥，你每輳陣⑫洗冇？（你要不要乾脆一塊洗。）」

脫口而出的是當兵被馴化的下意識，那是對同甘共苦的哥們才會說的話。

「不要。」里奈哥手叉腰鼓起胸膛。

「別害羞啦！以前當兵，不是大家都一塊洗澡。」

「我沒當兵。」里奈哥冷淡的說。

「喔。」我摸摸鼻子的進入浴室。在軍營澡堂如果看見長官的裸體，長官的距離隔閡感彷佛瞬間消失——原來長官的老二是這個模樣。遮掩身體的衣服脫了，欲蓋彌彰的威嚴跟著消

⑫輳陣 tàu-tīn：一起、結伴。輳，聚集。

失殆盡。抹了一身皂才發現里奈哥沒幫我卸下布氏盾便掉頭走了，索性不拆的洗再向主人稟報。蹲下張開雙腿，將蓮蓬頭對準尿孔，用力清洗。我早已看過夏董的裸體，爲什麼他的威嚴並沒有隨著衣服消失。

手指頭在布氏盾尿孔和肛門之間徘徊，主人的觸感還留在肛門口。我癢，我知道肛門正渴望著主人老二狠狠熱幹。

今天得去拜訪葛小姐。除了續約外，我希望可以藉由前幾個月的銷售成績，跟她爭取櫃位的調整。先前順利藉故脫逃的我，心想這次身上有布氏盾，更不需要害怕。葛小姐一如先前穿的火辣，讓我飄浮的視線完全停住在她身上。

「葛小姐……」

話還沒說完便被她打斷。「叫我冠芸就可以了。葛小姐多見外啊！」布氏盾不斷的警告著不安分的傢伙。沒有半點充血空間，只能痛痛痛，痛上加痛。

「你怎麼一直在冒汗？」她笑著，翹起了腿。

「沒事！」我拿著手帕狂擦著汗。在她簽下簽單，我便趕緊收進公事包裏，準備告退。她忽然抓住我的領帶，往她身上靠，環抱住我的腰。

「我想要的獵物是逃不出我的手掌心的。」她拚命的親著我。

「不可以。」「爲什麼不可以？」「不行。」「爲什麼不行？不要忍耐！我知道你的身體很敏感。」

她的手已經往我胯下靠，我甩開，她便去解我的皮帶。

「拜託，不要。」我的老二在微小的空間裏勃起疼痛哀嚎。愈抗拒她的手，她愈猴急，愈逃愈被逼進，以前巴不得遇到像她這般豪爽直接，對自我慾望大辣辣表現的女人。可是現在我卻像被逼入角落的小動物。我緊抓著褲頭，不讓她繼續。

「手放開！」她見我不放手，便搔我的癢。雙手一挪開，褲子便被她扯下。

「這是什麼東西？」她看見了我胯下的布氏盾了。她看得仔細。

我害羞喘著說：「貞……操……帶！」

她訝異的看著我的臉想確認。「貞操帶。」我紅著臉說。

她的酥胸貼緊我的胸膛，手握著布氏盾的頂端，貼在我身上，在我耳邊說著：「這個年頭願意穿貞操帶的男人根本就是稀有動物！」

趴體在夏董宅院舉辦的那天，人多到讓我無法想像，在我生活的世界上竟然有這麼多的貞操帶使用者，彷彿上街隨便撞到一個人都是穿著貞操帶。這一天全台灣的鑰匙管理人跟貞操帶使用人都到了吧。大家在門口報到後，隨身衣物寄放一樓大廳的寄物櫃，穿著泳衣或者貞操帶走到院子。一群人聚集到泳池周邊——穿著比基尼的美女，背後跟著穿著盾式貞操帶的男人，他們是夫妻；裸著酥胸，身上僅有銀色貞操帶的黑髮女人，手勾著穿黑色泳褲的男人，他們是主奴。兩個手牽手的男男，他們胯下戴著ｃｂ行走著，兩個身貼身的女女，她們身上穿著盾式貞操帶正熱吻著。

公務員、律師、大學教授、職棒投手、建地工人等等混雜，現場人士如果不說，眞看不出來他們的職業。那個平頭，身上刺著龍的兇狠老大摸著後腦勺笑著說他偷吃太多次被抓包，老婆大人強迫他戴上貞操帶，一戴就上癮了！

我穿著浴袍在泳池旁臨時搭建的休息室裏坐立不安。帶了女友進來探望的里奈哥安撫不了我的情緒，蘇曼也不能撫慰我的焦躁。

僅穿著貞操帶的蘇曼挺著兩顆奶滿場跑，她相當自在，完全不介意其他人的眼光。倒是我相對的顯得不自在，不時的拉開布簾往外看，緊張不已。等會出去的時候，我什麼都不能穿，得光著屁股在衆人面前，站在泳池的中央。光想到這，我的大老二都變成小雞雞了。趴體前又去除毛，無毛遮掩，格外渺小。縱然先前有部門泡湯的裸裎相見，但跟今天的陣仗完全無法比，人群中還有蒞臨現場的ＢＤＳＭ媒體，天啊！看著蘇曼搖晃著兩顆奶，那粉紅色的乳頭，在眼前跳啊跳的，我卻一點反應也沒有，老二甚至還縮小得不能再小，宛如嬰兒般尺寸，光滑無毛之下更顯得無助。

蘇曼站在布簾外，手壓著耳麥，聽從現場總監阿布的指揮。「阿守，可以出來了。」

我顫抖的脫下浴袍，走出休息室，頭一探出，現場的掌聲快把我的耳膜震破。人怎麼突然變得這麼多，多到擠不下，泳池裏也有人。

游泳池搭了個伸展臺，夏堇站在最前面，主人穿著黑色西裝、白色襯衫、水藍皮革主奴圖案浮水印的領帶。主人背後的地板上放了從我身上拆下的布氏盾。我在衆人掌聲中走到了夏堇對面池岸中央。赤裸的我，向全場鞠躬，表示歡迎大家前來參加這場趴體。

我深呼吸了一口氣，高舉著雙手，然後躍入泳池中。水清澈見底，冰涼入骨。我向夏堇游去，游到中央，爬上伸展臺。濕漉漉的我跪在夏堇面前，身上的水滴不斷的滴落。

我抬頭看著嚴肅的主人。「我已是冰清玉潔之身，請主人收我爲奴，卡卡願爲成爲貞男人而堅持。」

「你有決心的話，就從我的胯下爬過去，在大家的面前，把你的布氏盾穿起來！」

「是！」手背於後，挺直胸膛，精神抖擻的回答。

我雙手貼在伸展臺地面，往主人雙腿下面爬去。每一步都好羞辱好羞恥，卻好興奮，只是卵鳥卵胞還是瑟縮著。

面對布氏盾，就像穿內褲般簡單。主人轉過身來，將鎖頭鎖上時，全場歡呼聲不斷，貞男人、貞男人的吶喊聲，此起彼落。我的心臟和每吋皮膚都在興奮跳動著。卡卡視線掃過池邊觀眾中一個熟悉的身影。對於阿貞出現在趴體上，卡卡相當的驚訝。自從將東西搬出公寓，卡卡就再也沒見過阿貞。此時她出現在卡卡面前，讓她看見了這一切；在主人站起，要卡卡爬過他胯下游回去對岸時，阿貞隱沒在人群中。蘇曼將浴巾披在卡卡身上，都沒注意到，卡卡的雙眼搜尋著泳池邊的人們，希望可以看見阿貞的身影，可是她已經消失在人海裏。

現場登登登的音樂聲打醒了卡卡。伸展臺的起點走出了穿著布氏盾的一男一女，他們展示著身上的貞操帶，往夏菫走來，他們在伸展臺中央擦肩而過。夏菫下去前，下一組的男女模特兒已經登臺，他們穿著不同於前組的貞操帶。

卡卡認主儀式後，是阿布跟阿迪聯手的服裝秀。男女模特兒展示了阿布公司最新的幾款貞操帶後，同一組男女再登場時，已經穿上泳裝。穿著低腰泳褲的男模在伸展臺的終點，往下一脫，讓全場驚呼，完全想不到裏頭還有貞操帶。阿迪自創的品牌，恰巧的將貞操帶隱沒在泳裝裏頭。男模抱住女模，輕輕拉開泳衣，好讓大家看見裏頭隱藏的女用貞操帶。陸陸續續走上伸展臺的模特兒，展示著阿迪服裝設計的巧思。他們的步伐跟動作絲毫都沒有被衣服底下的貞操帶限制。

最後一個打著赤膊、穿著牛仔褲的壯碩男模，在伸展臺盡頭手叉腰，微微露出腰際的貞操帶宛如一個設計精品掛在那兒，讓男模瞬間帥氣加分。男模一躍入泳池，游往這岸。他忽然爬出水面，著實嚇了卡卡一跳。卡卡坐在地上，看著他酷酷的刷著浸溼的頭髮，眼神挑逗全場，然後帥氣的拉下拉鍊，脫掉牛仔褲，僅剩和卡卡同款不同色的布氏盾。

他拉起卡卡。站在一個這麼壯碩的男人旁邊，相當的不自在，忽然他嘴對嘴親了卡卡，抓住卡卡的手臂，完全不讓卡卡掙脫，直到卡卡快吸不到空氣，才放開。卡卡正用力吸氣，才注意到全場掌聲如雷。

夏董、阿布跟阿迪正在伸展臺中央向大家致意。

這場趴體第三個重要活動，便是晚上八點的煙火施放。在夜空中炸出布氏盾時，全場歡呼聲像是在跟整座城市炫耀著。煙火之後，便是趴體散場，卡卡跟在主人背後，向ＳＭ網站重要人士打著招呼。一些覺得不過癮的人跑來跟阿布抱怨為什麼不辦跨夜的趴體，害他們得想續攤地點。

阿布笑說ＳＭ網站最會辦趴體的人跑去國外了，阿布謅著許多下次辦趴的主題時，夏董跳出來打圓場說著：「下次可以來個卡卡豆漿噴泉秀！」

卡卡訝異的看著夏董，可是被關在布氏盾裏頭的傢伙卻蠢蠢欲動。

得到葛小姐的支持，新年度的合約，德意電器獲得了該樓層大櫃位，我們將這裏改裝成體驗館，把一個小家庭擺設搬進店內，踏入如拜訪友人家。送上公司機器製出的茶水、咖啡、點心等，加強人員對產品的瞭解，增進面對面實際使用的服務品質。客廳裏的電視、電腦、視聽設備，廚房裏的烤箱、微波爐等。所有的產品都讓消費者看見其性能與操作。擺不下的產品，也全部以訂單專送或引導使用者參觀本公司網站，網路下單。

我的提案獲得了織田的支持，之後陸續開設更大面積的公司產品體驗，織田甚至建議應該開設旗艦店。

葛冠芸跳槽到新的百貨集團，第一件事情便是親自到德意電器找織田談旗艦店的事情。我跟著織田開了這個會議。重新規劃的百貨大樓，我們跟她洽談一樓整層做爲第一家旗艦店。織田強硬的要了一樓。

「所謂的旗艦店就是一樓有門面。不然叫什麼旗艦店！要開旗艦店，自己找店面就好了，何必在貴公司呢？」

我協助了這個規劃完成。織田原本對於我的表現存有懷疑，不過幾週下來，他確信這眞的是我的實力。之後行銷企劃部接手後，我也事必躬親。籌備期間便引發諸多媒體追蹤注意，消費者更是頻頻在體驗館裏詢問旗艦店的消息。開幕後更引發熱潮，活動排隊人潮綿延數條街巷，把大馬路擠得水洩不通，非得出現交警維持秩序不可。

「看來你推薦的人眞是匹黑馬！」織田站在人群中對夏董說：「到目前爲止，老闆你滿意嗎？」

旗艦店開幕盛況，讓我回去後在電腦裏努力的寫著下個計畫，是自己建立通路。因爲還是草稿階段，我只在私下詢問夏董的意見，而他也贊成這件事情。

旗艦店開幕後，業績持續攀升。這個月開始，我晉升爲組長。九月的第一天，如往常的早晨，請夏董起床，喝下主人第一泡尿，服侍主人的晨泳。這週輪到里奈哥服侍夏董用早餐的時間。我換完裝下樓，夏董剛用完早餐。夏董伸手待我扣好襯衫袖子鈕釦時說：「阿守，你今天升上組長，是吧！」

「是的，主人。」

「為了慶祝你升上組長，我送你一條領帶。」里奈哥持著領帶，恭敬的交給夏董。我看見一顆太陽的圖案。夏董親手將領帶繫在我脖子上，一瞬間像是變成了項圈。我是被主人套上記號的狗，想到這就害羞，布氏盾裏的傢伙忽然痛了一下。夏董調整領帶也察覺了我的異狀，他伸手在我褲襠上。「布氏盾眞的很強，褲子外觀上完全沒有變化。」

「主人，怎麼發現的？」

「你的眉頭一皺，我就知道了。」夏董的確愈來愈厲害，我愈來愈喜歡主人了。我的哪根毛蠢動，主人都像神般預知。

今天的早會，織田特別將我叫出來，正式宣布我晉升組長。散場時，織田叫住我，隔半步距離，織田的鼻息聲相當清楚，而我提防著織田有所動作。織田伸出手，對我的領帶讚譽有佳。他拍著我的胸，調整著我的領帶，「品味還不錯嘛。」

「夏董送的。」

「這樣啊！」

下週週間又是聚會。當天我收到了織田的禮物，一條白色的褌。在溫泉飯店裏頭，看著這條白色的布發呆。

「不會穿對吧，我教你。」小陳說，他攤開白布，掛在我身上。

捍成走到我旁邊拍著我說：「你運氣眞好！」

我褲子一脫。

「阿守你眞的是作怪的傢伙。」捍成對布氏盾相當好奇。

小陳摸著我腰間，「你現在穿的貞操帶也太高級了點吧！把貞操帶脫下來，才能穿褌。」

「我沒辦法脫掉貞操帶。我沒有鑰匙。」

「你沒有鑰匙？」小陳訝異著。

「我來教你穿！」織田突然出現在我背後。織田摸著我的貞操帶，「這就是布氏盾嗎？眞的滿高級的。」織田伸手我胯下，我僅能感覺他在摸布氏盾，老二一點被撫摸的感覺也沒有。

織田在我面前脫得精光，手抓著老二示範穿著給我看。但穿這條布眞有點難度，我其實很想放棄。布氏盾都穿在身上了，還需要穿什麼呢？織田受不了我的笨拙，主動站在我背後，幫忙我穿。雙手環圍我的腰，在我身上、股間、胯下來回。我可以感覺到織田的襠部熱呼呼的異狀。最後雖然笨手笨腳的穿上，但是布氏盾外面穿褌很醜，醜得織田直搖頭。「等你脫掉貞操帶，我再教你穿褌！」

脫光入池時，好奇我身上貞操帶的同事紛紛圍繞過來，一直到織田靠過來才解散。「你穿這個可以泡湯嗎？不會壞掉嗎？」

「沒關係。阿布說盡量測試，壞了夏董還會訂一個。」

水池中，我跟織田比肩而坐，我可以感覺到織田的大腿貼著我，雙手也有些不安分。夜晚依然聽到織田幹小藍的聲音，側身入睡。忽然感覺有人撫摸著我的背，一醒來，織田已經躺在我背後，頭靠在我肩膀上，嘴在耳邊咬：「噓。不要吵醒別人了。」

織田在我背後，雙手撫摸我的身體。當他的手愈往下，我愈沒在怕，因為身上有布氏盾。「你的胯下都濕了。」他的手往我臀部探去。「屁眼竟然有東西擋住。大便怎麼辦？夏董真賊，連這邊都防禦著。你都不想讓我幹嗎？」

我翻到織田上方，壓著他。「如果我現在沒穿著貞操帶，誰幹誰還不知道呢。」

晚上是夏董調教里奈哥的時間，夏董幾乎不在卡卡面前調教里奈，都特別將卡卡支開或幽禁。被交代了幾點回去，於是有了些自己的時間。阿碩今晚有人預約，就不過去健身房。順手拿起手機，正準備打給阿超，螢幕出現阿超名字時，我怔了一下便掛掉。坐在路邊，手靠著膝蓋。我下意識的還是會想打給這個可惡的傢伙，難道我出門玩樂，都只能找阿超，我的交友圈也太狹小了吧。腦袋裏轉了好幾圈玩樂的夥伴，卻想不起任何人。所有的人都跟阿超有關係，我才驚覺是阿超打開了我的玩樂之門。沒有他，什麼都斷了線。懊惱之際，看見小戴迎面而來。

「好巧。」她說。

「是啊。」我說。

「最近好嗎？」她問。

「還不錯。」我答。

想知道阿貞最近好嗎？卻開不了口。

「你不能原諒阿貞嗎？」她又問。

我無語。

「因爲你的關係，阿貞開始認眞接觸ＳＭ。」

「喔……」

「她想成爲貞女王！眞正的女王！」

阿貞跟ＳＭ——雖然之前被阿貞無情的對待，但對我來說阿貞還是很難跟ＳＭ作聯想。

「我跟阿貞一塊網購了些道具。」聽到小戴這說，我的心裏一怔。「可以看在我的面子上，原諒阿貞嗎？搬回你們家吧。」

「我們已經回不去了。」我很清楚的知道回不去了。我們再也無法四人行了！

幾天後，自己算完業績準備下班離開公司。今晚夏董去拜訪友人，要我晚些回去，決定去酒吧喝一杯放鬆。經過吧檯，便聽見左邊急促的腳步聲，在我身邊停下，一看來者竟然是阿超，我不敢相信這傢伙還敢來找我，找死。我拉拉西裝袖子。「你竟敢來找我！」拳頭揮過去，他便抓著我的手，用力往外衝。在外面的人行道上，我揮起另隻手的拳頭往他臉頰送去。碰的響亮一聲，他坐到地板上。他痛得皺起眉頭。

「有這麼痛嗎？」我再抓起他的領子，要再揮拳。

「老大微爲爾，攏是我不着（老大不要這樣。都是我的錯。）」他是怎麼了？叫老大又來認錯。

「你吃錯藥了？」我坐在路旁上。我發現他的褲襠異常的大，勃起？不對，是……我忽然想起從前的自己。

「老大，小戴要我穿 cb！」他尷尬的說著。

我看著他笑了出聲。「你竟然會願意戴 cb？」

「我莫無願意ㄚ！（不是我願意的！）是小戴趁我喝醉酒睡著的時候，裝上去的。」他撟著褲襠裏的 cb 位置。

「把它拆掉就好啦。cb 很好拆。」

「我無當提落來。提ㄚ伊着每共我分手（我不能拆。拆了她就要跟我分手……）」

「你有這麼愛小戴？」我的質疑，他沒有回答。

「茲天透早我着痛醒……我無想着你是爲爾過日子……（當天早晨我就被痛醒……我沒有想到你是過著這樣的日子……）」

「你到底要說什麼？你來找我該不會只是要告訴我你也戴上貞操帶而已吧！」兩個從前一塊風流的男人，現在都帶著貞操器坐在路邊，我自己想到都好笑。

「小戴要我來……」

阿超還沒說完，我便堵住他的嘴。「免肖想。我是無却轉去！（免談。我是不會再回去的！）」

話一說完，他的臉馬上哭喪著。他的褲襠似乎傳來拒絕不了的痠意。

「老大，你無轉去（你不回去），小戴就不肯把這鬼玩意拆下來！」

「爲爾你着繼續掛！（那你就繼續戴著吧！）」我從邊臺站起，雙手插在口袋裏。「跟我一樣，當個貞男人莫無穲[13]！（也不錯啊！）」

在公開 SPANKING 前，小藍突然跟我說：「阿守，你下午有時間嗎？織田先生想跟你約

[13] 穲 bái：差勁、不好、醜陋、惡劣、糟糕。

個面談時間。」

面談？我的業績一直很穩定的成長，我還站在前段班，不知道要談什麼事情。鞭打聲在中央作響，我觀察著每個同事的表情，最近隱約可以感覺到同事間有些騷動氣息，但不曉得是怎麼回事，會是跟等會織田找我有關嗎？

忐忑的敲了小會議室的門，等到裏頭應聲後進入。「打擾了！」我向裏頭的織田點點頭。

他劈頭直說：「我要到別間公司去。」聽到織田跳槽的消息，讓我大吃一驚。站在我旁邊，靠著桌子，他伸手調著我的領帶，「雖然你是夏董的人，但還是要問一下，你有沒有興趣跟我一塊走。我想帶你走。」

「夏董知道嗎？」我撇過頭，避開織田在我鼻前的呼吸氣息。

「他當然知道，而且他知道我想帶你走！」織田將我壓在牆上，褲襠貼著我，讓我感覺他的堅挺，他的手抓著我的臀部，往中間探去，但我知道我有布氏盾，我可以義無反顧的反抗他。

織田靠在我身上，鼻子就在我眼前。「要反抗之前，你看一下這個是什麼？」

他拎著一把鑰匙，上面的雕花刻著阿布公司的名字。難道是……

「成為我的人，我可以把你從布氏盾中解放出來！」他的手摸著我的褲襠，「困在裏頭的傢伙應該很想被放出來吧！你不想嗎？」

織田貼得更近。「跟我走！鑰匙立刻就可以給你。」

「我不能跟你走。」

織田笑了，「バカ（笨蛋），那我們只好成爲敵人了。」他退了幾步。

「既然你不要鑰匙，那我只好還給夏董，恭喜他有如此忠心的男人。」他摸上我的胸部，敲著我的胸膛。「如果你因爲鑰匙，決定跟我走。我也會特別留意你，避免你背叛我。」

他拍了拍我的肩膀，調頭就走。織田扭動門把時突然回頭，抓著我的肩膀，用力的吻上我的嘴。

「敬我的敵人。」

沒多久，織田開始有了大動作，他帶著一票人跳槽，業務一部留下來的所剩無幾，而且被留下來的，其實是織田軍不想要的。我相當的清楚。

「你爲什麼不追隨織田？所有組長裏頭，只有你沒跟著走。」小陳在茶水間裏問。

「我不想離開。」

他拍著我肩膀，「加入織田軍需要勇氣，退出更需要勇氣。祝福你！」

他向我比了大拇指。我站在電梯口，若有所思，電梯口便正面對到從外面回來的捍成。「織田不想帶你走，他一定覺得之前旗艦店業績是你撿到的，不是你的眞正實力。」捍成悻悻然說：「菜組長，有你沒你，對織田軍沒差！」離開前還繼續說：「比我菜竟然還先升組長，你是靠屁股吧！織田有把你幹得很爽吧！」

覺得很煩便上去透氣。我站在頂樓抽菸，腦裏想著織田離開以後形同虛設的營業一部，之後是會被裁撤還是被併入營業二部。建業很失落的跑來問我：「你知道留下來的人都是織田不想帶走的人嗎？」

我雙手靠在圍欄上，「我知道。」

「你不是組長級，織田怎麼沒帶你走？」

「我不想跳槽。」我停頓了下，把我想留在夏董身邊這句呑回肚裏。「我想在這間公司，應該還有我發揮的餘地。」

「喔……我在想是不是該遞辭呈……」建業沮喪的坐在椅子上。「上面的人不會不知道被留下來的人是怎樣的，我對於不能成爲織田要的人感到失望。我之所以想來營業部也是因爲想在織田底下成爲有影響力的人。」

「留下來，跟我一起努力看看！」我拍著他的肩膀，「在業務上成功，並不需要有織田在後面拿著藤條，如果需要人盯，只能說你有奴性，需要被管。」語畢，對於自己口出「奴性」，覺得有些害羞彆扭及驕傲。

夏董集合了所有營業部的人，宣布他的處置。營業一部留下來的人員交由唯一的組長我來帶，其他維持不變。在散會後，我走進夏董辦公室，夏董便知道我的來意。夏董走向我，拍了我的屁股，「怎麼沒膽接受挑戰？還是需要我像織田一樣在你屁股上狠狠抽個幾鞭才可以？」我無語。「先前說過我可能得提早推你上火線，沒想到比我想的還要快！」

夏董將我推向牆壁，我高舉著雙手像個犯人，西裝讓我舉手困難。夏董雙手貼著我的臀肉，在我耳邊說：「好好加油！我可是會對唯一的組長公開SPANKING的！」

「主人，請打卡卡的屁股。」我紅著臉對夏董說：「我想要打屁股的鼓勵！」

「手貼好。」夏董的手用力地在西裝褲的屁股上掌摑數下。熱了，也有了動力。「表現不好，你就自己進來辦公室找我打屁股！」

是威脅也是鼓勵，臨危授命下，我接受了這個挑戰。檢視了織田時期所有的業務線，哪些是穩固哪些是有問題的，約談了營業一部留下來的人，能夠進來織田部門都有程度以上，仔細觀察再重新分配。

一開始的確不怎麼順利，要憑一小撮人分擔織田軍所有的通路相當辛苦。傷腦筋解不通的時候，我去找了夏董，渴求一份打屁股。舒經活血通體舒暢，讓腦袋清楚。

遞上週報表，數字眞是難看。站在夏董桌前，看他低頭翻閱呈上的報告，頻頻搖頭。資料夾被他往桌上一丟。碰的聲。

「所有的銷售點並沒有因爲織田跳槽而消失，怎麼會掉成這樣？」是因爲尋點不夠勤，人手不夠嗎？我認眞聽著夏董的問題思考原因。「先別說做到跟織田軍相當的業績，你至少要先趕上營業二部。跟二部比起來也是差很多。」

我注意到了旁邊二部的報表。

「是。我錯了。請給我一頓打屁股。」此刻我分不清楚是自己欠揍還是打從心裏的希望被主人打屁股。

「把外套脫了。」夏董指示。

「彎腰。手靠在桌沿。」夏董從座位站起，「雙腿打開。」

我翹起我的西裝褲屁股。夏董的手走了屁股一圈，拿起我的報表卷宗便往我屁股上打。碰碰的兩聲，大得讓外頭的里奈哥往裏頭探。

「你說你爲什麼該打？」

「因爲我沒有做好領導統御的工作，帶領組員取得好成績。」

夏董手上多出來的藤條是從家裏帶來，放在辦公室裏頭預備。藤條揮在屁股上，今天裏頭的布氏盾沒有肛盾，是走肛門口一條線款，屁股僅隔著西裝褲布料受疼。我隨著藤條下去的頻率，唉、吼著。「把西裝褲脫了。」

我看了夏董一眼。夏董在辦公室裏打屁股，從來沒有要我解褲子。我拉下了西裝褲，再趴下。繼續。繼續。我知道如果沒有人管我，讓我自己管控，我就會像脫韁的野馬一樣，不可收拾。我需要主人在背後揮鞭督促。

坐回自己的位子，皺眉的表情似乎讓建業發現了。「阿守，你沒事吧！」

我揮手。「沒事。報表數字太差被教訓了。」咬牙忍耐著屁股跟椅子摩擦傳來的疼痛。

「你需要我幫什麼嗎？」建業在之前兵荒馬亂的跳槽與離職潮中，留下來和我同組奮鬥。

「你可以幫我約行銷部的會議時間嗎？」他應諾，便撥了內線。

銷售點還在，那影響的因素是什麼。是不是該尋求其他部門的協助，像是行銷部之類的。以寡擊眾得用些智慧，每個小分子都得發揮最大效用。夏董問我有沒有信心，就算卵胞被關在盾裏，還是有卵胞的能力。我可不想每週都進去夏董辦公室挨揍，即便我是如此欠揍。

被持續打了幾週屁股後，夏董今天輕放下了卷宗。「二部，要是不再加把勁，很快就不行了。」夏董的話，讓我相信不用很久，就可以追上二部。

我自動脫下褲子。「我需要一頓狠狠的打屁股。請夏董鞭策我。」

「手扶著桌子。」夏董站起，解下了自己腰間的皮帶，折半拉緊。聽著皮帶聲音將自己綳緊。臀肉迎接皮帶來臨，讓自己往更高的目標奔去。

坐在飯店大廳的我，表面無異狀，可是暗地我正爲昨晚夏董恩賜的屁眼自慰有些疼痛。我疑惑著爲什麼葛冠芸要約在這兒，縱然飯店隸屬她的集團，但應該要約辦公室吧。櫃檯人員忽然走向我，他彎腰對我說：「馬先生，葛小姐請你上樓找她。」站在電梯裏，整理著儀容，覺得有些蹊蹺，怎麼突然約在飯店大廳，然後又變成房間？雖然知道她對我有意思，但她已經脫過我褲子，知道我身上有貞操帶，不能怎樣，可是爲什麼要約在房間裏頭呢？

我竟然看見了織田打著赤膊，圍著浴巾，替我開門。「阿守，你到了！」

驚訝之餘，注意到葛冠芸也身穿著浴袍坐在沙發上。

「你們？」

「等你啊！」葛冠芸站起走向床。織田雙手搭在我肩膀上，「把衣服脫了加入我們吧！」

「不好吧！」我拍掉織田的手。

「所以你不要我這個客戶了！」她翹起腳，「織田，那就算你賺到囉！」

織田繞到我面前，解著我的領帶，「阿守，你連掙扎都不掙扎一下嗎？需要我打通電話跟夏董說一聲嗎？你不用身體競爭，可能會失去現在營業一部最大的客戶！我們公司集團正籌備新館噢！」

織田撥了電話給夏董。「你主人說沒問題。」

他丟了手機。

我的心裏正冷哼著：當初是誰說你的部門不是牛郎店的？怎麼現在用身體取悅客戶。脫了襯衫跟內衣，他們讚歎我的身材，脫掉褲子只剩布氏盾在身上時，葛冠芸驚歎著貞操帶竟然像女人戴在身上的鑽石般，增添風采。

她拍著織田的屁股，「修二，你要不要考慮買一個布氏盾來穿，我相信穿在你身上一定更好看！」

我注意到了她叫織田是叫他的名字。

織田捏著她的奶，「我聽說布氏盾有出女款，我想浪女的你比我更需要吧！」

他們刻意吹捧諷刺，我不在乎，獨自走向浴室。背後織田的目光如熾，他似乎發現了我的布氏盾的後盾未戴。

沖過澡，織田跟葛冠芸正在床上纏綿。我的接近，讓他們稍稍停下動作，織田向我伸手，然後把我甩到床上。「我覺得我好像跟兩個女人上床，一根老二要服務兩個人，而你是沒奶的假女人。」不顧織田的話，我已經伸手向葛冠芸，交疊了雙腿，她正在我懷裏接受我的撫摸。跪在床上的織田，倒像是個局外人。他在我們身上，掰開葛冠芸的雙腿。「這麼淫很爽喔。」

織田幹進葛冠芸身體裏，正埋頭努力匍匐。而我的雙手在她身上不停遊走，嘴唇從未離開過她。她抓著我的頭髮，回應我她的爽快。而往下盤進攻女體的織田，伸手繞過我的腰，如靈蛇般行走，我知道他的意圖，我抓著他的手，擺回葛冠芸身上，要他小心她的注意力可一直放在我身上。咬著他的耳朵：「有老二的，加油點，不要輸給沒老二的！」

織田似乎受到刺激，開始狂抽猛送。我的雙手在他們兩個身上遊走，一手在織田的屌正上方幫忙搓揉著，另隻手有惡魔的思想，攻掠到織田背部，開了他的臀肉，手指頭噗的伸進織田肛門裏。

他錯愕的停了動作，我翻到他耳邊。「專心！趕快動，有老二的！」

手指頭在他屁股裏進出搜尋他的前列腺。他抓著她的肩膀，上下擺動屁股，忽然從喉嚨深處低沉的男性呻吟了出來，連他底下的葛小姐都訝異了。他幹她，我幹他。沒有老二照樣可以幹人。

離開時我問織田：「你什麼時候和她搞上的？」

他調著我的領帶，「別問這麼多，我跟她現在是同事，近水樓臺呢！大家都是成年男女，有性需求，很自然就會走在一塊！」

他拍拍我的胸脯，「你滿大膽的，敢把手指頭伸進魔王身體裏！」

「指教指教！」我舉著雙指頭說。

夏董任命我升上營業一部的經理。當初織田的位子現在換我坐。沒多久夏董便辭退了營業二部的經理，人數多於一部，業績竟然不敵，合併了一二部，統一由我指揮。下年度計畫是建立屬於德意電器專營通路，因爲部門合併，而有了更多的人手可以做調配。但對於前二部有些散的態度實在是不予苟同。有時候抽菸還會想著或許織田的公開 SPANKING 眞是擊中了很多散漫不專的人、激發出每個人需要鞭策的奴性。

夏董和阿布先生傍晚去拜訪友人。夏董經常來的別墅，我不時也會跟來。知道對方也是個主人，有個奴在身邊照顧他。那個奴跟蘇曼似乎相當好，好得讓我有些嫉妒。第一次見面，他們就在我面前大大的擁抱，抱了好久，跟分隔許久的親人一樣。今天像是宣布重要的事情，他們兩位主人進入屋內，而把我和蘇曼留在院子裏。我們便聊了起來，講到葛小姐的時，我對蘇曼慶幸地說：「還好我當時有貞操帶！」「不然你就會獸性大發嗎？」蘇曼笑說。

「我已經沒有獸性了。都穿了貞操帶了。乖得不得了。」我的頭靠在她肩上撒嬌。

「她美嗎？我指葛小姐。」

「沒你漂亮！」我的回答逗得蘇曼捧腹大笑。「我看過很多的美女，可是你最與眾不同。」

聊起過去，蘇曼說起了大學時代就接受主人調教。「上大學那年，我瘋狂的崇拜學校裏英雄般的風雲人物。爲了接近學長，我努力的認識了他的室友，好去拜訪。他幾乎都只穿條內褲在家裏行走，連有女生在也一樣。可是學長一個月裏頭總有幾天會穿得很整齊不那麼隨便，別人沒有察覺，可是我有。交往以後，我才知道他是M，固定接受夏董的打屁股。」聽到夏董的名字出現，我有些驚訝，也訝異著除了里奈哥外的奴隸兄長。「我們都是M，我們不適合互打，得各自找主人。尤其他比較喜歡男主人打他。他家有生日打屁股的傳統，一歲一下，等到了他爸爸不再打他後，他便去找男主人。」

聽著蘇曼講以前男友，我有點吃醋。「跟他交往，算是覺醒了。從小我就喜歡打屁股了，看到他被夏董打屁股，我都會好羨慕噢。好想要個主人來疼愛我的小屁股。後來我在聚會上認識了阿布主人，那時候主人剛到德國發展。」蘇曼仰頭看星星時，嘴裏盡是對於主人的崇拜。

身爲男人的直覺，我忍不住問起了她的「男友」，我從來沒想到她的單身與否。「那你男友呢？」我心裏默念著：分手了分手了。

「我們早就分手了。」非常好。我在心裏放著煙火。「被我看見他被夏董打屁股後，覺得有損他大男人的自尊，我們就分手了。」

原來如此。蘇曼早就看過我被夏董打屁股的模樣了，我的大男人自尊不會受影響的。

「分手後，夏董便要求他戴貞操帶，一步步地把他的大男人意識磨得精光。」我沒有這個問題，貞操帶已經戴了，我沒什麼大男人。

「畢業當了律師的他，結了婚過著一邊幸福一邊調教的雙面生活。前陣子他被女性助理誣告性侵，不過她太太出庭作證他長年戴著貞操帶，無罪定讞。」貞操帶還有證明男性清白的這種功能啊。蘇曼講了阿布先生對她的調教。跟了阿布沒多久，她便成爲主人設計貞操帶的女性活體。阿布先生公司出品的每一款女用貞操帶，她都試用過。

蘇曼講的每件事情，我都想要牢牢記在心裏。

每次阿布先生來找夏董，便是我盼望見到蘇曼的時候，眞希望就這樣子，她跪在她主人面前，我跪在我主人面前，我們分屬於不同的主人，可是卻能夠一直在一起。

一度幻想著夏董跟阿布先生兩個男人之間的關係，一直到夏董處理友人的後事，我才知道夏菫和友人交誼匪淺，是戀人關係。夏菫親身處理了這件事情。驅體火化的那天，夏菫的黑西裝在陽光下更深邃，黑得不見底。看見蘇曼緊緊抱住對方的奴，我的內心更複雜了些。夏菫常去照顧友人留下的狗，連蘇曼也常被阿布先生吩咐去照顧。想替夏菫代勞分憂，夏菫一點也不願意我插手幫忙。

阿布先生不像夏菫般積極，只吩咐蘇曼。他不想要踏進那個院子，說有太多回憶。

「不要太難過。他不會希望我們這樣的。」夏菫對難過不已的阿布先生說：「趕緊恢復我們平常的生活。我們一定要用力地活下去！想做的事情趕快去做！」

夜晚，夏菫和阿布先生坐在客廳，由里奈哥跟小曼在旁伺候，而卡卡被當成了傢俱，背上馱著玻璃。他們的茶點放在上面，卡卡被要求靜止不動。一動，夏菫跟阿布先生便立刻拿起手邊的拍板，往卡卡臀肉上打去，一人一邊，如積分賽般；被打時，桌面晃動程度也不可以讓杯子掉落或茶液灑出。

夏菫突然說要去國外一段時間，卡卡晃動了，他手上的拍子便拍在肉上，他決定帶里奈哥去，要卡卡留在台灣。卡卡又晃了，阿布先生老早就等在旁邊，拍子打在卡卡赤裸的心上。爲什麼夏菫不帶我一塊去？下一秒念頭便轉了，卡卡竊想夏菫不在，卡卡可以稍微自由一段時間？

「先前你跟我借了小曼。」阿布先生突然提了之前夏董借蘇曼的事，「現在該是你借我卡卡的時候。有借有還。」聽到阿布先生這麼說，卡卡有些錯愕，不知道阿布先生在想什麼。

「好。我離開台灣到回來的期間，卡卡就交給你。」卡卡訝異的看著阿布先生，再看看夏董。夏董毫無猶豫的便說：「沒問題。」

主人都答應了，哪容許奴隸還反悔。跎著桌面的卡卡，頭低下只看見地板和自己的十根手指頭。

晚間服侍夏董就寢，跪安以後，頭磕在地上的卡卡忍不住的問：「主人爲什麼只帶里奈哥，卻不帶卡卡？」

不敢抬頭，怕的是另個責罰，卻又不能憋住心裏的疑問。

「我想帶誰去就帶誰，你問這麼多幹嘛？」原本躺著的主人忽然坐起，腳伸在卡卡嘴邊。

「舔！」

張開嘴含住主人的腳趾。

「眼睛看著我。」嘴裏舔吮著主人的腳，眼睛注視著主人的眼。「里奈需要去做一個手術，好讓他更完整。而我要把你交給阿布調教！之前跟阿布借小曼的時候，我已經答應過阿布，將來可以從我的奴隸中挑一個作爲交換。交換奴隸在ＢＤＳＭ世界中是稀鬆平常的事情。你不用大驚小怪。你反而要更謹慎面對新主人，你在阿布面前所有的表現都顯示著我這個原主人教導。好好表現！」

卡卡點頭。

「你愛小曼嗎？」主人問了個相當犀利的問題，卡卡點頭。「那這是你的機會！別錯過了。」這一晚睡得相當不安穩，就像第一次戴上貞操帶的夜晚，輾轉難眠。

乳環上扣著條狗鏈，夏董像牽狗般親手將我送到阿布先生面前。蘇曼就站在阿布先生後面，走向他們，布氏盾裏藏不住我又痛又爽的興奮。夏董將貞操帶的鑰匙交給阿布先生，不，現在應該稱呼新主人，他摸著我的乳環，搥著我的胸膛，捏著我的屁股，讚歎我身上的布氏盾。

「如果新產品發表，直接找你當模特兒就好了，我根本不用找其他人，卡卡眞是貞操帶的活樣板。身體練得不錯。這樣男模女模我都有了！」他手繞過我的腰，放在我的臀肉上。「夏，你有想要讓他打其他的環嗎？像是屌環？布氏盾裏頭我有預留屌環的空間喔！」

「如果他可以從你那畢業，就在他的屌上打上驕傲環吧！」在老二上打環嗎？老二興奮的拚命流汁。

將夏董跟里奈哥送到機場後，離別讓我小感傷了下，回頭面對新主人，我面對的是個非人類的生活。「我要把你當成狗，像條畜生般的飼養，直到夏回來爲止。」

聽到阿布主人要把我訓練成狗，我眼睛睜得特大，這根本是個侮辱。

「把衣服脫了，褲子也是。」脫衣解褲對奴隸是家常便飯。衣服對奴隸來說是多餘的，可是人怎麼可以當狗？不可置信時，我看了蘇曼，這是不可能的吧！可是她對我點頭，她一點也不覺得奇怪。我站在她旁邊，心想：你的主人竟然想把人當成狗。雖然在社會新聞裏頭常有歹徒將肉票關在狗籠裏，但並不是眞的把人當畜牲養。沒想到夏董前腳一走，我連站的地方都沒有。

「很驚訝嗎？看來你是沒聽過人型犬！不曉得狗奴的存在！當條狗可以把不必要的人類尊嚴拋棄，有助於奴隸的成長。」阿布主人走向我。「跪下，你有看過哪隻狗是用兩隻腳站著的！」

被戴上項圈、鍊上狗鏈後，我跪著用爬的跟在阿布主人及蘇曼背後，到了院子。

「現在要來檢查㚲是隻公狗還是母狗！」我是個男人，當狗也該是條公狗。被解開狗鏈的我望著阿布主人，不知所措。「㚲想當公狗還是母狗呢？」

不能當人只能當狗，覺得很委屈，但要在公狗母狗中挑一個，當然是：「公狗。」

一回答，臉頰便被摑了兩巴掌。

「狗會說人話嗎？」

忍住疼痛，抬頭看著阿布主人，然後學著狗叫：「汪。」

「很好！如果祢是隻公狗，就抬腿尿尿，尿得上牆就是公狗！」臉頰火燙，不可思議的看著阿布主人，除了四肢著地用爬的外，竟然還要一個男人像狗一樣抬腿小便。「做不到嗎？也許我現在應該就要打電話跟夏抱怨一下，他教出來的奴隸竟然會違反主人的命令。」

我吠叫，忍著臉頰的疼痛還有眼睛的淚水，在圍牆邊抬腿，希望阿布主人不要這麼做。蘇曼拉著阿布主人的手，像是明白一切。「主人……阿守……不卡卡他……」

「如果你知道我想要做什麼，閉上你的嘴巴！」阿布主人開始吹起口哨。

膀胱開始放送，尿液將噴出馬眼時，我才意識到身上穿著布氏盾，尿道開口在睪丸及肛門的中央處……這樣的位置……啊，來不及了，尿往後噴，再怎麼撟位置，尿怎麼也上不了牆，尿流速漸緩直到滴到腳邊。阿布主人拍著手：「事實說明了卡卡是隻母狗！」

蘇曼拉緊阿布主人的手，說著不要時，阿布主人怒斥：「你是也想要再接受母狗調教嗎？」

「對不起，小曼不該干涉主人的決定。」

「照顧母狗卡卡是你的新任務。失職的話，我就讓你再當母狗，重新接受調教。」

聽到「再當母狗」的蘇曼很用力的回著：「是！」似乎相當的恐懼。

「沒有狗屌，尿尿上不了牆，當然是隻母狗！母狗卡卡！」阿布主人手上拿著根狗尾巴，布氏盾肛門罩解下，抹了些潤滑劑後，無情的塞進了根狗尾巴，隨著我的動作，尾巴在屁股上搖擺。

在鏡子前，卡卡眞的以爲自己是條狗。

被當成狗般對待，阿布主人坐在餐桌上用餐而我得趴在地上，跟狗一樣用狗盆吃東西。我不曉得怎麼吃這一餐，人怎麼能像狗一樣，以口就碗。我沒有動作，一直到蘇曼蹲在我身邊，我看著蘇曼，我的視線可以看見她裙底風光，她知道我看見了也沒有避諱。

「你還是吃吧！不吃，主人還會用別招對付你的。」蘇曼吻在我流淚的眉心，我低頭趴進狗盆中吃完那頓不知道味道的一餐。

房先生依照夏董的指示，在宅院裏安排了間阿布主人的房間。蘇曼被阿布主人安排睡在他身旁，而卡卡則睡在他那側床下。蘇曼跪在阿布主人面前喝尿。卡卡看著蘇曼的嘴含上阿布主人的屌，而後脖子發出咕嚕咕嚕聲，卡卡不知是羨慕還是嫉妒阿布主人——蘇曼張嘴表情是如此愉悅。

「㳟也想喝嗎？」

阿布主人甩著屌，走到卡卡面前，手扺住卡卡下巴。「想喝，就好好表現。祢還不夠格喝我的尿！」

夜裏睡在阿布主人床邊的地板上，卡卡格外想念主人，莫非要等到交給其它主人調教才會想念原來的主人，想起原來的好。

德意電器自從開了第一家旗艦店後，消費者和競爭品牌皆觀望著後面的發展，第二家、第三家……在我實地探訪接觸其他可能設點的地方跟一些窗口接觸後，依序有了眉目。德意電器自己儼然有了獨立通路。織田跳槽以後，幾乎旋風式的控制了強勢通路，他的威脅性逼迫許多它牌業務找上我，希望我在之後擴展連鎖店時，能夠同時容納他們品牌進駐。

我並不想要與織田為敵。我不想放掉他的通路，也不想輕易地認輸。

「我要看你給我們什麼更好的條件！讓我們『繼續』合作啊！」我坐在織田前方對他說著。「就我知道你也是有在談其他的品牌進駐。要在新館，我需要更好的條件！」我對他堅硬的說。

織田出現在自己舊東家，看著以前部屬坐上自己曾經的位子，不曉得心理作何感想。檯面上稱呼我馬經理，但私下還是叫我阿守。

我們在廁所相遇，他小便完特別在洗手檯等著我從便間出來。「阿守我們上去抽根菸吧！」今天的太陽和煦，我們站在太陽底下也不覺得炎熱。「我還眞是沒想到你是個棘手的人物！當初太小看你了！」

「織田你不嫌棄啦！」他突然貼在我面前，身體緊緊的貼在我滲著汗的正面，「我總有一天會幹到你的！」

我可以感覺到他西裝褲裏的勃起，堅硬得要刺穿布氏盾。他瀟灑一轉頭，我一把抓住他的手、摸著他的屁股，在他耳邊，「我等著你！」

坐回自己位子上後，我立刻要建業處理織田通路與其他品牌的事。事情很雜，必須清楚跟建業交待清楚。聽建業說起了瑞鴻的消息。在離開德意電器、另謀他路後，過著穩定的生活，結了婚也買了房子。不過織田率大軍跳槽，空降了瑞鴻的公司。狹路相逢，而此時的他已經無法像當初一樣帥氣的說不幹就不幹，背了房貸的壓力，20％的危險加給，是個相當大的誘惑。他終究在織田面前脫了褲子彎腰接受公開SPANKING。

建業提起織田，已不像先前流露著羨慕。他雖然資質駑鈍了些，但只要身爲上司的我運用得當，也是個人才；我們漸漸與織田軍旗鼓相當，他的自信在臉上浮現。男人有自信的時候最帥，當他把喜帖放在我桌上時，我是衷心替他感到高興。我記得他說要結婚要買房子時還很稚嫩的表情，現在已經完成一個夢想。能夠給予員工實現理想的公司，才是我認爲的好企業。

我應該算是個好上司吧！轉過座位，看著窗外西下的太陽，屁股癢了起來，多想此刻在夏董面前翹起自己的西裝屁股，狠狠地要夏董一頓獎賞。

上班累得像條狗，下班類得像條狗。從進門開始，脫掉人的衣褲。跪等主人將項圈繫上，繼續夜晚的調教。阿布主人的嚴格和夏董不分上下，阿布主人讓我知道人竟然可以像狗一樣的生活，不出一個禮拜，我便很自然的跟條母狗一樣。每天最愉快的就是阿布主人叫蘇曼替母狗卡卡洗澡的時間。

蘇曼與母狗卡卡愉快的沐浴時間，阿布主人突然站在浴室門口瞪著蘇曼與卡卡，像是抗議聲音太大。阿布主人解開了蘇曼身上的貞操帶，「小曼，等會先把母狗卡卡的屄眼洗乾淨，然後把自己洗乾淨來找我！」

蘇曼應命令，掰開卡卡的臀部，將水灌進阿布主人口中說的「屄眼」。在主人或里奈哥面前排便是一回事，誰會願意在喜歡的人面前大便？而且是讓對方清楚的看見糞便排出體外的景象。卡卡竟然要在個美女面前做這種事情。忍耐是沒有用的，眼睛根本不敢看蘇曼一眼，屁股一抖，括約肌便忍不住的放鬆，噗啦，空氣裏都是屎味。

蘇曼跟里奈哥一樣熟練，第二次第三次接著來，直到卡卡排出乾淨的水爲止。

在門口擦乾卡卡的身體後，蘇曼便毫無遮掩的在浴室洗澡。眼睛吃冰淇淋，老二吃布氏盾，又爽又痛。從來沒用這個角度看女人洗澡，卡卡口水狂流，後腦勺立刻被阿布主人用力敲下。

「這麼好看！」

阿布主人一警告，卡卡立刻低頭，直到蘇曼光屁股牽起卡卡項圈上的狗鏈。她牽著卡卡走向坐在床沿的阿布主人，綁卡卡在床腳後，搖著身軀走向阿布主人，跌進阿布主人懷裏，在阿布主人身體下張開了雙腿，任誰都知道接下來發生什麼事情。而進出她身體的阿布主人看著卡卡，嘴角惡魔般微笑著。

看著蘇曼被幹，卡卡的心又酸又甜，人是矛盾的，老二在布氏盾裏左右爲難。她的呻吟不是假的是眞的，就是那麼爽，是阿布主人的老二幹的，不是卡卡幹的。

卡卡像隻瘋狗般狂叫著，爲什麼要我看到這一幕。一講人話，阿布主人便下床呼了我巴掌，臉頰熱騰騰的。「我幹我的奴隸，祢叫什麼叫！」

主人的虎口扣住我的下巴。「我知道夏曾把跟小曼打炮做愛當成獎賞給你。」

蘇曼跟我眼睛睜得特大。主人抓著胯下老二，「上面有小曼的愛液，把我舔爽了，也許我會給妳獎賞！」主人的老二在我眼前閃爍著液體的光芒。困惑我、誘惑我。
「母狗，這麼猶豫就算了！」主人轉頭一走，機會稍縱即逝。我爬向前，趕爬到主人面前，張著嘴含住主人老二。「小曼，看來這隻母狗相當喜歡你呢！」主人將老二完全推進我的嘴巴，把我的鼻子埋伏在主人修剪整齊的陰毛裏。
「上去！」主人抓了我的項圈，丟向床。
「主人……貞操帶……」我顫抖的說。
「沒有老二就不會做愛嗎？」聽到主人這麼說，我便把話吞回去。
在床上和蘇曼撫摸擁抱親吻，主人突然躺在蘇曼身邊，看著我。
「我想你需要這個！」主人手拿著假陽具，將它裝在布氏盾前方的一個小孔上，原來這孔是這樣用的。假陽具活靈活現的如我的老二般彈跳不已。主人拍著我，推著我的屁股，進入蘇曼身體。在布氏盾裏的老二感覺不到，只有埋頭撞擊壁面。聽著蘇曼仰著頭叫著，我好像也有了些感覺。貼在蘇曼耳邊，用力在她身上匍匐，我身體的每吋細胞好像激活了般，觸感相當敏銳，我忽然感覺到一雙手掰開我的屁股。
「主人！」
「不要停，繼續！」主人的手往我的臀部中央探去、插了插我的屁眼後，便幹了進來！我弓著身體，哀叫著。

「主人！」蘇曼抓著我的手臂叫著。主人每次的抽動，蘇曼都似有感覺般的回應著。她的雙腿夾緊我，我的雙腿被主人撐得大開。在中間的我無法忍耐的隨著蘇曼淫叫。主人幹得我們死去活來，布氏盾尿口溼潤，甚至潮噴在床上。

阿布主人的震撼教育隔天，我的「屄眼」火辣的跟吃了三天三夜的麻辣火鍋一樣，外面看來舉止正常的我，裏面可是艱辛爽痛。回想屄眼被撐開，總會想起夏董老二撐開腸壁的速度與感覺。經過一整天的外務跑來跑去，現在能夠攤在自己的座位看著天色轉暗，已經相當慶幸。

內線響起，櫃檯說樓下有個訪客，自稱貞男人的。什麼貞男人？怎麼有人敢自稱貞男人？戴了貞操帶的男人才有資格稱爲貞男人吧！我驕傲的對著鏡子裏的自己笑著，然後步出電梯。

訪客是個陌生人，他在公司一樓會客區等著。他見我走向他便開口詢問我是不是馬先生。他說他在酒吧與阿貞認識。原來是自稱阿貞的男人，害我頓時大笑，是我聽錯。

「阿貞提到要交往就要戴上 cb。」他說。我的臉色大變。「這不是開玩笑的吧！你以前是這樣嗎？跟阿貞交往的時候有戴 cb 嗎？」

該說還是不該說？兩個人的信任不該是建立在貞操帶上，兩個人的愛情更不應該建築在身體的忠誠上。「這是你們兩個人的問題。」我不曉得最後這個男人會不會戴上cb，我只知道阿貞提的條件實在太蠢了。

在阿布主人身邊當母狗的日子，是習慣也是不習慣。有蘇曼的陪伴，當奴隸的日子，更加充實。我好希望將來回到夏董身邊後，也還能夠像現在一樣有機會服侍阿布主人。

今晚洗完屄眼，我躺在床上，張開雙腿。阿布主人給了我潤滑劑要我自慰。手指沾著抹進屄眼，阿布主人就站在床邊看著我。阿布主人給了數張春宮攝影，全是外國男人，可卻是屄眼自慰。動作和角度都和女性自慰別無二樣，阿布主人要我模仿他們。阿布主人丟了假陽具給我，便要我張開雙腿繼續自慰。穿著布氏盾不能打手槍，看主人的表情，接過假陽具便知道要我繼續捅著屄眼。躺在地上，張開雙腿，先用手指頭捅一捅努力撐大，然後再換假陽具。主人沒有喊停不敢停。假陽具在屄眼裏，雙腿大開等著阿布主人開幹，卻看見蘇曼身上的貞操帶裝著假陽具向我走來。

我驚坐起來，看見阿布主人拍著蘇曼屁股。「你先上！」

蘇曼爬上了床，拍著我的大腿內側，我很自然的便向蘇曼張開雙腿。裝在蘇曼身上的假陽具跳動著，我知道將會發生什麼事情。蘇曼頂著老二便幹進了我的屁股。隨著她抽動而彈著的胸部令我著迷，阿布主人從後面抓著酥蘇曼胸部。「接下來才是重點！」我感覺有雙手在我的屁眼附近，正伸著手指頭順著假陽具鑽入。雙眼睜大的望著阿布主人，想要出聲，因爲我似乎明白主人的意思。手指頭消失後，主人的老二正硬梆梆的想要幹進來。不！我的屁股裏已經一根假老二了，再也容不下一根眞老二！但主人完全不理會我的哀求，將龜頭推入後，一鼓作氣的整根沒入。

主人對我說起了嬰兒語，尤咕尤咕的哄著身體裏有兩根老二的我。他手攔起蘇曼的腰，在背後抽著，蘇曼厲害搖晃的胸部對我是個催眠。主人將蘇曼推向我，好讓我可以吸吮，他好抓著我的大腿施力。

蘇曼散亂的頭髮，滴落的汗珠，我似乎不痛了。我和她不斷的親吻著。

主人將蘇曼拉回他懷裏，搓揉著她，親吻她時，我感覺到雙腿之間，床褥溼了好大塊。「母狗卡卡，潮噴眞是太厲害了。」

連他們都注意到了。爲什麼會流這麼多的體液？我想夾緊雙腿，卻只能夾住眼前的兩個人。他們壓上我，主人忽然親了我，我的身體顫抖的像是觸電般，蘇曼頭枕在我耳邊喘息，我的雙手抓住了主人的肩膀，主人開始用力的猛送著，兩根老二在我身體裏像著火般的燃燒著。

戴了貞操帶的男人還會射精嗎？我覺得龜頭的地方痠麻得流出什麼來！

我聽見主人在奴體裏射精的聲音。

主人再親我時，我感覺到兩張嘴唇的親吻。

這個晚上異常的詭異，阿布主人像是放牛吃草般的不理我，而蘇曼緊緊的跟我在一起，無論用餐或者洗澡。難得的兩人時間，可是我察覺她的神態飄忽，若有所思。就寢時，我難得不用睡在阿布主人床邊地上，可以睡床，而且是和蘇曼睡在床上，我有些驚喜。她抱著我，枕在我胸口，重重的，安穩極了。

眼睛睜開時，她已經不睡在我胸膛上，窗戶外的天空已經開始亮了，她不在床上，我踏下第一步，便看見阿布主人站在門口。我連忙跪下，趕緊呈現母狗模樣，免得挨罰。主人將狗鏈拴上、插入狗尾巴後，便拉著我往樓下走，蘇曼站在門口拉著小行李箱等著，她顫抖著身體，一副快哭出來的模樣。

「小曼，你怎麼還不走？」已經在院子裏的阿布主人回頭問著。卡卡跟著回頭望著。

「這樣的母狗調教太殘忍了！」蘇曼說。

阿布主人不顧手上的狗鏈，逕行往回走，扯著卡卡的脖子。他敲了她的頭。「身為一隻母狗，這點能耐都沒有怎麼稱得上是母狗！」

蘇曼勉強的微笑，卡卡還不知道是什麼清況，搭車然後被阿布主人牽下車，走進另個院子，是兩位主人友人家的院子，看見一群人圍著邊邊站著而數十個男人跟卡卡一樣被當成狗，光著身體，屁股插著狗尾巴，一切太詭譎了。

阿布主人拍著手，「謝謝大家帶著狗來參加母狗終極調教！」

「訓犬區眞的好久沒有在這個院子裏辦聚會了。」阿布主人走向院子中央。

「這個院子已經很久沒有訓犬區的聚會了。」幫卡卡剃過頭的阿司說。

「今天是這條母狗的終極調教，也是祢們這群人型犬的公狗開幹。動作只要一不像狗，將會被淘汰。」

忽然有個牽著背上跟屁股滿是紅色鞭痕公狗的主人說：「淘汰就直接當母狗了！」

阿布主人吹了口哨，「還不賴的處罰。」

那位主人踢了公狗，「金剛，好好表現！」

那隻公狗一步步走向卡卡，眼神充滿著慾望與獸性。牠在卡卡身邊繞啊繞的，嗅了嗅卡卡的屄眼，舔了下。我嚇得坐在地上，周圍的人開始有些言語。牠愈靠近，坐在地上的我，雙手撐著愈往後退。牠一靠近，我的腳便踢了出去，狠狠地踢在牠臉上。

「不要過來！」當我蹦出口，全場議論紛紛。

我的耳朵蒙蔽了聲音，只看見他們每個人的嘴巴臭罵我的話。

我忽然聽得見聲音。「牠大概是第一隻會說話的人型犬而且還是隻母的！」

夏董出現在我面前。我連滾帶爬的到夏董面前抱著他的大腿。眼睛濕濕的、鼻子酸酸的，我好想主人。

「我受阿布的邀請來，沒想到牠給我看到抗命的母狗！這樣還能算是合格的奴隸嗎？」夏董甩了他的腿。「你應該記得當初讓你回來的條件吧！我把你借給阿布，他的命令就是我的命令，違背他就是違背你的主人！」

聽著夏董的話，我全身冒汗，驚覺自己做出了違背主人的命令，五體投地不斷磕頭道歉。

「夏，再給卡卡一次機會吧！」阿布主人站在夏董身旁，搭著他的肩，「我還沒有把卡卡還你，現在應該還是我全權作主，你這個原主人不要生氣！」

阿布主人勸著夏董，讓我頓生感激和希望，滿臉淚涕。

夏董捏著阿布主人，「好吧！既然你這麼說，我剛剛是的確已經想要拋棄奴隸。」

阿布主人踢了踢我，「卡卡聽到了沒，牠剛剛犯的過錯已經足以讓你的原主人不要你。母狗終極調教，牠要是沒有通過，我想你應該是回不了夏身邊了。」

「謝謝阿布主人謝謝阿布主人……謝謝阿布主人！」

「爲了表示妳的歉意，妳是不是該吹吹公狗的狗屌呢？」阿布主人指著旁邊被卡卡踹過的公狗。「妳讓金剛這麼狼狽，牠很有可能被牠的主人打爲母狗的喔。快過去吹吹！」阿布主人拍拍卡卡的屁股，卡卡便爬了過去。場面似乎安靜了下來，剛剛被卡卡踹的金剛和卡卡一樣四腳著地，牠把屁股對著卡卡，牠的狗尾巴插在屁股上，搖晃起來像眞的尾巴在牠身上。卡卡埋頭進牠雙腿之間，牠除了頭髮染成金色外，連陰毛肛毛都是金的。張開口，吸了陌生的屌，然後等著被上。

金剛前腳掛在卡卡背上，仿著公狗動作幹進卡卡屄眼，全場歡聲雷動、鼓掌叫好。天旋地轉間，卡卡發現周圍已經圍繞了其他的公狗。牠們虎視眈眈的等著，金剛在卡卡體內射精，抽出軟狗屌後，屄眼便有另根狗屌進去。

一隻公狗一根狗屌、一隻公狗一根狗屌，又一隻公狗一根狗屌，再一隻公狗一根狗屌，還一隻公狗一根狗屌，多少公狗多少狗屌，被幹得暈天眩地，永無止盡。從呻吟到哀嚎，屄眼從含苞小菊花變成綻放鮮艷玫瑰，雙手用力往前爬，屁股卻仍在公狗的下盤繼續接受猛幹。

卡卡的眼淚流了出來，忽然手心傳來溫暖。是蘇曼正握著卡卡的手。她從阿布主人身邊奔跪在卡卡前方，她和卡卡一樣在哭泣。「快結束了，快結束了！」

緊握她的手，緊縮屄眼，像是用力的把裏頭的狗屌夾到射出來。背後公狗噴發後，卡卡的下半身癱軟無力，雙臂抖個不停，屄眼濕潤得不會乾枯。

阿布主人出現在卡卡跟蘇曼的視線上方。「你們眞是鶼鰈情深啊！我的兩條母狗。卡卡你眼前的小曼也曾接受過母狗終極調教！」

卡卡不敢相信，可是蘇曼臉上的眼淚已經眞實的閃亮。「小曼，卡卡這次可比你更紮實的完成母狗調教。被當成母狗輪姦的男人你也愛嗎？」

「愛」？是我知道的「愛」嗎？

蘇曼不斷的點著頭。

「卡卡，你眼前的小曼已經被很多你不知道的男人幹過，這樣的女人你也愛嗎？」

我用力的點頭，用力的將蘇曼的手握緊。

「那你們兩個在一起吧！」阿布主人還沒說完，夏董忽然出現在他背後，「阿布你想要夫妻奴隸的願望實現了吧！」

阿布主人將狗鏈銬在母狗卡卡脖子上的項圈，牽著母狗卡卡走向夏董，將狗鍊交還給夏董。「還你！」

主人接下了狗鍊，解了人型犬的項圈，逗弄著卡卡奶頭上的乳環。主人熟悉的手指，卡卡熟悉的力道，卡卡閉目領會。兩顆奶頭被主人玩弄的興奮直達上下腦袋胯下。布氏盾裏的老二撞擊盾壁，疼痛讓意識清醒，卡卡雙腿一跪，翹著屁股，涕淚滿臉，緊抱著主人大腿。

「卡卡好想主人。卡卡好想喝主人的尿，卡卡好想含著主人的老二。」

主人和藹的笑著，在衆目睽睽之下，拉下西裝褲拉鍊，老二掏了出來便往卡卡嘴裏塞。卡卡咕嚕咕嚕的喝著人間美味。

阿布先生站在主人身邊，「夏，不錯噢！膀胱不會害羞。」

「主人平常也是需要訓練一下。」主人邊尿邊說。

卡卡舔淨主人老二。主人收屌，卡卡露出渴求眼神。「卡卡好想被主人狠狠地打屁股，狠狠地痛幹。」

阿布先生勾著蘇曼的腰：「我欣賞卡卡。如果結婚是身爲女人的你一定要的，有這樣奴隸老公，你就不用擔心結婚後不能伺候主人的事了。」

這個夜晚，主人吩咐卡卡身體清洗乾淨。里奈哥穿著條短褲，站在浴室門口監視。意外地覺得和他聊起天來，輕鬆自在許多，他不再像先前那般拘謹。他稱讚著我母狗調教的表現。我向他潑水，惹得他的白褲隆起，我笑他撟棒（勃起），他要我趕緊屁股洗一洗，屁股翹起來，讓他檢查。屁眼朝向他時，我偷抓了他下體，他一掌打在我的屁股上超級響亮。

如果不是夏董清喉嚨的聲音，打鬧將繼續。里奈哥手指還在我的肛門裏，便拍著我的屁股，要我趕緊去找主人。

近主情怯，愈接近主人愈覺得自己渺小。主人將卡卡手一抓，便把卡卡壓在床上。卡卡趴在床上，雙腿便被主人掰開。主人不溫柔也不緩慢，持著老二，便堵進卡卡身體裏。卡卡的屁眼在洗淨時已弄鬆，潤滑劑自己已經抹進，爲主人的享用而提早準備。

主人的老二進入身體，感覺格外強烈，是期待已久的尺寸。腸壁因爲主人老二而一吋一吋撐開，每一處由主人老二經過而覺醒。激烈，卡卡的老二不斷地分泌著液體，龜頭酥麻酥麻的無法自己。雙腿之間只剩下主人老二衝刺的感覺，整個身體像是被剖成兩半。

「你現在好濕啊！」主人在卡卡耳邊咬著，主人的大腿內側已經被卡卡分泌的液體所勾引。「你比以前還容易淫啊！」

卡卡被誇獎得羞澀不已，只能抬高屁股回應。雙臀間已經不知屁眼還是屄眼，都是好眼。

主人雙手鉤住卡卡雙腿，抬起卡卡。張著腿被放到鏡子前。這面主人爲了調教在床邊加裝的整面鏡子牆，讓卡卡無所遁逃。鏡子裏頭卡卡身上有著貞操帶，尿孔處閃爍著液體，雙臀之間有主人的老二。像抬小孩撇尿般，主人粗壯的雙腿，毫無費力的將卡卡**火車便當**。

卡卡是物品，卡卡是主人的自慰套，不需動作，由主人控制速度與進出。卡卡雙眼看著鏡子又不敢瞧。鏡子裏被主人抬起的，眞的是自己嗎？雙腿之間的布氏盾尿孔滲著液體，是自己無與倫比的興奮。

主人將卡卡壓在床上，卡卡不斷地把屁股翹高，好讓主人插入的角度凹凸完美。那個身體裏的爽快點正面迎上老二，正大光明的爽快。卡卡的潮噴量大大得讓主人大吃一驚。主人咬著耳邊說「床都快被你弄濕了」時，卡卡整個人溶化，訝異著這樣的自己，完全不認識的自己，原來自己可以是這副模樣。壓抑的自己在主人身體下完全的釋放。

主人鬍子嘴巴親吻了卡卡，男人的嘴吻上男人的唇，主人的鬍子刺醒卡卡，卡卡明白，此刻的他不再只是個男人，還是個奴隸——被主人幹著的奴隸，戴著貞操帶的男人——是貞男人亦是眞男人。唯有卡卡的屁股被主人、另個男人幹入時，才能明白眞男人的意義，不再被性別二元擺佈還邊站，會爽得屁股用力爽快，前面會爽後面也會爽，整個人觸電似的再活一次。

經歷了母狗終極調教後，在兩位主人認可下，我跟蘇曼開始以結婚爲前題的交往。能跟蘇曼交往是作夢般的不眞實。下班約會，然後一塊服侍兩位主人。伺候主人就寢後，是我們兩人手貼著手、肩靠著肩共眠的時間。天亮，主人起床前，彼此提醒彼此，然後開始一天奴隸與平凡上班族的身分。

里奈哥回來以後，不曉得為什麼他像是經歷了一場生死輪迴，看起來更加的意氣風發，陽剛得甚至讓我想不起當初怎麼會把他當成女的。和夏董談完下半年計畫。尿急便進了該層的廁所，里奈哥站在小便斗前，我便到隔間去了。脫褲子時，已經聽到水龍頭打開的聲音。

「里奈哥動作也太快了吧！有沒有甩乾淨啊！」我坐在馬桶上喊著。

「閉嘴你！專心撇尿。小心尿出馬桶了。」

「是。里奈哥。」

下午忽然接到阿布主人的電話，要我在拜訪客戶空檔找他一趟。按著時間地點去找他，阿布主人提著黑色皮箱，遞給我。我不斷跟蘇曼嘀咕「什麼事情？」，但神祕兮兮的阿布主人帶著蘇曼和我來到某大學的「人類倫理中心」。我們走在阿布主人後面，也有些疑惑。

「這個中心不是素以推廣異性戀男女傳統的宗教倫理觀念為名。」蘇曼質疑著：「我們對他們來說是魔鬼般的異教徒吧！」

「你不用想太多。聽著我的話！」

阿布主人在櫃檯說明來意後，三人被請到辦公室裏。「你好，我是阿布。」

對方伸手握手。「你好。我是打電話給你的紀律明。沒想到阿布先生竟然人在台灣，這真是太好了。請坐。」

他招待了阿布主人坐下，見我和蘇曼站在一旁並無動作。「請坐！」

「紀先生，他們兩個站著即可。」

「這樣啊。好吧！我直接進入正題。我們在網路上看到貴公司的產品——布氏盾，我們相當有興趣。希望能夠深入瞭解一下。」

阿布主人對我使了眼神，我便將手上的皮箱攤在桌上。「這邊有一組，你可以參考一下。」

紀律明把玩觀賞著布氏盾的零件：「拿在手上的感覺果然不一樣。可以感覺到這個產品的精緻度。不曉得穿在身上如何？我在網站上看過試穿照和影片。既然有實體，不曉得……」

他還沒說完，阿布主人便打斷：「布氏盾不是統一尺寸，是要量身定做的。」阿布主人舉起手勢，穿著西裝的我便明白。即便已物歸原主，可阿布主人還是有著主人般的氣勢指使著我。我早已拋棄無謂的羞恥心，只要主人命令，大廳廣衆之下我仍然會寬衣解帶。

「這位先生，你現在是……」紀律明露出了猶豫又好奇的表情。

「早知道你會想親眼看實穿，這位已經穿上布氏盾了！」

「不會吧！完全看不出來！」我在紀律明的辦公室脫得只剩下布氏盾。「外表完全看不出來有穿貞操帶耶！」

他直呼不可思議、大爲驚喜。

「小曼。」阿布主人一說，蘇曼也跟著展示她身上的女用款。阿布主人手擺在我的腰，讓我背面迎向紀先生。「不論男女款，後面都可以加肛門盾，不用擔心他們玩不到前面玩後門！」

「這眞是太好了！」紀律明的團體已經暗暗計畫，讓**純潔**和**真愛**得以藉由貞操帶實施配戴，推廣到世界各個角落。

再遇到阿超，是我跟百貨樓管洽談公事後，坐著電扶梯上下迎面而來。他勾著的女人不是小戴，我們點點頭而過，回頭張望露出「你怎麼還敢？」的神情時，他在嘴邊比了噓，示意不要說話。

表現良好，夏董在週間晚放風讓我自由行動。下班後，我很開心的往自己平常去的酒吧小酌一番。窩在角落的阿超，我一眼便從背影認出他來。從座位後方勾住他的脖子，「超哥，茲爾抵好！（這麼巧！）」

他放開旁邊親熱女人。「阿守哥，眞巧啊！」他把我推向吧檯座位。

「伊是誰？迄天迄个？（她是誰？那天那位嘛？）」我挑眉，事有蹊蹺。

「無啦。爲怎？你是想每三仌人？（不重要啦。怎麼樣？你想三人嗎？）」他笑得曖昧。

我往他胯下抓緊 cb 老二。「超哥！有 cb ㄚ，還這麼不安分！」

他撥開我的手，「微佇茲烏白掠啦！（不要在這邊亂抓啦！）」

我比比她：「你怎麼吃她？」

阿超靠在我耳邊：「我有鎖匙。」

聽到他有鑰匙，我眼珠子都要掉下來了。「小戴對你這麼好？鑰匙都還給你了！」

「怎麼可能！她才不會給我勒。我換成家己買ㄟ cb，却來拍一支鎖匙偷換過來！（我偷偷買了同款的 cb，毀了小戴買的，用自己的僞裝小戴買的，然後打了鑰匙！）」他得意的說起越獄的英勇。

他把手放在我的腰間，順著布氏盾邊緣摸，「你也可以學我喔！」

「不會被發現嗎？」

「所以我平常都會戴 cb，除非要辦事！」

「幹得好！」我忍不住舉起大拇指。他慫恿我越獄，但我一點也不想。我愛死貞操帶了！沒有布氏盾，我不曉得會失控成什麼德性。我不想讓主人失望，更不想在自己躍上正軌的人生出了差錯。

「我每結婚ㄚ！（我要結婚了！）」我對阿超說。他一臉不可置信。

「你每結婚？共誰？（你要結婚？跟誰？）」「蘇曼！」我點點頭。

「幹得好啊！你終於把屎拉在茅坑裏了！無枉費你踞焉久！（不枉費你蹲了這麼久！）」肘擊阿超。「三八兄弟！」

凡人的終身大事，自己簡單解決；而奴隸式的婚禮由兩位大人替我們兩個出面談論，當事者的我們不該自己決定。

寵物店老闆阿司自告奮勇的要幫我們拍ＳＭ婚紗照，飯店牆上掛著的大型輸出照片，無論是夏董或阿布兩位主人跟我們或者我跟蘇曼自己，都相當的出色。站在底下，看著照片就出了神。喜歡熱鬧的阿布主人以我跟蘇曼的ＢＤＳＭ婚禮，辦一場「貞潔社」的聚會。

原本想循著上次的規模，在夏董家，不過報名人數爆掉，非得移到飯店舉辦。夏董出了婚禮場地租賃費，而阿布主人爲我跟蘇曼設計了布氏盾新系列，男男女女情侶款。蘇曼的前盾有顆實心愛心，我的是空心愛心。當我們前盾貼緊，便能心心相印。將她的實心放入我的空心。

隨著婚禮開始的時間逼近，賓客人數攀升，會場擠得水瀉不通。一半的客人西裝筆挺、身著正式服裝，一半的客人全身赤裸，僅穿著貞操帶，混雜交錯在場內。

夏董跟阿布主人在會場內，和他們的老朋友們寒暄問候。他們穿著跟阿迪訂做的新西裝，夏董一如往常，倒是阿布主人相當不習慣穿西裝，覺得彆扭。里奈哥和他的女友在入口簽到處幫忙。

我蹭了里奈哥，拉他到旁邊。「你女朋友是上次那個嗎？」「微問（別問）！」他不想回答我。

「緊張嗎？」里奈哥拍著我的裸臀說。「當然。」我從來沒有這麼緊張過。先前辦過的普通婚禮，我和每位男士一樣穿著西裝，現在不同，這是一場新郎不用穿西裝的婚禮。新郎裸露著身體，亮著原始本錢，我僅穿著新款布氏盾，挺著胸部的乳環，穿梭在會場之內。

阿碩牽著一個女人的手叫住我。「阿守！我女友！」他幫我介紹了她後，拍著我的胸膛。

「我的會員。你看看他的身材，我眞是太有成就感了。胸是胸、腰是腰、屁股是屁股！」他得意得連嘖了好幾聲。

「新郎過來！」阿布主人一叫，我便急忙跑到他面前，彎腰抓著腳踝，好讓阿布主人爲來賓介紹新款的特色。

「底下主人簽名或者署名可以訂做。」主人手指頭摸過的地方，奴隸都**隱隱作爽**。隨著阿布主人招呼，阿布主人把我當成展示的模特兒帶著滿場跑，我就在來賓之中不斷的彎腰抓腳踝展示刻在會陰處新款布氏盾上的主人簽名。

顚倒視線的時候，我看見熟悉的雙腿向我走來。是阿貞，她怎麼出現在這裏！她的背後還有一雙男性的腿。不認識阿貞的阿布主人熱情的向阿貞介紹著我身上的布氏盾。阿貞的手摸著會陰處的刻文，忽然與我視線相對，她顯現得一臉憤怒。阿布主人察覺異樣，便拍了我的屁股，手故意留著，等阿貞發現才收回。「看來你們是舊識，讓你們敘敘舊吧。」

阿貞身穿皮衣，打扮儼然是位ＳＭ女王。背後跟的男子穿著ｃｂ，戴著項圈，被阿貞牽著。和阿貞站在一塊，顯然有些尷尬。她摸著布氏盾的襠部，「這非常適合你！男人才真的需要戴貞操帶！」

「謝謝。」話一說完，阿貞不期然呼了我一巴掌。我撫著嘴角緩緩說：「……我已經把貞操獻給了主人……」

阿貞摑巴掌的舉動已經引起了附近來賓的騷動。蘇曼緩緩的穿越人群，走到我跟阿貞旁邊，她忽然呼了阿貞一巴掌：「穿了高跟鞋、拿了皮鞭，請表現得像個女王！」

阿貞悻悻離去，我看著令人訝異的蘇曼，她真是出乎我意料。阿布主人拍手走來，「小曼，你眞是令人驚喜啊！」

「對不起主人。」

「等會我會交代夏多打幾下！」

「是。」

牽著蘇曼的手，走在紅毯上，賓客夾道鼓掌。掌聲愈大愈感覺蘇曼興奮得顫抖。夏董和阿布主人站在終點等著我們。他們一黑一白的西裝，好似兩個男人的同性戀婚禮，僅穿著布氏盾的我們一走到主人面前，蘇曼便拉著我跪下。屁股冷颼颼、內心滾燙燙。背後幾百雙眼睛正看著露著四片臀肉的我們。

按著擔任司儀的里奈哥指令，我跟蘇曼兩人跪在夏董和阿布主人面前下，他們爲我們證婚。向主人叩首、與蘇曼交換戒指。里奈哥雙手捧著托盤走來，上頭擺著兩支皮革拍板。

夏董拿起了拍板，走到蘇曼身邊。「小曼，恭喜你。」夏董打了蘇曼屁股數下，她的屁股立刻變成了鮮嫩的桃子。

「卡卡，恭喜你囉！」阿布主人笑得燦爛的揮著拍板，向我走來，阿布主人用力打，宛如是我搶了他的人代價。啪吖啪吖一直打一直打，賓客的驚呼聲愈來愈大。我整個人震撼不已，每個毛細孔都有了知覺，從屁股酥麻到頭頂，我感覺屁面發燙發燒，我的屁股慢慢變成了鮮紅的蘋果。

夏董從里奈哥手中接過禮盒。他取出了一根黑色雙頭龍，當作賀禮。現場鼓譟「試用」聲起，我堅定的注視著。夏董和阿布先生解開我們的布氏盾，讓我們在衆目睽睽之下結合。

我赤裸進入蘇曼的身體，而黑色雙頭龍像是生命的連接，進入我們的身體。高潮之後，我們跪在兩位主人面前再穿上布氏盾。

主人們為我和蘇曼訂了飯店當作新房。進入房間後，我赤裸的抱緊她，相擁俯瞰這座城市，兩具布氏盾在黑暗中閃爍著光芒。

紀律明在學校新學期開了貞潔通識課程，教導觀念外，還鼓吹學生穿戴貞操帶。希望透過教育，讓青年學子明白守貞的重要，並且積極佈局，不少立法委員已經認同紀律明團體的理念，準備推動立法讓未婚男女從小穿戴貞操帶，直到結婚。杜絕婚前性行為、未婚懷孕、性病傳染等等現實問題。阿布主人答應紀律明以團購價訂製，也要我和蘇曼抽空幫學生們上課，告訴新使用者該注意的事情。

紀律明的三個兒子被老爸召回試穿時，難掩他們對父親不平之氣。穿上布氏盾的學生，還有紀律明的教徒們帶來更多的訂單。阿布先生的公司幾乎來不及製作，不得不先緩緩紀先生的訂單。全世界的貞操帶使用量攀升，阿布先生打算飛回德國，佈屬更大的生產線。

「紀律明應該屬於提出守貞的極端宗教團體吧！」夏董翹著腳喝茶。

「我是賣貞操帶的。如果他們想讓全世界的男男女女都戴上貞操帶，沒有結婚不能取下，藉此打擊性多元，我還眞是期待那個世界。」阿布主人狂妄笑著。

伺候兩位主人上床後，我們才回到自己房間。享受兩人獨處時間。被鎖得愈久，慾望愈濃烈。馴服的老二安靜在布氏盾的管子裏，已被馴服的身體有自己的生理時鐘，不輕易讓慾望控制。黑色雙頭龍在床前，我和蘇曼的布氏盾肛門盾要同時被打開才有機會使用。有時如果只有一人可用，我們用的是假陽具；沒有的時候，我們用撫摸擁抱代替。只要肌膚與肌膚的接觸，就可以像觸電一般的高潮。

蘇曼最愛的高潮還是在主人面前。只要有阿布先生的雙眼，蘇曼的高潮輕易攀頂。只要她願意，我當然也願意在兩位主人腳邊，和她一塊化成動物般的性交。

隨著阿布先生訂了回德國機票，我知道和她的分離來臨。

新婚不久，我跟蘇曼夫妻兩人便分開各自跟隨自己的主人。一切照舊，我們也會固定以視訊和電話安慰彼此。少了身體慾望的干擾，心靈更加接近。

「你要當爸爸了！」視訊中的阿布主人說：「小曼懷孕了！」

跪在夏董腳邊的我相當激動。我眼中有不思議的淚光。除了婚禮上的那次外，從結婚到分離，兩位主人從沒有同時打開布氏盾過。我是又驚又喜。

「你是種馬嗎？一次就中！」阿布主人在視訊裏說。

和蘇曼在螢幕中面面相對時，我高興得要哭了。

結束視訊後，我喝下主人睡前的解尿，正顏端姿跪在主人面前：「主人謝謝你，讓卡卡穿上貞操帶，改變了卡卡的一生。」

「在你的龜頭上打環吧！」

「是！」我跪著挺起胸膛，大聲回答。

在未來的日子裏，我知道我會跟隨著夏董，和蘇曼一塊服侍兩位主人。無論兩位主人將我們夫妻分開帶到哪，布氏盾會成爲我們身體的一部分。

主人的命令是什麼，卡卡都會完成——因爲說到做到，我是貞男人。

後記

獻給與貞操共存的真男人們

夏慕聰／

黑洞般日子所書寫的《軍犬》一字一句深埋著複雜的情緒，交付基本書坊後，電話中總編輯特別詢問刪修的可能，我不願意再回到黑洞般的情緒中，當下直接否決拒絕任何的刪修更動。成書後回想起來真覺得當時太大膽，還好並沒有把連載版本就直接紙本化，而是和邵總編輯費了一番力氣梳順了軍犬成就了黑書。

我心裏暗許著下一本書要試著像《爆漫王》裡頭的漫畫家與責任編輯的共同合作模式。針對基本書坊提出《貞男人》內容的修改建議，我都有聽進耳朵。當下我覺得自己沒有能力、改也不會差太多，甚至恐懼改稿這個動作。《貞男人》靜靜躺在雲端等待。約是放了一年，我覺得有能力了，才鼓起勇氣的打開修改。今年初我很快的在輸出校稿紙本上，密密麻麻的親手書寫著增加的內容，圈畫調動著劇情先後。之後出版往來信件中提到哪個小地方若可以加強會更好，我甚至喜歡上了「修改」這個動作。

修改造成了同個故事不同版本，我喜歡網路版跟紙本版差別的必要，像是孿生雙胞胎。一如《貞男人》主角同樣叫阿守，一個叫馬守克，一個叫馬守刻。兩者不止是主角名字的同音，而是以內容不同的界面共存。網路版擁有作者連載與讀者參與的氛圍，紙本版擁有的不只是文字承載在紙張上，還有編輯、設計、行銷、業務等很多人的力量。

《軍犬》跟《貞男人》兩本書製作過程裡，最大的感想是我在校稿中進化了，我吸收了編輯給予的養分，增進了不少寫作時的小細節。黑書校稿的進化反應在《貞男人》的連載，貞書的校稿進化則反應在之後的作品。我也很謝謝編輯們容忍我在校稿過程不斷提出奇怪的點子，像是黑書裏的牛字邊「你」、貞書裏頭的閩南語漢寫。

在臉書上五百字左右一回煞有其事的連載起《dt》，我從最簡單的「食飽吂」（吃飽了沒）開始練習起客語漢寫。而在尋找「卵鳥」、「卵脬」、「間譙」正字時，校稿看到阿守跟阿超這兩個痲吉的對話文字，腦袋裡每每跑出他們兩個活靈活現的在我面前用閩南語說話。這是他們當兵弟兄、死黨間的慣用語言，我應該要以閩南語漢寫來爲他們之間增加與其他角色不同之處，讓故事貼近日常生活。隨著劇情的發展，角色也更顯立體。在此感謝陳冠學先生的著作，讓我能夠站在巨人的肩膀上看得更遠。閩南語、客語等方言，曾是歷史上某朝的官話，隨著時間的洪流來到現代，它們不再是現今的主流，但藉由客語還是閩南語漢寫，都令我覺得，透過文字似乎眞的跟古代的讀書人鏈結在一塊了。能識字、書寫，眞是身爲現代人的幸福！

我知道這世界上有人是開放式關係、多重伴侶的，我也知道有人是堅持著一對一的情侶或主奴關係。不管選擇（或被迫屈就）怎樣的關係，你開心嗎？希望你過得快樂、習慣，好睡好起，一個人的時候也要自己照顧自己。

人生看不清楚方向的道路上，前面有奔跑的軍犬，而貞男人走到身旁在我耳邊說：「嘿！努力一點。我要衝了！」他光屁股的往前追趕，我也該振作爲《鳳凰會》加油！

謝詞／

我跟貞男人要謝謝紀大偉老師。謝謝 Key、小梅及「皮繩愉虐邦」的諸君。謝謝邵祺邁總編輯給予《貞男人》相當寶貴的意見。謝謝郭正偉辛勤的校稿還得容忍我不時提出奇怪的要求。謝謝 Guy Shop 熱情提供封面亮點的黑色 cb6000。謝謝卡魯毫無猶豫地貢獻身體。謝謝丫莫蝸牛專業且ＳＭ十足的攝影。謝謝基本書坊團隊（行銷小小海跟業務小龍多麻煩了）。謝謝雍小狼及 Lina 的日文協助。謝謝 Commander 團隊給予《貞男人》諸多幫忙，你們很棒！謝謝泰基瑪哈的基哥，我心目中台南最讚的酒吧！謝謝古雷宇在我心靈脆弱時遠方溫暖的電話安慰。謝謝在網路連載期間參與追蹤的讀者們，出版後宣傳也多麻煩了。

最後謝謝時時刻刻從遙遠的彼方照耀我的大宇宙。

Luffy, Je t'aime.

2013/8

《軍犬》再現